Diogenes Taschenbuch 22798

de
te
be

Jack Ritchie

Einzelhaft

Geschichten

Aus dem Amerikanischen von
Bernhard Robben

Diogenes

Nachweis am Schluß des Bandes
Umschlagzeichnung von
Tomi Ungerer

Deutsche Erstausgabe

80/95/24/1
ISBN 3 257 22798 1

Inhalt

Geschäft: Mord 7
Anyone for Murder

Zehn Dollar zuviel 29
The Enormous $ 10

Rätsel um ein Parfüm 40
Fragrant Puzzle

Die Partner 59
The Partners

Geschäftsmann 73
Businessman

Einzelhaft 77
Solitary

Der Vertrauensmann 89
The Operator

Das kleine grüne Heft 131
The Little Green Book

Alle außer Wilbur 137
Everybody Except Wilbur

Standhaft 152
Holdout

Kann ich helfen? 163
Let Me Help You

Der Fischzug 169
The Angler

Bombe Nr. 14 189
Bomb Nr. 14

Home-Town Boy 204
Home-Town Boy

Mörderischer Spielverderber 209
Kill Joy

Der Kanarienvogel 218
The Canary

Die Spielregeln 228
The Rules of the Game

Wo bin ich? 234
Where Am I?

Jene letzte Reise 254
That Last Journey

Der dritte Anruf 264
The Third Call

Täuschungsmanöver 277
Setup

Tod, Steuern und... 284
Death, Taxes, and...

Der Havanna-Expreß 290
The Havana Express

Geschäft: Mord

Das Mädchen am Schalter für Kleinanzeigen las meine Vorlage, kaute auf ihrem Bleistift und blickte dann unsicher auf. »Sie wollen das in unserer Zeitung aufgeben?«

»Ja. Und für die Antworten hätte ich gern eine Chiffre.«

Der Text, den ich im *Herald Journal* aufgeben wollte, lautete: *Sind Sie hoffnungslos an Ihren Ehepartner gebunden? Vielleicht gibt es für Ihr Problem eine endgültige Lösung. Jede Zuschrift wird streng vertraulich behandelt. Schreiben Sie an das* Herald Journal, *Chiffre –.*

Ich sah den Zweifel auf ihrem Gesicht. »Stimmt was nicht?«

Der Bleistift erhielt ein paar neue Bißspuren. »Ich bin neu hier. Ich weiß nicht genau, wie die Firmenpolitik der Zeitung in so einem Fall aussieht.« Sie rief einen Mr. Wilson herbei, der offenbar für diese Abteilung verantwortlich war.

Er las meinen Notizzettel. »Sind Sie Anwalt?«

»Nein.«

»Ich meine... dabei geht es nicht um Scheidungen?«

»Nein.«

Er räusperte sich. »Was *meinen* Sie dann aber mit ›endgültiger Lösung‹?«

»Ich würde es vorziehen, die Anzeige für sich sprechen zu lassen.«

Und so wurde ich von einem zum anderen weitergereicht, immer höher hinauf, bis ich schließlich in das Büro des Werbeleiters, J. G. Bingham, geführt wurde.

Mein Notizzettel war mir vorausgeeilt und lag auf seinem Tisch. Er kam unmittelbar zur Sache. »Ich fürchte, Sie werden mir diese Anzeige zu meiner Zufriedenheit erklären müssen, oder diese Zeitung wird sie nicht veröffentlichen können.«

Ich seufzte. »Also gut. Ich heiße James Parkerson. Ich bin Professor an der Universität, und mein Spezialgebiet ist Psychologie.«

Er zeigte auf das Blatt Papier. »Und dies hier fällt in Ihr Gebiet?«

»Ja. Ich stehe am Beginn einer Arbeit, und meine These lautet, daß etwa zehnmal so viele Ehemänner und Ehefrauen von ihren Lebensgefährten umgebracht würden, hielte sie nicht eine bestimmte psychologische Tatsache zurück.«

»Die Angst, gefaßt zu werden?«

»Die spielt sicherlich eine enorme Rolle, doch bin ich der Meinung, daß der Unfähigkeit, sich zur eigentlichen Tat entschließen zu können, eine ebenso wichtige, falls nicht sogar noch wichtigere Bedeutung zukommt. Wenn sie den Mord *delegieren* könnten – wenn sie jemanden für diese Aufgabe gewinnen könnten –, würde es einen ungeheuren Anstieg gewaltsamer Tode geben.«

Er runzelte die Stirn. »Wollen Sie damit sagen, daß Sie für einen Mord *werben?* Erwarten Sie ernsthaft, daß man Ihnen auf eine solche Anzeige antwortet?«

»Natürlich. Die Menschen stehen selbst den verrücktesten Dingen ziemlich aufgeschlossen gegenüber. Vor einigen Jahren erschien zum Beispiel in einer überregionalen Zeitschrift eine Anzeige mit folgendem Wortlaut: *Dies ist*

Ihre letzte Chance. Schicken Sie einen Dollar an Chiffre 107. Nur das und sonst nichts. Es wurde keinerlei Gegenleistung versprochen, und dennoch haben mehrere tausend Leser ihren Dollar eingeschickt.

Ich habe die Formulierung ›eine endgültige Lösung‹ bewußt gewählt. Das Wort ›Mord‹ würde natürlich jedermann abschrecken, die Verrückten ausgenommen. Ich gehe davon aus, daß die Antworten sich in zwei Kategorien gliedern lassen. Die erste umfaßt Briefe von jenen Leuten, die annehmen, daß ich ein Anwalt mit neuen Informationen zum Scheidungsrecht bin. Die sind für meine Studie nutzlos, und ich werde sie zur Seite legen.«

Bis dahin hatte ich gestanden, doch nun nahm ich in einem Sessel Platz, den Bingham mir angeboten hatte. »Die Briefe der zweiten Kategorie werden beim ersten Durchlesen denen der ersten gleichen, doch wird in ihnen die *Saat* des Mordes stecken, und ich bin mir sicher, daß ich sie herauslesen kann. Diese Briefe werden von Menschen kommen, für die ›eine endgültige Lösung‹ etwas anderes bedeutet, und sie werden sich ungläubig fragen: *Ist es denn wirklich möglich? Bedeutet diese Anzeige tatsächlich, was sie meiner Meinung nach bedeutet?* Und sie werden ein wenig Zeit und eine Briefmarke opfern, um vorsichtig nachzuhaken.«

Bingham schien skeptisch. »Aber werden sie sich nicht sofort zurückziehen, wenn sie erfahren, wer Sie sind und welche Ziele Sie verfolgen?«

»Ich habe nicht die Absicht, vor Beendigung meiner Gespräche zu verraten, wer ich tatsächlich bin. Allem Anschein nach bin ich ein professioneller Mörder, der seine Dienste anbietet.«

Bingham dachte eine volle Minute darüber nach und

rieb sich dann den Nacken. »Also gut. Ich bin mir nicht sicher, ob ich richtig handle, aber ich bin selbst neugierig. Wir drucken die Anzeige. Wie oft?«

»Vorläufig nur einmal.«

Ihm fiel noch etwas ein. »Sie holen Ihre Antworten besser direkt hier im Büro ab. Man weiß ja nie, ob nicht vielleicht ein Reporter unten wartet, wenn Sie an Ihr Fach gehen.«

Meine Anzeige erschien in der Abendausgabe des *Herald Journal*. Am nächsten Tag ging ich im Anschluß an mein letztes Seminar in Binghams Büro, um meine Antworten abzuholen.

Bingham sah mich verlegen an, als er den stämmigen Mann an seiner Seite vorstellte. »Dies ist Sergeant Larson vom Betrugsdezernat. Er sagte mir, es gehöre zu seinen Aufgaben, die Kleinanzeigen zu lesen, besonders die Rubrik ›Persönliches‹, um allem nachzugehen, was ihm fragwürdig erscheint.«

»An dieser Sache ist überhaupt nichts fragwürdig«, erklärte ich gelassen. »Teilen Sie bitte dem Sergeant mit, was ich vorhabe.«

Larson unterbrach mich. »Das hat er bereits getan. Doch ich würde die Sache gern selbst überprüfen. Zeigen Sie mir mal Ihre Brieftasche. Nehmen Sie zuerst das Geld heraus.«

Ich tat, wie geheißen, und er untersuchte meine Papiere. »Nun, immerhin haben Sie Parkersons Brieftasche. Ich fahre gleich noch zur Universität, um sicherzugehen, daß Sie tatsächlich der sind, für den Sie sich ausgeben.«

Bingham gab mir einen schmalen Packen Briefe. »Diese kamen heute morgen mit der Post.«

Nur sechs Briefe. Ich war ein wenig enttäuscht.

Larson sah, wie ich sie in meine Tasche steckte. »Sind einige der Briefe von Leuten, die Ihrer Meinung nach ihren Mann oder ihre Frau ermorden lassen wollen?«

»Ich habe sie noch nicht gelesen, aber ich denke schon.«

Er streckte eine Hand aus. »Geben Sie die Briefe her.«

Ich ignorierte die dargebotene Hand. »Aber keineswegs. Die sind an mich gerichtet, das ist meine persönliche Korrespondenz.«

Er starrte mich finster an. »Hören Sie, Professor, wollen Sie denn keinen Mord *verhindern?*«

»Natürlich. Und letztlich wird mein Werk zu diesem Ziel beitragen. Aber zuerst einmal muß das Ausmaß der Krankheit diagnostiziert werden, ehe man sich an eine Behandlung wagen kann. Begreifen Sie denn nicht, daß keiner dieser Leute einen Mord begeht, solange sie niemanden gefunden haben, der ihnen die Tat abnimmt? Und während sie mit mir verhandeln, sind sie zumindest vorübergehend außer Gefecht gesetzt.«

Widerstrebend gab Sergeant Larson mir recht. »Aber wenn Sie Ihre Verhandlungen abgeschlossen haben, hätten wir gern die Namen. Wir würden den Leuten ihr Vorhaben gern ausreden.«

Ich stimmte ihm zu. »Es ist vielleicht ein Vertrauensbruch, aber ich kann Ihren Standpunkt verstehen. Wenn ich mit denen hier fertig bin, werden Sie die Namen bekommen.«

Ich fuhr nach Hause und wollte in mein Arbeitszimmer gehen, als meine Frau Doris mich aufhielt. »Liebling, hast du schon einmal darüber nachgedacht, was wir in deinem Forschungsjahr machen?«

»Wir bleiben hier«, sagte ich. »Ich würde gern mit der Arbeit an einem neuen Projekt anfangen.«

Sie seufzte. »Du arbeitest zu viel, Lieber. Ich habe von diesen Weltreisen auf Trampdampfern gelesen. Die nehmen oft eine begrenzte Zahl Passagiere mit. Wäre das nicht eine Art, ein Jahr zu verbringen?«

Ich wartete ungeduldig darauf, meine Briefe lesen zu können. »Doris, aus welchem Grund willst du auf Reisen gehen?«

»Nun, natürlich um Menschen kennenzulernen, denke ich.«

»Wirklich? Aber glaubst du nicht auch, daß sich die Menschen überall auf der Welt im Grunde genommen ziemlich ähnlich sind?«

»Nun... ja.«

»Was hat es dann für einen Sinn, Doris, einen Batzen Geld auszugeben, um eine Tatsache bestätigt zu bekommen, die dir bereits bekannt ist?«

Ich ging in mein Arbeitszimmer, öffnete die sechs Briefe und las sie. Vier fielen in die Kategorie eins, von Interesse waren nur die verbleibenden zwei Briefe.

Noch einmal las ich den ersten.

> Sehr geehrter Herr!
> Ich habe gerade Ihre höchst interessante Anzeige in der heutigen Abendausgabe des *Herald Journal* gelesen. Mir kam der Gedanke, daß Ihnen die Implikazionen der Worte ›endgültige Lösung‹ nicht bekannt sein könnten. Oder vielleicht doch?
> Wenn Sie mir antworten möchten, geben Sie bitte folgende Anzeige im *Herald Journal* auf: *Entlaufen: Collie-Hund. Rüde. Hört auf den Namen Regis.*

Der Brief trug keine Unterschrift.

Aufmerksam besah ich mir das maschinengeschriebene Blatt. Die ›o‹ und ›e‹ waren verschmiert, und auch die übrigen Typen hätten eine gründliche Reinigung vertragen können. Außerdem war das Farbband offenbar verbraucht und mußte ersetzt werden. Bis auf die redundante Wortwahl ›Collie-Hund‹ und die Schreibweise von ›Implikazionen‹ schien mir der Brief jedoch auf einen hinreichend gebildeten Verfasser zu deuten.

Oder war die Schreibweise korrekt? Ich sah mich nach meinem Wörterbuch um, konnte es aber nicht finden. Ich stand auf und ging zur Tür. »Doris, wie würdest du ›Implikationen‹ buchstabieren?«

Sie überlegte einen Augenblick. »I-m-p-l-i-k-a-z-i-o-n-e-n.«

Das klang in meinen Ohren immer noch falsch. »Wo ist das Wörterbuch?«

»Es liegt auf dem Sekretär im Wohnzimmer, Lieber.«

Ich holte das Wörterbuch und kehrte in mein Arbeitszimmer zurück. Das Wort wurde mit einem ›t‹ statt einem ›z‹ geschrieben.

Ich wandte mich dem zweiten Brief der Kategorie zwei zu. Auch er war mit Maschine geschrieben – ohne Anrede oder Unterschrift, und ziemlich kurz.

> ›Mac's Bar‹, Ecke 21., Wells. Heute abend acht Uhr. Bestellen Sie Scotch. Lösen und binden Sie Ihren rechten Schnürsenkel.

Klingt ziemlich einfach, dachte ich, jedenfalls würde ich das Stelldichein nicht versäumen.

Ich griff zum Telefon, wählte die Nummer des *Herald*

Journal und gab eine Anzeige über Regis, den entlaufenen Collie, für die morgige Ausgabe auf.

Als ich auflegte, wanderte mein Blick zum Wörterbuch und dann zurück zu meinem ersten Brief. Ich starrte etwa fünf Minuten lang darauf, dann nahm ich ein leeres Blatt und ging zur Schreibmaschine.

Ich spannte das Blatt ein und schrieb: *Der flinke rote Fuchs springt über den faulen Hund.* Und: *Welche Implikazionen hatten die sechs raschen Manöver des Feindes für die fünf Kanonenboote?*

Ich betrachtete das Geschriebene. Die Buchstaben waren dunkel und deutlich, die ›o‹ und ›e‹ nicht verschmiert. Ich lächelte verschämt und knüllte das Papier zusammen. Ehrlich, es war schon sonderbar, welche Implikationen die Gedanken des menschlichen Verstandes gelegentlich heraufbeschworen.

Nach dem Abendessen zog ich meinen Überzieher an. »Ich muß noch einmal für eine Weile zur Universität, Liebes. Einige Arbeiten erledigen. Kann nicht sagen, wann ich zurück bin.«

»Schon gut, Lieber«, sagte sie. »Hast du übrigens gemerkt, daß ich die Typen deiner Schreibmaschine gesäubert und ein neues Farbband eingelegt habe?«

Ich wollte meinen Hut aufsetzen, erstarrte aber mitten in der Bewegung. »Wann hast du das getan?«

»Heute morgen, Lieber.«

Ich ging aus dem Haus. Es nieselte.

Millionen Menschen schreiben ›Implikationen‹ falsch, dachte ich ein wenig wütend, als ich den Motor anließ. Sie schreiben es entweder mit ›z‹ oder mit ›c‹ oder beides. Und Schreibmaschinen werden gesäubert, neue Bänder werden eingespannt...

Der Wagen sprang an, und ich fuhr zu ›Mac's Bar‹.

Ich fand einen freien Barhocker und bestellte mir einen Scotch. Ich löste und band meinen rechten Schnürsenkel, sah mich erwartungsvoll um und rechnete damit, angesprochen zu werden.

Niemand rührte sich.

Ich warf einen Blick auf die Wanduhr. Punkt acht. Vielleicht kam er oder sie zu spät.

Zehn Minuten später betrat ein durchschnittlich großer Mann die Bar. Ich kippte meinen Drink hinunter und bestellte mir mit deutlich vernehmbarer Stimme noch einen Scotch. Ich löste und band meinen rechten Schnürsenkel. Der neue Gast ignorierte mich.

Geduldig wartete ich, bis ein neuer Gast eintrat.

Acht Gäste später beschloß ich aufzugeben. Außerdem war es mir gelungen, einen absolut unlösbaren Knoten in meinen rechten Schnürsenkel zu binden.

Als ich nach Hause kam, war Doris offenbar bereits zu Bett gegangen. Ich aß eine große Tüte Kartoffelchips auf, die ich mir, wie ich mich dunkel erinnerte, in ›Mac's Bar‹ gekauft hatte, und legte mich dann schlafen. Ich hatte einige Mühe, die Treppe hinaufzugelangen.

Am nächsten Morgen plagten mich rasende Kopfschmerzen. Durchaus möglich, daß ich allergisch gegen Kartoffelchips bin. Es glückte mir, den Knoten im Schnürsenkel zu lösen, und zum Frühstück trank ich nur Kaffee.

Doris schien beunruhigt. »Hast du dir eine Grippe geholt?«

»Könnte sein.« Ich trank meinen schwarzen Kaffee, nahm zwei Aspirin und verließ das Haus.

Meine Vormittagskurse an der Universität schleppten

sich endlos hin, und ich war überaus erleichtert, als es endlich Mittag wurde.

In der Cafeteria der Fakultät brachte ich eine Kleinigkeit herunter. Dann entschloß ich mich zu einem Spaziergang über den Campus, der mir bestimmt guttun würde. Ich blieb neben der Memorial Union stehen, um meine Pfeife anzuzünden. Als ich über die Streichholzflamme blickte, sah ich einen hochgewachsenen, elegant gekleideten Mann auf mich zukommen.

Ein leises Lächeln spielte um seine Lippen. »Wie fühlen Sie sich heute morgen?«

Ich hatte ihn nie zuvor gesehen, und meine gesundheitliche Verfassung ging ihn überhaupt nichts an.

Er blickte auf meine Schuhe. »Wie ich sehe, haben Sie den Knoten wieder aufbekommen.«

Ich starrte ihn an. »Waren Sie...? Haben *Sie* mir den Brief...?«

Er nickte. »Ja. Und gestern war ich in ›Mac's Bar‹.«

Wütend fuhr ich ihn an: »Warum zum Teufel haben Sie mich denn nicht angesprochen? Bevor ich mir diese Kartoffelchips gekauft habe!«

»Weil ich ein sehr vorsichtiger Mann bin, und dies ist eine heikle Angelegenheit.« Er musterte mich. »Was haben Sie mit einer ›endgültigen Lösung‹ gemeint?«

Ich hatte mich immer noch nicht wieder gefaßt. »Raten Sie mal«, sagte ich barsch.

Er deutete ein Lächeln an. »Mord?«

Ich zögerte, sagte dann aber: »Korrekt.«

Wieder betrachtete er mich aufmerksam. »Und wieviel würde es kosten, wenn Sie meine Frau umbringen?«

Ich nannte die nächstbeste Summe, die mir einfiel. »Zehntausend Dollar.«

Der Betrag schien ihn keineswegs zu beunruhigen. »Und wie genau würden Sie vorgehen?«

»Wir würden natürlich dafür sorgen, daß Sie ein Alibi haben, und ich würde Ihre Frau in genau diesem Zeitraum erschießen. Sie hätten nichts damit zu tun.«

Er nickte. »Sehr einfach, und deshalb sollte es auch funktionieren, Professor Parkerson.«

Das brachte mich ein wenig aus der Fassung. »Woher kennen Sie meinen Namen?«

»Ich bin Ihnen gestern abend nach Hause und heute morgen zur Universität gefolgt. Ich wollte herausfinden, wer Sie sind. Und irgendwie, Professor, kann ich mir einfach nicht vorstellen, daß ein Mann in Ihrer Position zum Killer wird, weder beruflich noch in seiner Freizeit.«

»Sir«, sagte ich reserviert. »Wollen Sie Ihre Frau nun umbringen lassen oder nicht?«

»Ich bin nicht verheiratet. Aber auf was genau wollen *Sie* eigentlich hinaus, Professor?«

»Das ist *meine* Sache.«

Seine Augenlider zuckten. »Ich denke, ich werde der Polizei Meldung erstatten. Die dürfte sich für Sie interessieren.«

»Ich habe mich bereits mit der Polizei abgesprochen. Jedenfalls bis hinauf zum Sergeant.«

»Oder sollte ich meine Informationen vielleicht lieber einem Reporter überlassen? Er könnte die Geschichte interessant finden.«

Das versetzte mich nun doch in beträchtliche Unruhe. Zwar wünschte ich mir für meine zweizeilige Anzeige das nötige Publikum, wollte aber keinesfalls durch eine Titelgeschichte ins Zentrum der öffentlichen Aufmerksamkeit geraten. Das würde alle interessierten Kunden gewiß für immer und ewig abschrecken.

Noch einmal drängte er: »Soll ich meine Informationen an eine Zeitung weitergeben?«

Ich seufzte. »Nein.«

Wir setzten uns auf eine nahe Bank, und ich erzählte ihm von meinem Vorhaben. Als ich schwieg, wirkte er nachdenklich.

»Haben Sie auf Ihre Anzeige Antworten erhalten?«

»Sechs bislang.«

Er schwieg eine Weile und sagte dann: »Professor Parkerson, würden Sie die Namen Ihrer Kunden – jener aus der zweiten Kategorie – an mich weitergeben?«

»An Sie? Warum?«

»Ich zahle Ihnen fünfhundert Dollar für jeden Namen – vorausgesetzt natürlich, daß ich tatsächlich mit dem Kunden ins Geschäft komme.«

Plötzlich ging mir ein Licht auf. »Warum wollen *Sie* diese Namen haben?«

Er lächelte. »Eine der Schwierigkeiten in meiner Branche besteht darin, mit potentiellen Kunden Kontakt aufzunehmen. Ich kann natürlich keine Anzeige aufgeben. Aber Sie können das.«

Ich platzte mit der unnötigen Frage heraus: »Ihr Geschäft ist *Mord?*«

»Möglicherweise können wir uns auf eine prozentuale Beteiligung einigen«, sagte er. »Sagen wir fünfzehn Prozent von allem, was ich bekomme?«

Ich stand auf. »Ich glaube, nun sollte *ich* die Polizei rufen.«

Er zuckte die Achseln. »Was könnten Sie schon beweisen? Ich würde leugnen, jemals eine solche Unterhaltung mit Ihnen geführt zu haben. Außerdem sind weder mein Name noch meine Fingerabdrücke irgendwo bei der Polizei registriert.« Seine Augen schienen zu funkeln. »Sie begreifen offenbar nicht, wie *groß* wir diese Sache aufziehen können. Ihre ›Forschung‹ brauchte sich nicht bloß auf eine Gegend zu beschränken. Sie könnten landesweit vorgehen. Ein wahrhafter Kinsey-Report – jedenfalls dem Umfang nach. Und Ihr Beruf ist der ideale Deckmantel.«

»Auf keinen Fall. Niemals.«

Er wirkte nicht sonderlich beeindruckt. »Ich lasse Ihnen ein wenig Zeit, die Sache zu überdenken, Professor. Und vergessen Sie nicht, daß es bestimmte Aberhunderte von Psychologen gibt, die sich freuen würden, eine solche Chance zu bekommen, wie ich sie Ihnen biete.«

Ich sah ihm nach, als er über die Straße ging und in ein schnittiges 63er Kabriolett stieg.

Nach meinem letzten Seminar an diesem Tag fuhr ich in meiner 46er Limousine nach Hause.

Doris sortierte haufenweise Kleider aus. »Für den Trödelmarkt vor der Kirche, Lieber.«

Ich besah mir die Kleidungsstücke. »Was hat denn mein brauner Anzug hier zu suchen? Den habe ich zu unserer Hochzeit getragen.«

»Er ist verschossen, Lieber. Ich wußte nicht, daß du so an ihm hängst.«

»Ich hänge nicht an ihm. Aber der Stoff ist doch noch gut. Bring den Anzug zurück in meinen Schrank.«

»Schon gut, Lieber. Aber heutzutage muß man sich wirklich nicht mehr im selben Anzug trauen und begraben lassen.«

Ich sah sie nachdenklich an. Warum hatte sie gerade diese Formulierung gewählt? Trauen und begraben.

Ich zuckte die Achseln, ging in mein Arbeitszimmer und nahm mir ein Blatt Papier. Die Bevölkerung der Vereinigten Staaten belief sich auf etwa 186 Millionen Einwohner. Einmal angenommen, einhunderttausend dieser Menschen wollten ihren Lebensgefährten loswerden – gewiß eine konservative Schätzung. Doch warum das Feld auf Ehemänner und Ehefrauen beschränken? Es gab doch auch noch Onkel, Tanten, Neffen, Nichten, Freunde...

Angenommen, man könnte nur fünftausend von ihnen erreichen? Und weiter angenommen, man würde im Schnitt fünftausend Dollar pro Person erhalten. Das ergäbe fünfundzwanzig Millionen. Und fünfzehn Prozent von fünfundzwanzig Millionen sind...

Jäh zerknüllte ich das Papier und warf es fort. Ich wandte mich einem Stapel Prüfungsarbeiten zu und begann verbissen, sie zu zensieren.

Am Donnerstag nachmittag ging ich zum *Herald Journal*. Im Fach 1183 fand ich einen Umschlag mit einer Antwort auf meine Anzeige über Regis, den entlaufenen Collie.

Ich las die Notiz.

> Geehrter Herr!
> Ich habe die Anzeige über Regis, Ihren entlaufenen Collie-Hund, gelesen.
> Ich glaube, es ist an der Zeit, daß wir uns treffen. Ich schlage das Restaurant ›Leoni‹, 27. Straße, Ecke Gerald, vor. Acht Uhr, Freitag abend.
> Ich werde einen rosaroten Chiffonschal tragen und erwarte, in Ihrem Knopfloch ein Sträußchen Kornblumen zu sehen. Ich spreche Sie mit ›Regis‹ an, und Sie antworten ›schwarzes Halsband‹.

Ich überlas die Nachricht noch einmal. Daß es sich bei dem Verfasser um eine Frau handelte, war nun eindeutig belegt. Und diesmal waren die maschinengeschriebenen Worte klar und deutlich.

Das Restaurant ›Leoni‹? Ach, ja. Ich erinnerte mich. Doris und ich hatten dort vor einem Jahr gegessen. Oder war es zwei Jahre her?

Ich dachte einen Augenblick darüber nach und fuhr dann weiter nach Hause. Als ich zur Tür hereinkam, sagte ich: »Doris, es ist schon ziemlich lange her, seit wir zuletzt essen gegangen sind. Wie wäre es, wenn wir am kommenden Freitagabend ins ›Leoni‹ gehen?«

Sie sah von ihrer Zeitschrift auf. »Tut mir leid, Lieber, aber da habe ich meinen Frauenklub. Ich würde ihn ja absagen, aber dieses Jahr bin ich Kapitänin und sollte wirklich anwesend sein. Wenn man in einer Organisation Offizier wird, muß man eine gewisse Verantwortung übernehmen, und die Anwesenheitspflicht gehört einfach dazu.«

Ich setzte meinen Hut wieder auf. »Ich gehe auf einen kurzen Spaziergang nach draußen.«

»Aber du bist doch gerade erst hereingekommen, Lieber.«

»Trotzdem, ich gehe spazieren.«

Draußen war es dunkel und windig. War es möglich, daß Doris ein Spiel mit mir trieb? Doch wie sollte sie von meinem Projekt erfahren haben? Es gehörte zu meinen Eigenheiten, in Fragen der Arbeit verschwiegen zu sein, bis ich mich gänzlich damit vertraut gemacht hatte. Das ersparte mir die Verlegenheit eines Rückzugs, sollte sich das Feld als unzugänglich erweisen.

Oder war es wirklich möglich, daß Doris ernstlich den

phantastischen Gedanken hegte, mich loswerden zu wollen?

Wir waren seit zehn Jahren – *glücklich,* wie ich geglaubt hatte – verheiratet. Natürlich führten wir ein geruhsames Leben, aber Doris war solcherlei doch gewiß gewohnt. Ich hatte absichtlich sozusagen *in die Familie* geheiratet. Ihr Vater war Professor für Romanische Sprachen gewesen, ihre Mutter Assistenzprofessorin für Zoologie, deren Nachbildung einer Teichökologie noch immer zur ständigen Ausstellung ihrer Fakultät gehörte.

Sollte ich Doris zur Rede stellen und eine Erklärung verlangen? Ich schüttelte den Kopf. Nein. Ich mußte herausfinden, wie weit sie tatsächlich gehen wollte.

Und wenn ich einen Bart oder etwas Derartiges trug, wenn ich sie im ›Leoni‹ traf? Ich würde morgen Professor Tibbery vom Fachbereich Darstellende Kunst aufsuchen und ihn fragen, was er für mich tun konnte.

Ein schnittiges Kabrio fuhr an mir vorbei, wurde langsamer und hielt dann am Straßenrand. Der große Fremde, der Mord zu seinem Geschäft gemacht hatte, stieg aus und wartete auf mich.

»Nun, Professor, haben Sie sich für eine Zusammenarbeit entschieden?«

Eine neue Kette von Gedanken kam mir in den Sinn. Warum töten Menschen? Aus Gewinnsucht natürlich. Aus Leidenschaft. *Und* in Selbstverteidigung.

Bei dem Gedanken weiteten sich meine Augen. Wäre es moralisch gerechtfertigt, Doris umbringen zu lassen, ehe sie Gelegenheit hatte, mich umzubringen? Sollte ich einen Mörder dingen, der diese Arbeit für mich erledigte? Etwa diesen Mann vor mir? Ich schloß die Augen und kämpfte mit kaltem Verstand und heißem Gefühl.

Nein. Ich hätte Doris nicht umbringen können. Das Eheversprechen galt in guten wie in schlechten Zeiten, auch wenn die Lage weit schlechter war, als ich erwartet hatte.

»Nun, Professor«, sagte der Fremde noch einmal. »Sind Sie bereit, mit mir zusammenzuarbeiten?«

Ich öffnete die Augen. »Wir haben überhaupt nichts miteinander zu bereden.«

Er neigte den Kopf zur Seite, benötigte etwa zehn Sekunden, um die neue Situation zu beurteilen, und faßte dann in seinen Überzieher. Er holte eine Visitenkarte hervor und gab sie mir. »Ich werde noch einen weiteren Tag im Hotel ›Westland‹ bleiben. Und denken Sie daran, daß es andere Psychologen gibt, die nur auf eine solche Chance warten.«

»Lassen Sie sich nicht aufhalten.«

Als die Rücklichter seines Wagens um die Kurve verschwanden, hielt ich die Karte ins Licht der nächsten Straßenlampe. Auf ihr stand nur ein Name. Charles A. Hasker. War das sein wirklicher Name? Gut möglich, wenn man ihn bei der Polizei tatsächlich nicht kannte. Doch das war völlig unwichtig, ich würde Sergeant Larson wissen lassen, wo er Hasker finden konnte.

Vielleicht konnte die Polizei augenblicklich nichts gegen ihn unternehmen, doch wüßte sie dann immerhin von seiner Existenz und seinem Beruf, außerdem könnte man ihn beobachten lassen. Irgendwann würde man ihn schon fassen.

Als ich nach Hause kam, traf ich meinen Nachbarn, Professor Conner, an, der wartend vor dem Schachbrett saß.

Ich weiß nicht, warum er immer wieder auf einen

Sprung bei uns vorbeischaute. Uns verbanden nur wenig Gemeinsamkeiten. Sein Gebiet war die Zoologie. Ich führte Schach als *divertissement* ein, da es allemal amüsanter war als eine Unterhaltung mit ihm.

Um elf Uhr verzehrte er zwei von Doris' Sandwiches mit Thunfischsalat und verabschiedete sich.

Am Freitag abend nach dem Essen ging Doris nach oben, um sich für den Frauenklub umzuziehen. Als sie wieder herunterkam, gab sie mir einen flüchtigen Kuß. »Ich weiß nicht, wann ich zurück bin, Lieber. Das Thema der heutigen Diskussion lautet ›Castro‹, und es ist nicht abzusehen, wie viele Resolutionen wir verabschieden werden.«

Ich betrachtete sie niedergeschlagen. »Hast du nicht noch etwas vergessen? Einen rosaroten Chiffonschal etwa?«

»Der ist in meiner Handtasche, Lieber. Macht es dir etwas aus, wenn ich heute abend den Wagen nehme?«

»Ich dachte, Professor Bronsons Frau holt dich gewöhnlich ab?«

»Ich habe Sie gebeten, es heute nicht zu tun. Ehrlich gesagt möchte ich gern etwas unabhängiger sein. Sonst muß ich immer dann aufbrechen, wenn sie gehen will.«

Kaum war sie fort, öffnete ich den Schrank und holte die Maskerade heraus, die Professor Tibbery mir einige Stunden zuvor gegeben hatte.

Ich rief mir seine Anweisungen ins Gedächtnis und stellte einen Spiegel auf. Warum um alles in der Welt wollte Doris mich umbringen lassen? *Warum?* Für Geld? Lächerlich. Unser Vermögen war einfach zu bescheiden.

Für meine Lebensversicherung? Eine recht erkleckliche Summe, doch kaum so viel, daß sie eine Verlockung bedeuten könnte. Gab es einen anderen Mann? Ich mußte lächeln. Es gab kein Jota eines Bewei…

Eine geschlagene Minute saß ich, ohne mich zu rühren. Warum kam Professor Conner so oft in unser Haus? Interessierte er sich wirklich für Schach? Warum servierte Doris immer diese vermaledeiten Sandwiches mit Thunfischsalat? *Meine* Lieblingssandwiches waren das jedenfalls nicht.

Und Conner war Junggeselle. Sein Interesse galt der Zoologie der Wirbeltiere. Gewiß verlangt es einen Mann, der sich auf die niederen Wirbeltiere spezialisiert hat, irgendwann nach den höheren…

Wütend starrte ich mein nunmehr bärtiges Spiegelbild an und setzte mir dann eine grün getönte Sonnenbrille auf. Ehe ich aus dem Haus ging, blieb ich am Kühlschrank stehen und holte das Kornblumensträußchen aus seinem Versteck hinter dem Glas mit eingelegten Gurken hervor.

Gegen acht Uhr kam ich ins ›Leoni‹, blieb gleich im Eingang stehen und stellte aufdringlich mein Sträußchen im Knopfloch zur Schau.

Das ›Leoni‹ war ein bescheidenes Etablissement mit ungefähr einem Dutzend Tischen und einer etwa gleich großen Anzahl von Sitzecken. Suchend schaute ich mich um. Keine der Frauen an den Tischen trug einen rosaroten Chiffonschal. Die Sitzecken konnte ich allerdings nicht einsehen.

Etwa fünf Minuten blieb ich stehen, wo ich war, und hatte mich gerade zu dem Entschluß durchgerungen, alle Sitzecken persönlich zu inspizieren, als sich eine etwa fünfundzwanzigjährige Frau von ihrem Tisch erhob und auf mich zukam.

Ein wenig zögernd fragte sie: »Regis?« Sie starrte mich argwöhnisch an.

Ich blinzelte. »Sie tragen ja keinen rosafarbenen Chiffonschal.«

»Aber *natürlich.*«

Dann fiel mir meine grün getönte Brille ein. Ich errötete sichtlich und nahm die Brille ab. Sie trug tatsächlich einen rosafarbenen Chiffonschal.

Und ich hatte sie noch nie zuvor in meinem Leben gesehen.

»Schwarzes Halsband«, sagte ich lahm.

Sie führte mich an ihren Tisch, und ich hörte mir ihre Geschichte an. Sie wollte ihren Mann loswerden, mochte mir ihren Grund dafür aber nicht verraten. Geld vermutlich, dachte ich, doch hätte es mir kaum gleichgültiger sein können.

Rasch einigten wir uns auf ein Honorar von zehntausend Dollar, und ich vereinbarte ein weiteres Treffen mit ihr, um die Details zu klären. Aber natürlich hatte ich nicht die geringste Absicht, sie je wiederzusehen. Ich würde Sergeant Larson ihren Namen und ihre Adresse geben und es ihm überlassen, ihr den Mord auszureden.

Was mich betraf, so war das laufende Projekt hiermit beendet. Ich würde mein Forschungsjahr dem Erstellen einer Charakterstudie der Angestellten in Kleinanzeigen-Annahmestellen widmen. Schließlich war dies sowieso meine zweite Wahl gewesen.

Ich ging in die nächste Bar und bestellte mir einen Scotch mit Soda. Ich empfand eine seltsame Heiterkeit, vermutlich eine normale Reaktion für einen Mann, der herausfindet, daß seine Frau ihn nicht umbringen will.

Ich blieb noch auf drei weitere Scotchs und verließ die

Bar gegen halb elf. Bis zu meinem Haus waren es gut drei Meilen, der Mond war dreiviertelvoll, und ich hatte Lust auf einen Spaziergang.

Die Vorortstraßen lagen ziemlich still und verlassen da, und so konnte es geschehen, daß mir der Wagen auffiel, der mich vier Häuserblocks vor meinem Heim überholte.

Es war meine eigene Limousine; vermutlich kam Doris vom Frauenklub zurück. Etwa einen Block vor mir hielt der Wagen am Straßenrand.

Sicher hatte Doris mich gesehen und wartete auf mich.

Doch dann fiel mir ein, daß ich immer noch den Bart trug. Wie hatte sie mich erkannt? Und das im Mondlicht?

Mit gerunzelter Stirn näherte ich mich dem Wagen.

Was ich für einen recht sperrigen Schatten auf dem Vordersitz gehalten hatte, fuhr nun auseinander. Es saßen zwei Personen im Wagen. Ich blieb stehen und starrte durch das Fenster. Doris... und Professor Conner!

Kühl erwiderten die beiden meinen Blick und gaben mir deutlich zu verstehen, daß es mich nichts anging, was hier geschah.

Ungewohnt scharf ertönte die Stimme meiner Frau: »Stecken Sie Ihre Nase überall rein, Mister? Verschwinden Sie!«

Ich verschwand.

An der Ecke drehte ich mich um und duckte mich sogleich hinter einer Hecke, um einen Blick zurück zu werfen. Ich hatte mich nicht getäuscht. Sie umarmten sich erneut. Und das in *meinem* Wagen!

Ich stoppte ihre Zeit. Zehn Minuten. Fünfzehn. Noch immer deuteten keine Anzeichen darauf hin, daß sie bald aufhören würden. Ich erhob mich und ging auf das Licht einer öffentlichen Telefonzelle beim nächsten Häuserblock zu.

Wieviel würde Hasker dafür verlangen, Doris für immer zu beseitigen? *Und* Professor Conner? Wahrscheinlich eine unverschämte Summe. Vermutlich konnte ich mir seine Dienste selbst mit fünfzehn Prozent Rabatt nicht leisten.

Vielleicht tat er es aber auch umsonst, wenn er und ich Partner würden.

Zehn Dollar zuviel

Der Bundesrevisor schnalzte mit der Zunge. »Verstehen Sie, Mr. Webster, wir können das nicht zulassen.«

Mich erfaßte eine wachsende Unruhe. »Nicht zulassen? Gibt es ein Defizit?«

Er schüttelte den Kopf. »Das nicht. Aber Ihre Bank hat zehn Dollar zuviel.«

Ich lehnte mich in meinem Drehstuhl zurück. »Nun, da würde ich mir keine Gedanken machen. Hauptsache, wir haben nicht zu wenig.«

Er drohte mit dem Finger. »So leicht können Sie das nicht abtun, Mr. Webster. Sie wissen sehr gut, daß Ihre Bücher bis auf den Penny genau stimmen müssen. Bis auf den allerletzten Penny.«

Ich lächelte ihn charmant an. »Nun, Mr. Stuart, schließlich sind es nur zehn...«

Er spitzte die Lippen. »Ich werde einen Bericht an die Kommission schreiben müssen.«

Ich setzte mich auf. »Aber dann kommt es zu einer Untersuchung, Mr. Stuart.«

»Haben Sie etwas zu verbergen?«

»Natürlich nicht«, sagte ich scharf. »Meine Bücher sind vollkommen in Ordnung.«

»Mehr als das«, sagte er trocken. »Sie haben zehn Dollar zuviel in Ihrer Bargeldreserve.« Er steckte sich eine dünne Zigarre an. »Sie müssen sich damit abfinden, Mr.

Webster. Irgend jemand hat Geld in Ihren Tresor gelegt, und vielleicht –«

»Unmöglich«, sagte ich bestimmt. »Mr. Barger und Mrs. White sind beide schon seit Jahren bei mir. Ich vertraue ihnen bedingungslos.«

Seine Miene blieb skeptisch. »Sind das Ihre einzigen Angestellten?«

Ich nickte. »Wir sind eine kleine Stadtbank.«

»Und beide haben Zugang zum Tresorraum?«

»Ja«, gestand ich. »Aber ich kann mir einfach nicht vorstellen, daß einer von ihnen so etwas tun könnte.«

»Trotzdem ist es einer von beiden gewesen.«

Ich dachte darüber nach. »Sind Sie absolut sicher, daß Sie keinen Fehler gemacht haben?«

Er klemmte sich die Zigarre zwischen die Zähne. »Ich mache keine Fehler.«

Wieder grübelte ich einige Augenblicke. »Mr. Stuart, Sie prüfen meine Bücher seit zehn Jahren. Dies ist das erste Mal, daß etwas nicht stimmt.«

Er nickte.

»Nun, können sie um der alten Zeiten willen die Bücher morgen nicht noch einmal prüfen? Nur, um ganz sicherzugehen, ehe Sie Ihren Bericht abschicken?«

Er ließ sich den Vorschlag durch den Kopf gehen und sagte dann widerwillig. »Also gut. Ich komme morgen noch einmal her. Neun Uhr, auf die Minute.«

Als er fort war, ging ich in den Schalterraum. Es war nach Geschäftsschluß, aber Mr. Barker und Mrs. White saßen noch an ihren Tischen hinter der Nußbaumbarriere.

»Sie wissen, was Mr. Stuart entdeckt hat?« fragte ich.

Sie nickten und starrten ihre gefalteten Hände an.

»Sie begreifen, was das bedeutet«, sagte ich. »Es wird

eine Untersuchung geben. Gerüchte werden behaupten, unsere Buchführung sei nachlässig. Es würde mich nicht einmal wundern, wenn es zu einem Sturm auf die Bank kommt.«

Sie wichen meinem Blick aus.

»Ich kann das einfach nicht verstehen«, sagte ich. »Sie sind beide seit über zwanzig Jahren bei mir. Ich dachte, wir wären mehr als nur Arbeitgeber und Angestellte. Ich dachte, wir wären Freunde.«

Mrs. White schluckte. Sie hatte graues Haar, und sie war achtfache Großmutter.

»Ich weiß nicht, wer von Ihnen dafür verantwortlich ist«, sagte ich. »Oder welche Umstände Sie veranlaßt haben, etwas Derartiges zu tun. Doch da es sich schließlich nur um zehn Dollar handelt, können wir die Angelegenheit wohl gleich jetzt in Ordnung bringen.«

Hoffnung breitete sich auf ihren Gesichtern aus.

Ich lächelte. »Zum Glück konnte ich Mr. Stuart überreden, morgen zu einer nochmaligen Überprüfung zurückzukommen. Und jetzt werde ich einfach in den Tresorraum gehen und einen Zehndollarschein herausnehmen. So wird unsere Bargeldreserve wieder den ordnungsgemäßen Betrag aufweisen.«

Das Licht verschwand aus ihren Augen.

»Das ist eigentlich kein Diebstahl«, sagte ich rasch. »Ich werde den Zehner dem Roten Kreuz oder einer anderen verdienstvollen Wohlfahrtsorganisation spenden.«

Barger war ein hagerer Mann, einige Jahre älter als Mrs. White. Er räusperte sich. »Darum geht es nicht, Mr. Webster. Ich habe nur gerade den Tresor geschlossen und die Zeitsperre aktiviert. Vor morgen früh neun Uhr läßt er sich nicht mehr öffnen.«

Ich seufzte und schloß die Augen.

Mrs. White sagte: »Vielleicht können wir morgen früh zehn Dollar herausnehmen?«

»Nein«, sagte ich müde. »Stuart will um Punkt neun Uhr hier sein. Ich habe noch nie erlebt, daß er zu spät gekommen ist.«

Am Abend saß ich in meiner Wohnung über Hansons Drogerie, als es an der Tür klingelte.

Es war Barger, und er nahm den Hut ab. »Könnte ich mit Ihnen sprechen, Mr. Webster?«

»Natürlich, Henry. Kommen Sie herein.«

Wir gingen ins Wohnzimmer, und ich stellte den Fernseher ab.

Barger setzte sich auf eine Stuhlkante und legte den Hut auf die Knie. »Ich habe mir die Sache durch den Kopf gehen lassen, und ich möchte nicht, daß Sie glauben, Mrs. White sei für die Schwierigkeiten in der Bank verantwortlich.« Er schluckte und konnte nur mit Mühe fortfahren. »Mr. Webster, ich habe die zehn Dollar in unsere Bargeldreserve gelegt.«

Vermutlich weiteten sich meine Augen vor Schreck. »Aber Henry, wie konnten Sie so etwas tun?«

Er blickte auf den Teppich. »Ich hatte es eigentlich gar nicht vor. Es geschah eher zufällig.«

Seine Finger fuhren über die Hutkrempe, und sein Gesicht war blaß.

»Henry«, sagte ich besänftigend, »möchten Sie ein Glas Wasser?«

Er schüttelte den Kopf. »Nein, danke. Es geht gleich wieder.«

Nach einer Weile fragte ich. »Wie ist es passiert?«

Er holte tief Luft. »Die Rennen.«

Ich runzelte die Stirn. »Die Rennen?«

»Ja. Drüben in Clinton gibt es ein Wettbüro. Ein ziemlich großer Laden, Mr. Webster. Immerzu telefonieren ein Dutzend Leute oder mehr. Sie nehmen Wetten von überall an, aus New York und auch aus Philadelphia.«

Meiner Stimme war der Schock anzumerken. »Sie haben auf Pferde gesetzt?«

Er ließ den Kopf hängen. »Da waren die Krankenhausrechnungen, außerdem hatte ich Schwierigkeiten mit den Raten für die Hypothek, und mein Gehalt ist wirklich nicht besonders.«

»Das tut mir leid, Henry«, sagte ich. »Aber Sie wissen, wir sind eine kleine Bank und...«

Er hob eine Hand. »Ach, ich beklage mich nicht, Mr. Webster. Ich weiß ja, wie es ist.«

Ich seufzte. »Aber Henry, Sie wissen doch, daß man bei Pferden den kürzeren zieht.«

Er schaute wieder zu Boden. »Anfangs waren es nur zwei Dollar, dann fünf, dann zehn. Ich hatte natürlich ein paar Gewinne, aber ich verstrickte mich immer tiefer und tiefer.«

Mir kam ein Verdacht. »Woher hatten Sie das Geld?«

Er leckte sich über die Lippen. »Aus der Bank, Mr. Webster.«

In der folgenden Stille konnte ich den Kühlschrank in der Küche summen hören.

Barger drehte den Hut zwei- oder dreimal in den Fingern. »Nun, als ich etwa zweitausend Dollar herausgenommen hatte, begriff ich, daß ich das Geld nie wieder zurückzahlen könnte, wenn mir kein Coup gelang.«

»Und so haben Sie noch mehr Geld entnommen«, sagte ich grimmig.

Er nickte. »Ich setzte die zweitausend Dollar in einer einzigen Wette.«

»Und verloren wieder«, sagte ich. »So geht es doch immer…«

Er unterbrach mich. »Nein, Mr. Webster. Mein Pferd gewann zehn zu eins. Ich konnte die Krankenhausrechnungen begleichen, zahlte die Hypothek und legte das Geld zurück in die Bank.« Er seufzte. »Ich schätze, ich habe einfach zehn Dollar zuviel zurückgelegt.«

Dazu fiel mir nichts mehr ein.

Seit Henry gestanden hatte, wirkte er beinahe fröhlich. »Letzte Woche putzte ich die Jalousien in meinem Haus, und in der Nacht träumte ich nur noch von Jalousien, Jalousien.« Er lächelte. »Und wissen Sie, was, Mr. Webster? Als ich am nächsten Morgen auf den Rennzettel schaute, stand da: Jade-Susie! Eine junge Stute im dritten bei Hialeah.«

»Das ist doch wohl kaum das gleiche wie Jalousie«, sagte ich verdrossen.

»Mr. Webster«, sagte Barger. »Wenn man eine Nachricht von dort oben empfängt, nimmt man es mit der Schreibweise nicht so genau.«

Er sah, wie ich mir die Augen rieb. »Jetzt werden Sie mich wohl feuern, wie?«

»Das würde ich gern«, sagte ich bekümmert. »Doch da das Geld wieder in der Bank ist…«

»Sogar zuviel«, sagte Barger eifrig.

Ich begann, im Zimmer auf und ab zu gehen. »Irgendwie müssen wir vor Stuart in den Tresorraum kommen.«

Barger leistete mir in meinen Grübeleien mitfühlende und schweigende Hilfestellung, und schließlich hatte ich eine Idee. »Ich hab's. Wir sorgen einfach dafür, daß Stuart nicht in der Bank ist, wenn sich der Tresor öffnet.«

Barger war vollkommen einverstanden. »Ja, Mr. Webster, aber wie?«

»Wenn Stuart in der Stadt übernachtet, nimmt er sich immer ein Zimmer im ›Ames House‹. Von dort sind es sieben Häuserblocks bis zur Bank, und ich weiß, daß er immer zu Fuß geht.«

Barger blinzelte glücklich. »Ja, Mr. Webster?«

»Ich nehme ihn im Wagen mit, und unterwegs zur Bank gibt es irgendwie Ärger mit dem Motor. Ich sorge dafür, daß wir erst nach neun ankommen.«

Barger nickte. »Und ich bin da, wenn der Tresor sich öffnet, flitze hinein und nehme die zehn Dollar heraus.«

»Aber vergessen Sie nicht«, ermahnte ich ihn, »daß ich Ihnen wahrscheinlich nur fünf Minuten geben kann.«

Dann sah ich ihn mit gerunzelter Stirn an. »Eines noch, Henry. Sie müssen mir versprechen, daß Sie sich morgen zum letzten Mal am Geld der Bank vergreifen.«

Er legte eine Hand aufs Herz. »Glauben Sie mir, Mr. Webster, ich habe meine Lektion gelernt. Es zahlt sich nicht aus, auf Pferde zu setzen.«

Am nächsten Morgen beendete ich gerade mein Frühstück in ›Jake & Millie's Restaurant‹, als Mrs. White in der Tür erschien. Sie verharrte zögernd, bis sie mich sah, und kam dann zu mir an den Tisch.

Sie setzte sich und klammerte sich an ihre Handtasche. »Mr. Webster. Ich konnte die ganze Nacht vor lauter Sorge nicht schlafen.«

»Mrs. White«, sagte ich. »Ich glaube, wir brauchen uns um diese Sache keine ...«

»Ich muß es einfach gestehen«, sagte sie. »Ich möchte

nicht, daß Sie auch nur im entferntesten denken, Mr. Barger könne ein Vorwurf gemacht werden.«

Ich wollte gerade einen Schluck Kaffee nehmen, erstarrte aber mitten in der Bewegung, die Tasse auf halbem Weg zu den Lippen.

Sie sah mich mit ernsten blauen Augen an. »Mr. Webster, ich habe den überzähligen Zehndollarschein in den Tresor gelegt.«

Ich stellte die Tasse ab.

»Sehen Sie, Mr. Webster, ich habe sechs Kinder, acht liebe Enkel, und ich bin mit nahezu allen Einwohnern der Stadt verwandt.«

Ich starrte aus dem Fenster und wartete.

»Nun ja, und die Zeiten sind nicht mehr, was sie einmal waren... alle brauchen sie ein wenig Hilfe... hin und wieder.«

Ich seufzte.

»Ihre Sicherheiten reichten eigentlich nicht für einen regulären Kredit der Bank, also habe ich ihnen... hier und da... den Weg ein wenig geebnet.«

»Wieviel haben Sie herausgenommen?«

»Es sind wirklich alles gute Menschen, Mr. Webster. Gottesfürchtig und verdienstvoll, und da ich nun einmal auf einer Bank arbeite, wo Geld einfach so herumliegt...«

»Wieviel?«

Sie klammerte sich noch fester an ihre Tasche. »Zweitausendfünfhundert Dollar und neunundachtzig Cent.«

Einen Moment lang machten mich die neunundachtzig Cent neugierig, aber dann ging ich darüber hinweg. »Mrs. White, Sie haben sich sehr, sehr dumm benommen.«

Zerknirscht stimmte sie mir zu. »Zwanzig Dollar hier, dreißig da. Eins kam zum anderen.«

Ich schüttelte den Kopf. »Und natürlich hat keiner je auch nur einen Penny zurückgezahlt.«

Sie blickte auf. »Aber das haben sie, Mr. Webster. Allesamt. Und ich dachte, ich hätte mir gemerkt, wieviel Geld ich genommen habe, aber als ich es zurücklegte, muß mir irgendwie ein zusätzlicher Zehner hineingeraten sein.«

Sie richtete sich auf. »Ich übernehme die volle Verantwortung für die zehn Dollar. Ich habe ein erfülltes Leben gehabt und bedaure nichts. Ich hoffe nur, meine Enkel dürfen mich besuchen.«

Langsam faßte ich mich wieder. »Ich glaube nicht, daß es so weit kommen wird.«

»Aber Sie werden mich doch natürlich feuern. Ich habe einen heiligen Treueid gebrochen.«

»Nein«, sagte ich verstimmt. »Ich habe da bereits einen Präzedenzfall geschaffen.«

»Sie wären überrascht, wenn Sie wüßten, wieviel Gutes das Geld auf diese Art getan hat, statt in dem alten Tresorraum zu verschimmeln«, sagte Mrs. White. »Emmy konnte sich eine Waschmaschine besorgen, und die braucht sie doch so dringend wegen der drei Kinder, und Mary Ann konnte sich ein Kleid für den Schulabschlußball kaufen. Ihr Leben wäre völlig ruiniert gewesen, wenn sie es nicht geschafft hätte, die fünfundvierzig Dollar und neunundachtzig Cent aufzutreiben.«

Ich warf einen Blick auf meine Uhr. »Ich schätze, wir können noch alles in Ordnung bringen.«

»Glauben Sie das wirklich, Mr. Webster?« fragte sie erwartungsvoll.

Ich tätschelte ihre Hand. »Ja. Ich werde Mr. Stuart in meinem Wagen mitnehmen. Auf dem Weg zur Bank streikt dann der Motor.« Ich blinzelte ihr zu. »Und Henry wird dann beim Tresor sein und dafür sorgen, daß der Betrag der Geldreserve wieder stimmt.«

Ihre Augen blitzten. »Eine brillante Idee, Mr. Webster.« Dann zog sie die Stirn ein wenig kraus. »Aber Sie beeilen sich besser, wenn Sie Mr. Stuart noch abfangen wollen.«

»Zeit genug«, sagte ich. »Es ist doch erst Viertel nach acht.«

Sie sah auf ihre kleine goldene Armbanduhr und schaute dann über meine Schulter. »Ich fürchte, Ihre Uhr geht nach, Mr. Webster. Nach der Wanduhr hinter Ihnen und laut meiner Uhr ist es vierzehn Minuten vor neun.«

Ich überprüfte das und griff nach meinem Hut. »Wir können es noch schaffen! Aber wir dürfen keinen Augenblick verlieren.«

Wir stürmten aus dem Restaurant zu meinem Wagen am Straßenrand und blieben dann stehen.

Es dauerte dreißig Sekunden, ehe ich ein Wort herausbrachte.

»Mrs. White«, sagte ich matt, »setzen Sie sich einfach in den Wagen, ich kümmere mich um den Platten.«

Zehn Minuten nach neun waren wir in der Bank.

Barger sah blaß aus. »Stuart war hier, als der Tresor aufging. Was war los, Mr. Webster?«

»Unwichtig«, sagte ich gereizt.

Und dann setzten wir uns hin und warteten.

Die Zeit verging langsam, und Runde um Runde folgten unsere Augen dem Sekundenzeiger der elektrischen Uhr.

Um halb elf trat Stuart aus dem Tresorraum, und sein Gesicht war rosarot vor Verlegenheit. »Nur eine Kleinigkeit«, sagte er. »Hätte jedem passieren können.«

Ich seufzte. »Was denn?«

Er wedelte mit einem Bündel Zehndollarscheinen. »Irgendwie wurde offenbar ein Schein in der Mitte gefaltet. Als ich gestern dieses Bündel durchzählte, habe ich den gleichen Schein zweimal gezählt. Beide Hälften, verstehen Sie.« Sein Lachen klang beinahe wie ein Kichern. »Hätte ich das Bündel von der anderen Seite gezählt, hätte ich annehmen müssen, daß Ihnen zehn Dollar fehlen.«

Barger, Mrs. White und ich sahen uns einen Augenblick an und schauten dann wieder auf den beschämten, rot angelaufenen Stuart.

»Hätte jedem passieren können«, wiederholte er.

Ich holte tief Luft. »Dann ist mit unserer Bargeldreserve…?«

»Alles in Ordnung«, sagte Stuart. »Stimmt auf den Penny genau.«

Mittags ging ich ins ›Jake & Millie's‹ zum Essen, als sich Mr. Sprague, der früher in New York gewohnt hatte, zu mir an den Tisch setzte.

Er nahm einen Notizblock und einen Stift zur Hand: »Auf welches Pferd setzen Sie heute?«

»Ich setze gar nicht«, sagte ich. »Ich höre auf mit dem Wetten.«

Seinem Gesicht war die Überraschung anzusehen. »Jetzt hören Sie auf? Nachdem Sie gerade mit Jade-Susie so einen Coup gelandet haben? Zehntausend, nicht wahr?«

»Trotzdem höre ich auf«, sagte ich bestimmt und meinte, was ich sagte.

Auf Pferde wetten kann gefährlich sein.

Denn eine Zeitlang hatte ich angenommen, daß ich die überzähligen zehn Dollar in den Tresorraum gelegt hatte.

Rätsel um ein Parfüm

Willy lehnte sich über den Tresen. »Er hat nur die Hände hochgenommen.«

»Einfach so?«

Willy nickte. »Sicher. Madigan nahm die Hände hoch und lebt. Harsh zog seine Waffe und starb. So einfach ist das.«

Vor ›Willy's Café‹ bemühte sich die Streife, die Menge zum Weitergehen zu bewegen. Ich sah, wie die Neugierigen fast auf Zehenspitzen vorübergingen, um einen Blick auf Harsh werfen zu können, der noch immer ausgestreckt über dem Tisch in der Sitzecke lag.

»Ist doch komisch«, sagte Willy.

»Was denn?«

»Man rechnet bei einem Polizisten nicht damit, daß er so schnell und leicht aufgibt.«

»Welch tapfere Tat würden Sie denn vollbringen, wenn Sie in die Mündung einer 38er blicken?«

Er sah zu den beiden weiß gekleideten Männern mit dem Weidenkorb hinüber und zuckte die Achseln. »Wahrscheinlich würde ich auch auf Nummer Sicher gehen. So wie Madigan.«

Ich schaute in mein Notizbuch. »Es geschah um halb acht? Drei Gäste saßen auf den Barhockern, Sie waren hinterm Tresen und Madigan und Harsh in einer der Sitzecken?«

»Genau.«

»Wußten Sie, daß die beiden Polizeibeamte waren?«

»Sicher. Sie haben nie ein Geheimnis daraus gemacht. Kommen schon seit Jahren her.« Er blinzelte Zigarettenrauch aus einem Auge fort. »Wie ich schon sagte, kamen diese beiden jungen Ganoven ungefähr um halb acht. Ich hatte gleich so ein Gefühl, als würde was passieren.«

»Sind Sie Hellseher?«

»Ich bin schon häufiger ausgeraubt worden. Dreißig, vierzig Scheine. Nicht viel, aber man wird nervös.«

»Was war mit Harsh und Madigan? Hatten die auch so ein Gefühl?«

»Ich habe sofort zu ihnen rübergesehen. Sie ließen die beiden Ganoven nicht aus den Augen.« Willy kratzte sich am Kopf. »Aber dann hat sich Madigan wieder über sein Essen hergemacht, glaub ich.«

»Glauben Sie?«

Das ärgerte ihn. »Madigan hat dann weitergegessen. Soll ich Ihnen das vor Gericht beschwören?«

Die Fotografen machten ihre letzten Bilder und begannen mit dem Einpacken. Ich ging zur Sitzecke und zu Dave Foster, meinem Partner.

Er schaute zu, wie die Ambulanz Harshs Leiche in den Korb legte. »Ich habe Madigan aufs Präsidium geschickt«, sagte er. »Sah ziemlich mitgenommen aus.«

Ich nickte und beugte mich über Harsh. Er roch stark nach Parfüm.

»Madigan kann drei Auszeichnungen vorweisen«, sagte Foster. »Ich dachte bloß, ich sag's dir, damit du nicht auf komische Gedanken kommst.«

»Hast du Harsh gekannt?« fragte ich.

»Nur vom Sehen. Er war ein ruhiger Typ. Hat kaum je ein Wort gesagt.«

Ich ging zurück zum Tresen.

Willy seufzte. »Ich werde noch heiser von all dem Gequatsche.«

»Sie werden schon nicht daran sterben.«

Er zog an seiner Zigarette. »Diese beiden Burschen kamen hier rein und sahen sich um. Dann zog der Dunkelhaarige blitzschnell die Waffe und fing an zu schießen.«

»Hat er nichts gesagt? ›Dies ist ein Überfall‹ oder so was?«

»Vielleicht wollte er das noch. Ich weiß nicht.«

»Hat Harsh auch gefeuert?«

»Dazu hatte er keine Gelegenheit. Er zog seinen Revolver, konnte ihn aber nicht mehr in Anschlag bringen. Ehe er wußte, wie ihm geschah, hatten ihn die Kugeln niedergemäht.«

Und so waren wir wieder bei Madigan. »Was hat Madigan getan?«

Müde gähnte Willy. »Nichts. Er hat schnell die Hände hochgenommen.«

»Dieser andere Bursche«, sagte ich, »hat er auch geschossen?«

»Nein. Er wirkte eher überrascht.«

»Und dann?«

»Sie standen einige Sekunden nur da. Ich dachte, sie wollten Madigan auch fertigmachen, aber dann schrie der eine: ›Verschwinden wir von hier!‹, und sie rannten nach draußen.«

»Lief Madigan ihnen nach?«

»Er stand da wie betäubt, blickte auf Harsh, und dann lief er hinterher. Aber es war zu spät. Sie waren verschwunden.«

»Haben Sie etwas mitgenommen? Geld?«

»Keinen Cent.« Er sah dem abfahrenden Krankenwagen nach. »Ich frage mich, ob die Sache anders gelaufen wäre, wenn Madigan und Harsh ihre Waffen zur gleichen Zeit gezogen hätten.«

Hinter ihm klingelte das Telefon, und er nahm den Hörer vom Wandhaken. Er lauschte einen Moment, dann drehte er sich um. »Ist für Sie.«

Ich ging hinter den Tresen und nahm den Hörer entgegen. Nachdem ich aufgelegt hatte, sagte ich zu Foster. »Ich schätze, wir haben sie. Einer tot, einer lebendig. Sie haben im Westteil eine Ampel überfahren. Als eine Streife sie anhalten wollte, gerieten sie in Panik und schossen um sich. Aber diesmal haben sie sich die Falschen ausgesucht.«

Foster und ich fuhren zurück aufs Präsidium und parkten den Wagen.

Lieutenant Werth wartete im sechsten Stock auf uns und gab uns eine Akte. »War nicht schwer, den Namen von dem Jungen rauszukriegen«, sagte er. »James Charles Beacon. Neunzehn Jahre alt, und das hiesige Vorstrafenregister reicht bis in sein zwölftes Lebensjahr zurück.«

»Hat man ihn identifiziert?«

Werth nickte. »Madigan hat ihn sich angesehen. Beacon hat Harsh umgebracht.«

»Hat er gestanden?«

»Er gibt nur zu, daß er dabei war. Er behauptet, sein Kumpel habe geschossen, aber der ist tot und kann nicht widersprechen.«

»Wie heißt er?«

»Steve Torson, laut Ausweis. Er war siebzehn.«

Foster und ich blätterten Beacons Akte durch und gingen dann über den Flur ins Verhörzimmer.

Beacon war etwa durchschnittlich groß, aber von

schwerer Statur. Er saß auf einer Bank, und ein uniformierter Polizist behielt ihn im Auge.

Ich setzte mich ihm gegenüber. »Also gut. Erzähl uns, was passiert ist.«

Er würde uns ein großes Märchen auftischen. Das wußten wir. Aber wir würden trotzdem zuhören.

Beacon fuhr sich mit den Fingern durchs Haar. »Es war allein Steves Schuld. Er kam zu mir und meinte, er hätte den Laden ausbaldowert. ›Willy's Café‹. Er meinte, es sei alles ganz einfach, und wir würden so um die hundert kriegen.«

»Und du hast immer gemacht, was Steve dir sagte? Er war siebzehn, und du bist neunzehn.«

Er schaute zu Boden und zuckte die Schultern. »Steve war einer von diesen Anführertypen.«

Wahrscheinlich war es genau andersherum, dachte ich. Steve war der arme Esel, der stets hinterhertrottete.

Beacon fuhr fort. »Steve sagte, er habe zwei 38er. Wir würden in den Laden gehen, Kaffee bestellen, uns umsehen und uns dann das Geld holen.«

»Und wenn sich euch einer in den Weg stellte, wolltet ihr ihn abknallen?«

Er beeilte sich, dies abzustreiten. »Wir wollten bloß das Geld. ›Keine Schießerei‹, habe ich zu Steve gesagt.«

Foster schlug die Beine übereinander. »Warum waren die Revolver dann geladen?«

Beacon schien in die Ecke gedrängt, und er brauchte eine halbe Minute, ehe er mit der Antwort aufwarten konnte. »Wir wollten keine Schießerei, dachten uns aber, daß wir uns sicherer fühlen würden, wenn die Revolver geladen sind. Deshalb. Wären die Revolver leer gewesen, hätte man uns das vielleicht angemerkt.«

Foster verzog grinsend die Mundwinkel, sagte aber nichts.

»Warum habt ihr ihn nicht bestellt?« fragte ich.

Beacon schaute verwirrt drein. »Wen bestellt?«

»Den Kaffee.«

Er zuckte die Achseln. »Uns blieb keine Zeit. Steve fing sofort an zu schießen.«

»Du auch?«

Er schüttelte den Kopf. »Ich habe keinen Schuß abgegeben.«

Es gab fünf Zeugen, die ihn einen Lügner nennen würden, aber ich ließ das für den Augenblick auf sich beruhen. »Unser Paraffintest wird beweisen, daß du eine Waffe abgefeuert hast.«

Er mußte sich Gedanken gemacht haben über die Pulverspuren an seinen Händen, die er nicht abwaschen konnte, denn die Antwort folgte ohne Zögern. »Ich habe später geschossen. Als die Streife uns verfolgt hat. Aber da wurde kein Polizist getötet.«

»Warum sollte Steve einen Schuß abfeuern?« fragte ich.

»Ich weiß nicht. Vielleicht ist er in Panik geraten.«

»Die Gäste auf den Barhockern wären näher gewesen«, sagte Foster. »Warum hat er seine Panik nicht an denen ausgelassen? Warum gerade Harsh?«

Darauf wußte Beacon keine Antwort.

»Hast du gewußt, daß der Ermordete ein Polizist war?« fragte ich.

Er blickte zu Boden. »Das hat man mir gesagt.«

»Wußte Steve, daß die beiden Polizisten waren? Hat er deshalb geschossen?«

Beacon dachte nach und nickte dann. »So muß es gewesen sein.«

»Woher wußte er davon? Sie trugen keine Uniform.«

Erste Schweißperlen zeigten sich auf Beacons Stirn. »Vielleicht hat er Harsh wiedererkannt und wußte, daß er ein Polizist war?«

Eine Weile zog ich genußvoll an meiner Zigarette. »Fangen wir noch mal von vorne an.«

Beacon rieb sich die Hände an den Hosenbeinen. »Als wir reinkamen, haben uns diese beiden Typen beobachtet, als ob sie wüßten, was wir vorhatten.«

»Beide?«

»Ja.«

»Und dann?«

Beacon dachte nach und kam offenbar zu dem Ergebnis, daß ihm die nächsten Worte nicht schaden konnten. »Sie musterten uns, und dann gab Harsh dem anderen einen Tritt vors Schienbein. Als wär's ein Signal.«

Foster und ich sahen uns einen Moment lang an.

»Was geschah dann?« fragte ich.

Beacon schien verwirrt. »Der andere fing gleich wieder an zu essen.«

»Hattet ihr da schon eure Waffen gezogen?«

»Nein. Aber dann... Steve verlor den Verstand, als er dieses Signal sah und zog seinen Revolver.«

Einen Augenblick lang schaute ich aus dem Fenster. »Warum hat er Madigan nicht auch erschossen?«

Beacon leckte sich über die Lippen. »Gar nicht so leicht, jemanden zu erschießen, der die Hände hochhebt und keinen Ärger macht.«

Foster und ich gingen hinaus auf den Flur und machten uns auf den Weg zu Lieutenant Werths Zimmer.

Foster war unbehaglich zumute. »Glaubst du an diese Geschichte mit dem Signal?«

»Warum sollte er sich so etwas ausdenken?«

Foster kratzte sich am Kopf. »Sollen wir Werth davon erzählen?«

»Lassen wir es noch eine Weile auf sich beruhen.«

Werth erwartete uns. »Wie ist es gelaufen?«

»Wie immer«, sagte Foster. »Schiebt alles seinem Partner in die Schuhe. Aber wenn man ihm Fragen stellt, kommt er ins Schwitzen.«

Werth kippte seinen Stuhl nach hinten. »Ich lasse Willy und die Zeugen holen. Das sollte ihm den Rest geben.«

»Ist Madigan noch da?« fragte ich.

»Im Nebenzimmer. Er wartet darauf, daß seine Aussage getippt wird.«

Madigan sah auf, als wir drei den Raum betraten.

Er war ein großer, breitschultriger Mann mit grauen, bedächtigen Augen, die uns nicht losließen.

»Sie kennen Foster und Regan?« fragte Werth.

Madigan nickte.

»Sie bearbeiten den Fall«, sagte Werth. »Sie würden gern mit Ihnen reden.«

Madigan wartete, bis Werth uns allein gelassen hatte, und sagte dann müde: »Stellt eure Fragen.«

Foster bot ihm eine Zigarette an. »Erzählen Sie uns einfach, was passiert ist.«

Madigan benutzte sein Feuerzeug. »Etwa um Viertel nach sieben«, sagte er, »schauten Harsh und ich bei Willy rein, um etwas zu essen. Diese beiden jungen Ganoven kamen zwei, drei Minuten nachdem wir unser Essen in Empfang genommen und die Tabletts in eine Sitzecke getragen hatten.«

Ich beobachtete ihn. »Haben Sie die beiden Jungs reinkommen sehen?«

»Ja.«

»Und Sie haben sie beobachtet, Sie und Harsh?«

»Richtig.«

»Und dann?«

Madigan zögerte einen winzigen Augenblick. »Für mich sahen sie wie gewöhnliche Teenager aus. Ich habe weitergegessen.« Er holte tief Luft. »Daß irgendwas nicht stimmt, merkte ich erst, als Harsh aufsprang und nach seinem Revolver griff.«

Schweigend warteten Foster und ich etwa fünfzehn Sekunden.

Madigan blickte kurz zu uns auf. »Es geschah alles so schnell, und ehe ich mich's versah, starrte ich in den Lauf einer 38er. Es gab nichts, was ich hätte tun können.«

»Sie haben die Hände hochgenommen?«

Madigan wirkte gereizt. »Was hätte ich denn sonst tun sollen?«

Ich ließ es möglichst beiläufig klingen. »Ich habe gehört, daß Sie drei Auszeichnungen erhalten haben.«

Ein harter Zug erschien um seinen Mund. »Damals war ich jünger, außerdem lag keiner neben mir, der blutete und tot war und mich daran erinnerte, was passieren kann.«

Gedankenverloren schob ich den Aschenbecher hin und her. »Ich habe gehört, daß Harsh und Sie seit langem Partner waren. Seit sieben Jahren?«

Wütend blitzten seine Augen auf. »Soll ich weinen? Wären Sie dann zufrieden?«

»Immer langsam«, sagte Foster leise, und ich fragte mich, ob seine Worte mir galten.

Ich schaute auf den schlichten Hochzeitsring an Madigans Finger. »Ließ Harsh jemanden zurück? Eine Frau? Kinder?«

»Nein. Er war Junggeselle. Es wäre ihm lieber so, hat er gesagt. Dadurch hätte er mehr Gelegenheiten... mehr Freiheit.«

»Mehr Gelegenheiten für was?« fragte ich.

»Ich habe keine Ahnung.«

Ich nickte Foster zu, und wir brachen auf. In der Tür drehte ich mich um. »Warum hat Harsh Ihnen vors Schienbein getreten?«

Madigans Augen verengten sich. »Wer behauptet so etwas?«

»Der Junge, der Harsh getötet hat.«

»Er ist ein Lügner«, fauchte Madigan.

Auf dem Flur schüttelte Foster den Kopf. »Es gefällt mir nicht, wie sich die Sache entwickelt. Was jetzt?«

»Wir besorgen uns Madigans Anschrift aus seiner Akte.«

Foster zog eine Augenbraue in die Höhe. »Hast du etwas Bestimmtes im Sinn?«

»Ich dachte an Parfüm.«

Wir brauchten etwa zwanzig Minuten, um Madigans Apartmentblock in der St. Paul Avenue zu finden. Wir blieben vor einer Reihe Briefkästen stehen, um die Nummer seines Apartments herauszufinden.

Ein untersetzter Mann in Hemdsärmeln stand im Eingang eines kleinen, sich nach links öffnenden Foyers. »Suchen Sie jemand Bestimmten?«

»Schon gefunden.« Ich sah ihn mir etwas genauer an. »Wer sind Sie?«

»Andrews. Der Hausmeister.«

»Wie lange wohnen die Madigans schon hier?« fragte Foster.

»Etwa fünf Jahre.« Andrews Lippen verzogen sich zu

einem verschwörerischen Grinsen. »Sind Sie ein Freund von Madigan? Oder von Mrs. Madigan?«

Fosters Miene blieb ausdruckslos. »Wir haben Mrs. Madigan noch nicht kennengelernt.«

Andrews grinste verschlagen. »Sie werden sehen, Lilis – also Mrs. Madigan – ist sehr freundlich. Sie mag Menschen.«

Foster und ich gingen zum Aufzug. Er drückte den Knopf fürs sechste Stockwerk.

Lilis Madigan hatte meergrüne Augen, und ihr Lächeln war höflich. Nur das. Nichts sonst.

»Ja?« fragte sie.

Wir nahmen unsere Hüte ab, und ich zeigte ihr die Marke in meiner Brieftasche. »Könnten wir uns einen Augenblick mit Ihnen unterhalten?«

Sie sah uns besorgt an. »Stimmt etwas nicht? Ist meinem Mann etwas passiert?«

»Nein. Ihm geht es gut. Können wir reinkommen?«

Sie trat zur Seite, und ich erhaschte den Duft ihres Parfüms, als wir an ihr vorbeigingen und ins Zimmer traten. Mir fiel auf, daß sie die Tür zum Flur offenließ.

Sie wartete, bis wir uns gesetzt hatten. »Aber irgend etwas stimmt nicht?«

Ich nickte und erzählte ihr, was passiert war. Fast alles.

Sie sah blaß aus, als ich meinen Bericht beendete. »Ich gehe jetzt besser zu meinem Mann.«

»Nein«, sagte ich. »Er kommt bald nach Hause.« Ich schaute mich in dem geschmackvoll eingerichteten Zimmer um. »Ihr Mann und Harsh waren gute Freunde?«

»Ja. Fast wie Brüder.«

»Ist Harsh oft bei Ihnen gewesen?«

Sie nickte. »Zum Abendessen und länger.«

Meine Augen wanderten wieder zu ihrem rabenschwarzen Haar. »Haben Sie ihn jemals allein zu sich eingeladen?«

Sie starrte mich an. »Warum stellen Sie solche Fragen?«

Ich gab darauf keine Antwort. »Welchen Eindruck hat Harsh auf Sie gemacht, als Sie ihn heute nachmittag sahen? War er angespannt? Nervös?«

»Nein. Überhaupt nicht.« Sie runzelte die Stirn. »Woher wissen Sie, daß er hier war.«

Ich fuhr fort. »Wann war er hier?«

Sie zögerte. »Haben diese Fragen etwas mit dem zu tun, was heute abend geschah?«

Foster lächelte freundlich. »Das wissen wir nicht.«

Lilis schaute mich prüfend an, ehe sie meine Frage beantwortete. »Harsh kam etwa um halb vier.«

»Um Sie zu sehen?«

Ärger blitzte in ihren Augen auf. »Er kam immer um diese Zeit, um meinen Mann abzuholen. Ihr Dienst beginnt um vier.«

»War Ihr Gatte gestern hier?«

»Nein. Er war unterwegs, einkaufen. Er bat mich, Harsh anzurufen und ihm zu sagen, daß er ihn im Präsidium treffen würde.«

»Haben Sie Harsh angerufen?«

»Ja.«

»Aber er kam trotzdem?«

»Ja.«

»Warum?«

Sie sah mich an. »Er wollte wissen, was ich von dem Ring halte.«

Ich runzelte die Stirn. »Was für ein Ring?«

»Der Verlobungsring. Er hatte ihn gestern gekauft und wollte ihn seinem Mädchen geben.«

Foster und ich sahen uns an, und er zuckte die Schultern.

»Pauline Winters«, sagte sie. »Harsh traf sie vor drei Monaten im Fahrstuhl und hat sie seither ziemlich oft gesehen.«

Ich rieb mir die Schläfe. »Wußte Madigan... Ihr Mann davon?«

»Ich glaube nicht, daß überhaupt jemand etwas gewußt hat. Den Namen Pauline habe ich heute nachmittag zum erstenmal gehört, und ich habe sie noch nicht einmal kennengelernt. Harsh war ziemlich verschlossen. Vielleicht genierte er sich auch nur, uns davon zu erzählen.«

Foster machte für einige Sekunden weiter. »Er zeigte Ihnen den Ring und ging wieder?«

»Nicht ganz. Er wollte auch den Namen des Parfüms wissen, das ich seit kurzem benutze. Es ist ein Geschenk meines Mannes, und Harsh wollte das gleiche Flakon für Pauline Winters besorgen.«

Ich beugte mich zu ihr vor. »Und Sie nannten ihm den Namen?«

Sie schüttelte den Kopf. »Nein. Ich habe das Flakon in ein anderes Fläschchen umgefüllt und den Namen vergessen. Aber ich träufelte ihm etwas auf das Taschentuch in seiner Brusttasche. Harsh meinte, das würde reichen, um das Parfüm ausfindig zu machen.«

Ich mußte innerlich lächeln. »Vielen Dank, Mrs. Madigan.«

Der kleine Mann unten stand immer noch im Foyer.

Ich zeigte ihm meine Marke. »Kennen Sie einen Mann namens Harsh?«

Er lächelte weise. »Ich kenne ihn vom Sehen. Er ist Madigans Partner, nicht wahr?«

Ich nickte. »Kam er oft hier ins Haus?«

Andrews entblößte seine kleinen Zähne. »Ganz recht.«

Ich beobachtete die rotgeäderten Augen. »Manchmal auch dann, wenn Madigan nicht hier war?«

Seine Zunge leckte über die Lippen. »Manchmal.«

»Sind Sie ihm je nach oben gefolgt?«

Er schien zu feixen. »Nein. Aber ich kann eins und eins zusammenzählen.«

»Wie schön«, sagte ich. »Und Sie hielten es für Ihre Pflicht, Madigan wissen zu lassen, was hier vor sich ging?«

Der Unterton, den ich meinen Worten verliehen hatte, machte ihn vorsichtig.

»Vielleicht habe ich es mal erwähnt. Ich kann mich nicht erinnern.«

Im Wagen stieß Foster einen müden Seufzer aus. »Werfen wir Werth jetzt all unsere Puzzlestücke in den Schoß?«

Ich wollte schon losfahren, änderte dann aber meine Absicht. Ich machte den Motor aus. »Wir reden zuerst mit Madigan. Er muß bald nach Hause kommen.«

Wir warteten etwa zwanzig Minuten im Wagen, bis Madigans Auto auf den Parkplatz beim Apartmentblock einbog.

Foster und ich warteten an der Einfahrt auf ihn.

»Wir würden gern mit Ihnen reden«, sagte ich.

Er schnipste einen Zigarettenstummel auf die Straße. »Wollt ihr die Geschichte noch mal hören?«

»Nein«, sagte ich. »Diesmal erzählen wir Ihnen ein paar Dinge.«

Sein Blick huschte hinüber zu Foster, dann wieder zurück zu mir. »Schießen Sie los.«

»Es begann alles am heutigen Nachmittag«, sagte ich. »Harsh ging zu Ihrer Frau und sagte: ›Mrs. Madigan, mir gefällt Ihr Parfüm. Könnten Sie mir etwas davon abgeben? Auf mein Taschentuch, das reicht. Ich würde gern herausfinden, wie es heißt, und ein Fläschchen davon kaufen.‹« Ich wartete einen Moment. »Für Pauline Winters.«

Madigans Gesicht blieb ausdruckslos. »Wer ist Pauline Winters?«

»Sie wohnt in Ihrem Apartmentblock. Harsh hat sie vor drei Monaten kennengelernt und sie seither häufig getroffen. Er ging sogar oft in ihr Apartment.«

Ich lächelte. »Aber gestern ging er in Ihr Apartment zu Ihrer Frau. Er wollte ihr einen Verlobungsring zeigen, den er gerade für Pauline gekauft hatte.«

Madigan sagte nichts.

»Zuviel Tratsch gibt Ärger«, sagte ich. »Aber bei Harsh war es etwas anderes. Er behielt seine Angelegenheiten für sich, und das hat ihm das Leben gekostet. Vielleicht war er sich nicht sicher, ob Pauline den Ring annehmen würde, und er wollte keinen Spott auf sich ziehen. Weder von Ihnen noch von jemand anderem. Jedenfalls hat er nie über Pauline gesprochen. Nicht einmal mit seinem besten Freund, seinem Kumpel, seinem Partner.«

Madigans Gesicht lag nun im Schatten, und er schien den Verkehr zu beobachten.

»Die Ganoven kamen um halb acht in ›Willy's Café‹«, sagte ich. »Ihr saht auf, Harsh und Sie, und habt die beiden beobachtet. Vielleicht hat Harsh geahnt, daß etwas passieren wird. Er war schließlich Polizist. So wie Sie angeblich einer sind, Madigan. Vielleicht hat er Beacon auch wiedererkannt und mit Ärger gerechnet. Er trat Ihnen unterm Tisch vors Schienbein. Es war ein Signal, aufmerksam zu sein – bereit zu sein.«

Ich schüttelte den Kopf. »Aber was haben Sie getan? Sie dachten an die verleumderischen Worte eines verschlagenen kleinen Hausmeisters. Und dann war da noch das Parfüm. Ja, das war der letzte, ausschlaggebende Beweis. Es bestätigte Ihnen, Madigan, daß Ihr bester Freund und Ihre Frau ...«

Ich schwieg einige Sekunden. »Und so ließen Sie Harsh allein aufstehen und sterben.«

Ich flüsterte beinahe. »Man hat mir gesagt, ihr wärt wie Brüder gewesen. Sie und Harsh. Ich weiß nicht, wie Sie damit leben wollen, Madigan. Ich weiß nicht, was Sie für ein Mann sind.«

Madigan wandte den Kopf. »Haben Sie gesagt, was Sie sagen wollten?«

»Das ist alles, Madigan«, sagte ich.

Er musterte mich einige Sekunden, dann machte er auf dem Absatz kehrt und betrat das Gebäude.

Foster sah ihm nach, wie er die drei Stufen zum Foyer hinaufeilte und zum Fahrstuhl ging. »Ich habe dreißig Jahre gebraucht, bis ich Sergeant wurde«, sagte Foster. »Du hast es in der Hälfte der Zeit geschafft, Regan.«

»Glück gehabt«, sagte ich.

»Das glaubst du doch selbst nicht, oder?«

Ich warf ihm einen durchdringenden Blick zu, aber er starrte noch immer auf den Eingang zum Apartmentblock.

»Sollen wir Lieutenant Werth deine Geschichte erzählen?« fragte er leise.

Ich zuckte die Achseln. »Was hätte das für einen Sinn? Wir können nichts beweisen.«

Foster schien zu lächeln. »Glaubst du, Madigan wird seinen Abschied einreichen?«

Das nahm ich nicht an. Aber ich sagte: »Ich weiß nicht. Das bleibt allein seinem Gewissen überlassen.«

Foster lächelte tatsächlich. »Vielleicht stellt er auch irgendwas Dummes und Tapferes an und wird dabei umgebracht. Und dann sagen alle: ›Sieht fast so aus, als hätte er den Tod gesucht.‹«

Ich errötete ein wenig, sagte aber nichts.

»Glaubst du wirklich, daß das Parfüm auf dem Taschentuch der Auslöser war? Der entscheidende Hinweis, der Madigan überzeugte, daß irgend etwas zwischen Harsh und Lilis Madigan ablief?«

Ich war verwirrt. »Es paßt alles zusammen.«

»Und Harsh gehörte zur verschwiegenen Sorte. So verschwiegen, daß er nicht einmal Madigan von Pauline erzählt hat?«

»Ganz genau«, fauchte ich. »Einfache Logik.«

Foster lächelte noch immer. »Dann halte folgendes doch auch für einfache Logik. Kaum einer von hundert Männern kann ein Parfüm vom anderen unterscheiden. Glaubst du, Madigan war diese eine Ausnahme?«

Ich sagte nichts.

»Und noch ein bißchen Logik«, sagte Foster. »Harsh mag ja zur verschwiegenen Sorte gezählt haben, aber nachdem er einmal der Frau seines besten Freundes von Pauline erzählt hatte, glaubst du da nicht, daß er auch seinem besten Freund von ihr erzählt hat? Und vermutlich noch am gleichen Tag?«

Foster faßte mich am Arm. »Hör auf zu grübeln,

Regan. Laß uns doch noch mal mit dem Hausmeister reden.«

Ich war müde. »Aber hat Madigan denn deiner Meinung nach nicht zugelassen, daß Harsh umgebracht wurde?«

Foster wirkte nachdenklich. »Mein Polizeiinstinkt sagt mir, daß er es getan hat. Aber es wird nicht leicht sein, das zu beweisen.«

Als der Hausmeister die Tür zu seinem Apartment öffnete, trug er einen Schlafanzug und einen Morgenmantel.

Er sah mich beklommen an.

Foster stellte sich ein wenig vor mich. »Sie haben vorhin gesagt, daß Sie eins und eins zusammenzählen können.«

Der kleine Mann nickte widerwillig.

»Dieses eine Mal lagen Sie vermutlich falsch«, sagte Foster. »Aber man kann ja nicht immer falsch liegen. Jetzt erzählen Sie uns von Madigan. Haben Sie bei ihm jemals eins und eins zusammengezählt?«

Andrews schluckte. »Ich will keine Schwierigkeiten.«

Fosters Stimme klang beinahe sanft. »Die bekommen Sie auch nicht. Glauben Sie mir. Erzählen Sie nur.«

Der Hausmeister zog die Kordel seines Morgenmantels etwas straffer. »Madigans Apartment liegt im sechsten Stock. Aber wenn er heimkommt, beobachte ich die Fahrstuhllichter. Und oft fährt er nur bis in den dritten.«

Foster nickte und ging zur Reihe der Briefkästen im Foyer.

»Wonach suchst du?« fragte ich.

Er zeigte auf einen Namen.

»Pauline Winters, Apartment 317. Das ist im dritten Stock.« Foster lächelte. »Ich habe einmal gelesen, daß die Eifersucht eines Mannes bei seiner Freundin größer ist als bei seiner Frau. Wollen wir es nachprüfen?«

Diesmal überließ ich Foster das Reden.

Ich hörte nur zu und lernte.

Die Partner

Zu schade«, sagte ich. »Wir hatten ihn alle gern.«

»Hoffentlich meinen Sie das ernst«, sagte Lieutenant Palmer. »Es war nämlich kein Unfall mit Fahrerflucht. Es war Mord.«

Ich zog eine Augenbraue in die Höhe. »Woher wissen Sie das?«

»Keine Bremsspuren. Keine Lackabschürfungen. Keine Glassplitter. Nichts, was auf einen Unfall hindeutet. Er wurde erschlagen und auf die Straße geworfen.«

»Also?«

»Also muß ich herausfinden, wer es getan hat und warum er es getan hat. Das ist einer der Gründe, weshalb ich mich hier umsehe.« Er betrachtete uns drei der Reihe nach. »Ihnen gehört dieser mondäne Nachtklub?«

»Ganz recht«, sagte ich. »Wir sind Partner. Eddie Fletcher, Louie Nicolle und ich, Danny Neil.«

Lieutenant Palmer hatte sandfarbenes Haar und kluge blaue Augen. »Und welche Aufgabe hatte Harold Romaine?«

»Er war unser Buchhalter«, sagte Louie Nicolle. Der gedrungene, massige Louie saß eingekeilt zwischen den Armlehnen des grauen Ledersessels. Die Ringe an seinem Finger glitzerten, als er das Glas mit Scotch und Soda an die Lippen führte.

Lieutenant Palmer lächelte dünn. »Buchhalter sind mir nicht ganz geheuer. Bei denen ist oft was faul.«

Eddie Fletcher spielte nervös mit seinem Zigarettenetui. »Nichts da. Er war so ehrlich, wie Buchhalter nur sein können.«

Palmer lächelte noch immer. »Es stört Sie doch nicht, wenn ich Ihre Bücher prüfen lasse? Vielleicht zeigt sich dann, daß einer von Ihnen oder Sie alle drei guten Grund hatten, ihn loszuwerden.«

Ich erwiderte sein Lächeln. »Ganz und gar nicht, Lieutenant. Wann immer Sie wollen.«

»Vielleicht gehört der Täter zu seinem engeren Freundeskreis?« sagte Louie.

Palmer schloß sein Notizbuch. »Wir überprüfen das.«

»Armer Harry«, sagte ich. »Irgendwelche Verwandten?«

»Niemand, soweit wir wissen, bis auf seinen Vater. Mit dem alten Knaben habe ich schon geredet, aber er war keine große Hilfe. Er ist nicht ganz richtig im Oberstübchen.«

Palmer steckte sein Notizbuch ein. »Wegen der Bücher schicke ich nachher jemanden vorbei. Ich gehe gern gründlich vor.« Er öffnete die Tür und blieb noch einmal stehen. »Wo waren Sie drei übrigens heute am frühen Morgen? Sagen wir, zwischen zwei und sieben?«

»Wir haben Poker gespielt«, sagte Eddie. »Direkt hier im Klub, bis ungefähr um acht Uhr.«

»Ist ja prima«, sagte Palmer und nickte. »Wahrscheinlich mußte auch keiner mal aufs Klo. Gute Blasen.« Zum Abschied winkte er kokett mit den Fingern. »Ich komme wieder.«

Eddie ging an die Eckbar und machte sich noch einen steifen Drink. »Bist du sicher, daß die in den Büchern nichts finden?« fragte er.

»Ja«, sagte ich. »Wenn Harry etwas konnte, dann Bücher führen. Die finden nichts.«

Louie redete mit der Zigarre im Mund. »Was glaubst du, wieviel er uns abgeknöpft hat, bevor wir ihn erwischt haben?«

»Schwer zu sagen«, meinte ich. »Mindestens fünfundzwanzig Riesen. Könnten aber auch fünfzig gewesen sein.«

»Dieser Dreckskerl.«

Eddie wandte sich an mich. »Du hättest es nicht ganz so auffällig machen sollen.«

Ich zuckte die Achseln. »Ihr wart doch alle scharf darauf, die Sache schnell hinter euch zu bringen«, sagte ich. »Außerdem wurde es hell, und ich mußte die Leiche loswerden.«

»Ich frag mich, ob er es wirklich ausgegeben hat«, sagte Louie. »Oder meinst du, er hat es irgendwo versteckt?«

»Du hast doch gehört, wie er ständig was von Pferdewetten gewinselt hat«, sagte ich. »Das müssen wir ihm wohl abkaufen.«

Maxie, der Chefkellner, klopfte an und steckte seinen Kopf zur Tür herein. »Irgend so ein betagter Knacker will einen von euch sehen. Egal wen. Ist wohl Harrys alter Herr.«

»Dann wollen wir uns ihn mal anschauen«, sagte ich.

Maxie wirkte überrascht, als er mit Harrys Vater zurückkehrte. Er schob mir die 45er über den Tisch.

Ich nahm das volle Magazin aus der Automatik und schaute mir dann Harrys Vater an. Mr. Romaine war ein kleiner, zerbrechlicher Mann mit silbrigem Haar und blauen, häufig blinzelnden Augen.

Er sah sich um. »Schön«, sagte er. »Wär schön gewesen. Alle drei auf einmal.«

»Also gut, Paps«, sagte ich. »Jetzt erzähl uns mal alles.«

Mit verstörtem Blick sah er mich an. »Ich weiß nicht, wer es war«, sagte er mit hoher, unsicherer Stimme. »Ich weiß nicht, wer von euch ihn umgebracht hat, aber ich weiß, daß ihr alle schuldig seid.«

Ich musterte ihn. »Warum sollten wir schuldig sein?«

»Weil ihr wußtet, was Harry getan hat«, sagte er. »Als er glaubte, daß ihr dahintergekommen seid, hat er mir alles erzählt.« Er lächelte hinterlistig. »Aber dem Lieutenant habe ich nichts gesagt. Das nehm ich selbst in die Hand.«

Er besah sich die Waffe auf meinem Tisch. »Mach ich's eben mit was anderem«, sagte er. »Bring ich euch drei eben mit was anderem um.«

Ich erhob mich. »Du gehst jetzt nach Hause, Paps, und ruhst dich etwas aus. Morgen fühlst du dich gleich besser.« Ich nahm ihn am Arm und lotste ihn zur Tür.

Hinter mir sagte Louie leise: »Wieviel war's, Paps?«

Der alte Mann warf den Kopf herum, als ich ihn durch die Tür schob. »Einunddreißigtausend«, sagte er, und sein Lachen klang beinahe wie ein Kichern. »Einunddreißigtausend Dollar.«

»Dieser Dreckskerl«, flüsterte Louie. »Dieser elende, verlogene Dreckskerl.«

Vor dem Büro traten wir zur Seite, um Jean Taylor vorbeizulassen. Jean hatte wallendes, goldblondes Haar und graue Augen, die immerzu gelassen und ruhig dreinblickten. Sie gehörte zur Bühnenshow und sang Songs, die ebenso direkt und verhalten waren wie sie selbst.

Sie blieb stehen, um einen Blick auf den alten Mann zu

werfen, dann sah sie mich an. »Sei sanft zu ihm«, sagte sie. »Tu ihm nicht weh.«

Ich lächelte. »Ich werde ihm schon kein Haar krümmen«, sagte ich. »Ich zeig ihm nur, wo der Hinterausgang ist.« Ich brachte Harrys Vater auf die Gasse und wies ihm den Weg zur Straße. »Jetzt zieh ab, und schlaf dich aus. Ich weiß ja, daß es ein schwerer Schlag für dich ist, aber komm lieber nicht auf dumme Gedanken.«

Als ich zurückkam, stand Jean noch immer im Flur, dort, wo wir uns begegnet waren. »Was wollte er?« fragte sie.

»Harrys Vater«, sagte ich. »Er hat nicht bekommen, was er haben wollte.«

Sie neigte ihren Kopf ein wenig zur Seite und blickte mich ernst an. »Ich bin immer noch neugierig.«

»Hat was mit Harry zu tun«, sagte ich.

»Was ist mit Harry?«

»Offenbar hast du's noch nicht gehört«, sagte ich. »Harry wurde gestern nacht umgebracht.«

Sie sah mir tief in die Augen.

»Ja«, sagte ich. »Ermordet.« Ich strich ihr flüchtig über das Haar. »Nimm's nicht zu schwer. Wir können uns leicht einen neuen Buchhalter besorgen.«

Nachdem wir den Klub geschlossen hatten, ging ich in mein Apartment und schlief bis zwei Uhr nachmittags. Ich hatte mich gerade rasiert und benutzte mein Aftershave, als es klingelte. Auf dem Weg zur Tür griff ich nach einer Zigarette.

»Kommen Sie herein, Lieutenant«, sagte ich. »Wie wär's mit einem Kaffee?«

»Nein«, sagte Palmer und setzte sich in den Lehnstuhl. Ehe er sprach, spitzte er einen Moment die Lippen. »Ich wollte Ihnen nur das Neueste mitteilen. Um elf Uhr heute morgen wurde Louie Nicolle die Kehle durchgeschnitten.«

Ich dachte darüber nach und stand auf. »Einen Augenblick«, sagte ich, ging in die Küche, schenkte mir einen Kaffee mit Milch ein und nahm ihn mit ins Wohnzimmer.

Er beobachtete mich. »Interessiert Sie das überhaupt?«

»Ich könnte ja weinen«, sagte ich. »Aber erst, nachdem ich meinen Kaffee getrunken habe.«

Palmer schien fortfahren zu wollen, doch dann kam ihm offenbar ein anderer Gedanke. Er warf den Kopf in den Nacken. »Was geschieht jetzt mit Louies Anteil am Klub?«

»Das geht an Eddie und mich«, sagte ich. »Jetzt läuft alles halbe-halbe.« Ich schlürfte meinen Kaffee. »Heute morgen um elf Uhr habe ich hier allein geschlafen«, sagte ich. »Muß ich einen Anwalt anrufen?«

Langsam wickelte er eine Zigarre aus. »Nein, Sie brauchen weder Anwalt noch Alibi. Wir wissen, wer es getan hat, und wir haben einen Zeugen.«

»Das hätten Sie auch sofort sagen können«, sagte ich.

»Aus irgendeinem Grund hab ich es gern, wenn Sie beunruhigt sind«, sagte Palmer. »Sie zeigen es zwar nicht gerade, aber ich weiß, wie Sie sich fühlen.« Er sog an seiner Zigarre, bis sie brannte. »Ungefähr um elf Uhr heute morgen stand ein Zimmermädchen vor einem der Wäscheschränke auf dem Flur neben Louies Tür. Sie sah einen kleinen alten Mann an Louies Tür klingeln. Als Louie die Tür öffnete, zückte der alte Kerl ein scharfes Messer.« Palmer fuhr sich mit dem Finger über die Kehle. »Einfach so. Keine Umstände, kein Aufhebens, kein Wort.«

»Wollen Sie bestimmt keinen Kaffee?« fragte ich.

Palmer rieb sich das Gesicht, während er mich betrachtete. »Und dann wischt der kleine Mann ruhig sein Messer an Louies Hemd sauber und geht gelassen davon, während Louie daliegt und noch zuckt.«

Palmer seufzte. »Bis das Zimmermädchen ihren Augen traute und ein Geräusch von sich gab, war er die Treppen hinunter, durch die Tür und verschwunden. Wir suchen ihn immer noch.«

»Ich hoffe, Sie fassen ihn, Lieutenant«, sagte ich.

»Danke», sagte er trocken. »Ein kleiner alter Mann, etwa einssiebenundfünfzig groß. Graue Haare, blaue Augen. Klingelt es da bei Ihnen?«

»Nein, überhaupt nicht«, sagte ich.

»Bei mir hat es Sturm geläutet«, sagte Palmer. »Schließlich hatte ich erst vor kurzem eine Unterhaltung mit einem Mann, auf den die Beschreibung zutrifft.«

Ich nickte.

Palmer fuhr fort. »Ich wollte Harry Romaines Vater aufsuchen. Keiner zu Hause. Die Tür war zufällig nicht verschlossen, und so habe ich mich natürlich nach Einbrechern umgesehen. Als ich ging, hatte ich ein paar Fotos vom alten Romaine in meiner Tasche. Das Zimmermädchen konnte ihn eindeutig identifizieren.«

Er schlug die Beine übereinander und lehnte sich im Sessel zurück. »Es muß da irgend etwas geben, was Ihnen beim letzten Mal entfallen ist.«

»Tut mir leid, Lieutenant. Ich wüßte nicht, was.«

Palmer starrte an die Decke. »Halbe-halbe jetzt«, sagte er nachdenklich. Er stand auf. »Trotzdem, ich hoffe, Sie haben noch so viel für Louie übrig, daß Sie ihm eine hübsche Beerdigung spendieren.«

Als er fort war, griff ich zum Telefon und rief Eddie

Fletcher an. »Ist Palmer schon bei dir gewesen?« fragte ich.

»Nein«, sagte Eddie nervös. »Weshalb sollte er mich sehen wollen?«

»Louie wurde heute morgen die Kehle durchgeschnitten«, sagte ich. »Von Harrys Vater – und er ist immer noch auf freiem Fuß.«

Ich konnte beinahe sehen, wie Eddie der Schweiß ausbrach. Ich lächelte. »Beruhige dich«, sagte ich. »Die Polizei kriegt ihn früher oder später schon zu fassen. Aber bis dahin paß lieber auf, daß du die Leute kennst, die du zu dir reinläßt.«

Ich ging zurück in die Küche und machte mir noch einen Kaffee und etwas Toast. Eigentlich kein schlechtes Geschäft, dachte ich. Ohne Louie würde ich jedes Jahr ungefähr um fünfzehn Riesen reicher. Der Kaffee schmeckte gut.

Am Abend machte ich mich gegen sieben Uhr fertig, um in den Klub zu gehen, als es klingelte. Ich ging zur Tür, aber als mir Louie einfiel, blieb ich stehen. Lieber vorsichtig als plötzlich tot, sagte ich mir, wickelte einen Mantel um meinen linken Unterarm, hielt ihn mir vor die Kehle und öffnete die Tür.

Für einen alten Mann war er noch erstaunlich flink. Wäre mein Arm nicht gewesen, hätte er mich gehabt. Doch so schlitzte er nur den Mantel auf und verpaßte mir einen Kratzer an der Hand.

Als er zu einem zweiten Versuch ausholte, bekam ich sein Handgelenk zu fassen. Ich zog ihn ins Zimmer und drehte ihm den Arm auf den Rücken, bis der Mann in die Knie ging. Das Messer glitt ihm aus der Hand und fiel mit einem dumpfen Geräusch auf den Teppich.

Ich riß ihn hoch und wollte ihm zeigen, was eine Harke ist. Doch er sah mich mit diesen sanften, wäßrigen Augen an, und ich begriff, daß er völlig neben der Kappe war. Er hatte nicht einmal mehr Verstand genug übrig, sich die Schnürsenkel zu binden, und der einzige Gedanke, der sein Hirn beschäftigte, war die Frage, wie er mich und Eddie umbringen konnte.

Für den Anfang verpaßte ich ihm eine leichte Rechte gegen das Kinn. Er mußte schwächer gewesen sein, als ich gedacht hatte, denn das Licht in seinen Augen erlosch, und er klappte zusammen. Als er auf dem Boden lag, trat ich ihm noch in die Rippen, aber das war nicht mehr nötig. Er war längst nicht mehr bei Sinnen.

Ich griff nach dem Messer, als mir eine Idee kam. Ich ließ das Messer liegen und steckte mir eine Zigarette an. Nach ein paar gemächlichen Zügen beugte ich mich wieder hinunter und hob das Messer auf, sorgsam darauf bedacht, den Griff nicht zu berühren.

Ich legte das Messer in eine leere Milchflasche, wickelte sie in ein Handtuch und legte sie in einen Schuhkarton.

Dann ging ich ins Badezimmer und holte mir ein paar Schlaftabletten. Ich löste sie in warmer Milch auf und wartete, bis der alte Mann zu sich kam. Während er noch blinzelte, hielt ich ihm das Glas an die Lippen, und wie ein Kind mußte er unwillkürlich schlucken.

Er stand auf, und ich stieß ihn zurück auf die Couch. Er versuchte, sich wieder aufzurichten, aber ich legte ihm die Hand auf die Brust, bis die Wirkung der Pillen einsetzte. Als er schlief, nahm ich den Schuhkarton und verließ das Apartment. Kein Laut war hinter der Tür zu hören, als ich auf die Klingel zu Eddies Apartment drückte. »Alles in Ordnung«, sagte ich. »Ich bin's bloß.«

Die Tür wurde geöffnet, soweit die Kette dies zuließ. Eddie vergewisserte sich, daß alles in Ordnung war, dann ließ er mich ein. Ich sah eine Flasche auf dem Tisch, und Eddies Atem roch nach ihrem Inhalt. Ich stellte den Schuhkarton neben die Flasche.

Eddie leckte sich die Lippen. »Ich komme heute abend nicht in den Klub. Ich bleibe hier, bis sie den verrückten alten Trottel gefunden haben.«

»Gute Idee«, sagte ich. »Du mußt vorsichtig sein.«

»Vielleicht sollten wir Palmer sagen, daß Harrys alter Herr hinter uns her ist.«

»Dann will er den Grund dafür wissen«, sagte ich.

Eddie wurde nervös und begann, sich noch einen Drink einzuschenken.

Ich wartete, bis er fertig war und das Glas abgestellt hatte. Als Eddie seinen Blick von mir abwandte, rammte ich ihm eine harte Rechte vors Kinn. Wenn nötig, hätte ich auch noch nachgelegt, aber Eddie fiel zu Boden und blieb reglos liegen.

Auf der Suche nach einem Messer ging ich in die Küche. Ich drehte Eddie auf den Rücken, paßte auf, daß ich kein Blut abbekam, und einen Augenblick später war es vorbei.

Ich wusch das Messer sorgfältig ab und brachte es zurück in die Küche. Dann öffnete ich den Schuhkarton und holte das Messer aus der Flasche. Darauf bedacht, keine Fingerabdrücke zu hinterlassen, schmierte ich etwas Blut auf die Klinge und legte das Messer neben Eddie. Auf dem Weg nach unten warf ich die Milchflasche und die Verpackung in den Müllschlucker.

Nach der ersten Bühnenshow sprach ich mit Jean. Sie trug ein silbernes Lamékleid, das sich wie ein hungriger Liebhaber eng und innig an sie schmiegte.

»Liebling«, sagte ich. »Manchmal hab ich das Gefühl, daß ich nach Feierabend einfach ein bißchen Gesellschaft brauche.«

Wenn Jean dich ansieht, gibt es Augenblicke, da fragst du dich, ob sie dir nicht tief in die Seele schaut. »Manchmal hab ich das gleiche Gefühl«, sagte sie und betrachtete mich sachlich. »Also gut«, fügte sie hinzu, »sag mir, wie es laufen soll.«

»Deine letzte Show ist um eins«, sagte ich. »Ich verschwinde gegen Mitternacht und gehe in mein Apartment, um mir ein frisches Hemd anzuziehen, und um zwei bin ich dann bei dir.«

Ihr Blick verschwamm, dann sah sie mich wieder an. »Zwei Stunden, um ein Hemd zu wechseln?«

Ich verließ den Klub noch vor zwölf, weil ich Angst hatte, Harrys Vater könnte aufwachen. Um elf Uhr dreißig kehrte ich in mein Apartment zurück und öffnete überaus vorsichtig die Tür. Ich wollte nicht, daß mich der alte Mann wieder mit einem Messer erwartete. Doch die Sorge hätte ich mir sparen können. Er lag noch immer ausgestreckt auf der Couch und atmete wie jemand, der tief schläft.

Ich sah auf ihn hinab und dachte einen Augenblick daran, daß es vielleicht besser wäre, ihn für immer loszuwerden, änderte aber meine Absicht. Vielleicht brabbelte er Palmer etwas von den einunddreißigtausend vor, doch dann stünde das Wort eines Irren gegen meins.

Ich ging zum Telefon und ließ mich mit dem Morddezernat und Lieutenant Palmer verbinden.

»Sollten Sie noch nach dem alten Romaine suchen«, sagte ich ihm, »können Sie jetzt aufhören. Er ist hier in meinem Apartment.«

Durch das Telefon hörte ich Stuhlbeine über den Boden scharren, und ich nahm an, daß sich Palmer bei meinen Worten aufgesetzt hatte.

»Seien Sie verdammt vorsichtig«, sagte er. »Der Kerl ist übergeschnappt und gefährlich.«

»Im Augenblick nicht«, sagte ich. »Er schläft.«

Ich ging in die Küche und holte ein Messer. Ich versah es mit seinen Fingerabdrücken und fügte ein paar von mir dazu. Ich legte das Messer auf den Tisch, holte ein kaltes, nasses Tuch aus dem Bad und fuhr dem alten Mann damit durch das Gesicht, bis er wieder bei Bewußtsein war.

Er war immer noch ziemlich angeschlagen, als Palmer mit zwei Beamten in Zivil eintraf.

»Da ist er«, sagte ich. »Ich hab die Tür aufgemacht, und er holte aus.« Ich zeigte auf das Messer. »Ich hab einen kleinen Kratzer abgekriegt und ihn dann schlafen geschickt.«

Daraufhin legte man Romaine Handschellen an. Die beiden Beamten mußten ihn fast hinaustragen.

Palmers Blick folgte den beiden Beamten. »Ich würde viel drum geben, wenn ich wüßte, wieviel ich von dem glauben kann, was er uns erzählt.« Er zuckte die Achseln und ging zur Tür. »Damit sollte sich die andere Hälfte in Ihrem Halbe-halbe-Geschäft beruhigen können. Die war ganz schön nervös, als ich sie gestern sah.«

»Das sollte sie wirklich«, sagte ich. »Eddie liebt die Sicherheit.«

Sobald sie fort waren, eilte ich, so schnell ich konnte, zu Jeans Apartment.

Ihre grauen Augen musterten mich, und dann lächelte sie kaum merklich. »Du scheinst mit dir zufrieden zu sein«, sagte sie.

»Ich fühle mich so, wie ich aussehe«, sagte ich.

Ich setzte mich, während sie in die Kitchenette ging, um uns einen Drink zu mixen. Als sie mir mein Glas gab, nahm ich gutgelaunt einen großen Schluck.

Sie setzte sich auf das Fußkissen und sah mich an. »Erzähl's mir«, sagte sie. »Ich würde gern wissen, was dich so glücklich machen kann.«

Ich ließ die Eiswürfel in meinem Glas klingeln und trank es in einem Zug zur Hälfte aus. »Harrys alter Herr hat heute morgen versucht, mich umzubringen.«

»Ich hatte mich schon gefragt, ob er es probieren würde«, sagte sie.

Sie beobachtete meine Hand, als ich mir den Schlips lockerte.

»Ich hab ihm den Dolch abgenommen«, sagte ich, »und den Alten der Polizei übergeben.« Ich gähnte. »Es war ein schwerer Tag, Baby.« Ich streckte meine Beine aus. »Weißt du, wenn ich jetzt darüber nachdenke, scheint mir, als wäre Harry auch ein komischer Kauz gewesen. Muß wohl in der Familie liegen. Ich glaube, er hat nicht mal was mit Frauen gehabt.«

»Der stille Typ«, sagte sie. »Manchmal machen sie diesen Eindruck.«

»Und doch hat der stille Dreckskerl ...« Ich hielt inne und grinste müde. »Wie wär's, wenn du dich zu mir setzt, Liebes?«

»Und doch?« fragte sie und beobachtete gespannt mein Gesicht. »Was wolltest du sagen?«

»Nichts«, sagte ich und schloß die Augen. Ich fühlte mich schläfrig und sehr entspannt.

»Und doch hat dir dieser stille Dreckskerl einunddreißigtausend Dollar abgenommen. Wolltest du das sagen?«

Ich schlug die Augen auf. »Wer hat dir das gesagt?«

Ihr Gesicht verschwamm vor meinen Augen. »Wir wollten fünfzig haben, Danny«, sagte sie. »Glatte fünfzigtausend Dollar. Dann wären wir verschwunden.«

Es schien eine Weile zu dauern, bis ich verstand, was sie gesagt hatte. »Du und Harry?«

»Ich und Harry«, sagte sie. »Mein Mann und ich.«

Ich spürte, wie mir der Schweiß ausbrach, als ich versuchte, auf die Füße zu kommen. Ich schaffte es nicht. »Dieser Drink...«

»Und jetzt habe ich einunddreißigtausend Dollar«, sagte sie. »Aber Harry hab ich nicht mehr.«

Ich versuchte, den Nebel aus meinem Kopf zu verscheuchen, aber ich war zu langsam, es klappte nicht.

»Ich glaube, Harrys Vater hatte den richtigen Einfall«, sagte Jean ruhig. »Schlaftabletten wären für dich viel zu einfach.«

Ich hörte, wie sie aufstand. »Jetzt bist du an der Reihe«, sagte sie. »Und dann werde ich Eddie umbringen.«

Trotz all meiner Verwirrung fand ich das lustig. Sie wollte Eddie umbringen. Ich spürte, wie mich ein Lachen schüttelte.

Ich lachte, bis sie in der Küche eine Schublade aufzog und ich Besteck klappern hörte.

Da verging mir das Lachen.

Geschäftsmann

Ich sah, daß auf der Dose mit einem halben Kilo Bratfett kein Preisschild klebte. »Einen Augenblick«, sagte ich zu dem Kunden. »Da muß ich nachschauen.«

Ich blätterte durch die Preislisten, bis ich gefunden hatte, was ich suchte. »Das macht dann sechsunddreißig Cent«, sagte ich. Ich tippte die gesamte Ware ein und nannte die Endsumme. »Vier Dollar und dreiundachtzig Cent.« Ich gab auf fünf Dollar heraus und tat die Lebensmittel in eine Papiertüte.

»Danke sehr«, sagte ich. »Einen schönen Abend, und beehren Sie uns bald wieder.«

Dann ging ich hinüber zum Gemüsestand und wartete darauf, daß der letzte Kunde den Laden verließ. »Kann ich Ihnen helfen, Sir?«

Er war klein, etwa fünfundzwanzig Jahre alt und trug eine an den Ärmeln und am Kragen ausgefranste Jacke.

»Gewiß«, sagte er. »Ich kann Ihre Hilfe brauchen.« Er suchte sich ein halbes Dutzend Tomaten aus. »Ich nehme die hier«, sagte er.

Ich tat sie in eine Tüte, wog sie und sah nach dem Schild in der Tomatenkiste. »Neunzehn Cent fürs Pfund«, sagte ich. »Bei zweieinhalb Pfund macht das …« Ich griff nach dem Stift hinter meinem Ohr und rechnete: »Sechsundvierzig Cent. Darf es noch etwas sein, Sir?«

»Klar«, sagte er. »Eins noch.« Seine Hand fuhr in den Taschenschlitz seiner Jacke.

Die Ladentür ging auf, und ein kleiner Junge trug drei leere Sodaflaschen herein.

»Bedienen Sie den Kleinen zuerst«, sagte der Mann. »Ich hab Zeit.«

»Ich möchte die Flaschen zurückgeben, Mister«, sagte der Junge.

Ich nahm ihm die drei Flaschen ab, ging zum Leergut und sah mich um. Mit einer Flasche kehrte ich zurück. »Tut mir leid, Kleiner«, sagte ich. »Zwei kann ich dir abnehmen, aber die hier führen wir wohl nicht.«

Ich drückte die Kasse auf und gab dem Jungen sechzehn Cent.

»Und nun, Sir, was kann ich für Sie tun?« fragte ich, nachdem der Junge gegangen war.

Er zog seine Hand halb aus der Jackentasche, und ich sah, daß er eine Waffe hielt. »Sie können die Kasse ausräumen, Mister«, sagte er.

Ich sah ihn mir genauer an. Bis auf die Tatsache, daß sein Kinn eine Rasur vertragen konnte und seine Kleider in schlechtem Zustand waren, schien er mir nicht wie ein Gangster auszusehen.

»Sie machen wohl Witze«, sagte ich.

Er zog die Waffe ganz aus der Tasche und wies damit auf mich. »Sie funktioniert, Mister«, sagte er. »Also tun Sie, was ich Ihnen sage.«

Plötzlich wußte ich, wie sich ein Mann fühlt, wenn eine Waffe auf ihn gerichtet ist. Mein Herz begann zu rasen, und meine Lippen wurden trocken.

»Hör mal, Söhnchen«, sagte ich. »Ich weiß nicht, wieviel Geld in der Kasse ist, aber es werden kaum mehr als vierzig oder fünfzig Dollar sein. Wenn sie dich schnappen, bedeutet das fünf oder sechs Jahre.«

»Darüber zerbreche ich mir morgen den Kopf.«

Wieder ging die Tür auf, und eine junge Frau trat ein.

Er schob die Waffe zurück in seine Tasche. »Sie ist immer noch da«, sagte er leise und klopfte auf die Tasche. Er ging zur Seite und schien die Schaufensterbeschriftung zu studieren.

»Ich hätte gern eine Packung Corn-flakes«, sagte die junge Frau. »Die große, bitte.«

Ich sah mich um und putzte mir dann nervös die Brille.

»Die steht da oben auf dem Regal«, sagte der Mann.

»Ach ja«, sagte ich, zog eine Leiter heran und holte die Schachtel herunter.

»Das wäre dann alles«, sagte die Frau und legte das Kleingeld auf den Tresen. »Würden Sie mir bitte eine Tüte geben?«

Als sie ging, waren wir zwei wieder allein. Ich begann, mir allmählich um mein Herz Sorgen zu machen. Ich bin nicht mehr der Jüngste, und allzuviel Aufregung vertrage ich nicht.

Er kehrte dem Fenster den Rücken zu. »Paulsons Lebensmittelgeschäft«, sagte er wie zu sich selbst, als würde er sich die Worte auf der Fensterscheibe merken wollen. »Sie haben hier einen netten, gutgehenden kleinen Laden, Mr. Paulson.«

Wieder zückte er die Waffe. »Das Geld«, sagte er. »Wissen Sie noch?«

Ich drückte auf Fehlbon und nahm die Scheine aus der Lade. »Das Kleingeld auch?« fragte ich.

Er zögerte einen Augenblick und besah sich die Scheine. »Als Sie vierzig oder fünfzig gesagt haben, haben Sie keinen Scherz gemacht.« Er zuckte die Achseln. »Behalten Sie das Klimpergeld.«

Er steckte die Waffe in die Tasche und ging rückwärts zur Tür. »In Ordnung, Mr. Paulson«, sagte er. »Wenn Sie so clever sein wollen, wie Sie alt sind, dann rühren Sie sich zehn Minuten nicht vom Fleck.« Er schob sich aus dem Laden und lief die Straße hinunter.

Ich ging in den vorderen Laden, sah einen Moment aus dem Fenster, verschloß die Tür und zog das Rollo herunter. Ich wartete, bis mein Herz sich wieder beruhigt hatte, eilte dann nach hinten und machte das Licht aus.

Ich ging in das kleine, erleuchtete Hinterzimmer, zog die weiße Jacke aus und warf sie über den Safe. Ich stellte mich vor das kleine Waschbecken, ließ das Wasser laufen, bis es kalt war, goß mir ein Glas ein und nahm meine tägliche Dosis Digitalis.

Dann ging ich hinüber zu Mr. Paulson. Ich sah nach, ob er noch immer fest verschnürt war, und nahm ihm den Knebel heraus.

»Also, Mr. Paulson«, sagte ich. »Seien wir vernünftig, und machen wir uns ans Geschäftliche. Sie verraten mir schon noch die Kombination für den Safe, und wenn ich die ganze Nacht bei Ihnen bleiben muß.«

Einzelhaft

Jake packte mich an der Schulter. »Willst du mir in diesen letzten Minuten nicht Lebewohl sagen? Ich gehöre zur sentimentalen Sorte.«

Ich setzte mich auf und ließ meine Beine über die Bettkante baumeln. »Also gut«, sagte ich. »Lebe wohl.«

Jake musterte mich einige Sekunden, dann verzog sich sein Mund zu einem dünnen Lächeln. »Überanstreng dich bloß nicht.«

Er streifte das Papier um seinen Schokoladenriegel zurück und nahm noch einen Bissen. »Was fehlt dir nur zu deinem Glück?«

Ich stemmte meine Ellbogen auf die Oberschenkel und starrte auf meine Schuhe.

»Himmel«, sagte er nach einer Weile. »Hoffentlich stecken sie mir hier nach dir einen Lebendigen rein.«

»Klar«, sagte ich. »Melde dich an für einen, der pausenlos quasselt.«

»Muß ja nicht ständig sein, aber wenigstens ein bißchen. Du hast doch bloß an die Decke gestarrt, seit wir zusammen sind.«

»Das habe ich getan«, sagte ich. »Und ich bin untröstlich, daß es dich so traurig gemacht hat.«

Jake wartete, bis das Stückchen Schokolade in seinem Mund geschmolzen war. »Ein paar Jungs behaupten, du wärst in den ersten Tagen ein ziemlich wilder Käfer gewesen.«

»Genau so einer wie du. Aber ich habe auch gebissen.«

»Nur die drei Monate Einzelhaft, die haben dir ganz schön zugesetzt, nicht wahr?« Er leckte sich die Schokolade von den Fingern. »Ich dachte, die dürfen einen da gar nicht so lange einsperren.«

»Muß wohl jemand vergessen haben.«

Beim ersten Läuten sprang ich aus der oberen Pritsche.

Jake setzte sich die Mütze auf. »Hier hast du meine Hand«, sagte er. »Wenn es dich überkommt, kannst du sie ja schütteln.«

Ich gab ihm die Hand, dann warteten wir an der Zellentür auf das zweite Läuten.

Als es ertönte und die Schlösser aufsprangen, traten wir hinaus auf den stählernen Laufsteg. Ich ging mit den übrigen Männern zum Hauptflur. Dort befahl mir eine Wache auszuscheren.

Es war O'Leary, der mich durch die Tore und hinaus zum Verwaltungstrakt führte.

»Ich mag so ruhige Kerle wie dich«, sagte er. »Kein Krach. Kein Ärger. Du kannst jederzeit zurückkommen.«

»Danke.«

Wir gingen die Betonstufen hinauf. »Hab gehört, du wärst früher ziemlich brutal gewesen. Aber das war vor meiner Zeit.« Er betrachtete mich mit verhaltenem Lachen in den gelbbraunen Augen. »Wir beugen oder wir zerbrechen sie. Keiner läuft hier lange ohne krummen Rücken herum.«

Ich saß neben O'Leary auf der harten Bank im Vorzimmer des Direktors. Es gab keine Gitter vor diesen Fenstern, und die Mittagssonne fiel in ungebrochenen Lichtflecken auf den Boden. Ich streckte meine Beine in diese Wärme und ließ sie durch meine Hose sickern.

Wir lagen am Ufer beim Teich und beobachteten eine Weile die hohen Wolken, dann schauten wir uns an. Ihre Beine waren schlank und gebräunt. Sie legte ihre Wange auf den Arm, als sie sich zu mir umwandte.

Ihr Haar glänzte golden in der Sonne und war weich wie Rauch. Es wehte in der schwachen Brise, und ich sah in die grauen Augen, die auf mich warteten.

O'Leary stupste mich mit seinem Gummiknüppel an. »Wach auf, Collier.«

»Meine Augen sind offen.«

»Aber du hast nichts gesehen.« Er schlug die Beine übereinander und setzte sich so auf die Bank, daß er mich ansehen konnte. »Laß mich raten, was du als erstes machst, wenn du draußen bist. Mußt du dafür zahlen, oder wartet eine auf dich?«

Als der Direktor Zeit für mich hatte, ging ich allein zu ihm hinein und setzte mich auf einen Stuhl vor seinem Schreibtisch.

Er nahm meine Akte zur Hand und blätterte sie kurz durch. Dann ordnete er die Papiere zu einem geraden Stapel und begann in Worten zu reden, die ihre nachdrückliche Schärfe verloren hatten, da sie auswendig gelernt waren.

Ich hätte meine Schuld an die Gesellschaft bezahlt und solle keinen Groll hegen. Ich könne ein brauchbares Mitglied der Gesellschaft werden, wenn ich hart arbeitete. Ich solle schlechte Gesellschaft meiden. Ich solle nicht trinken.

Meine Augen wanderten zu dem Kalender an der Wand hinter ihm. Er war aus billigem Hochglanzpapier, zeigte aber ein grünes Tal. Ein grünes Tal, sicher und verborgen.

Weich lag ihre Hand in meiner, als wir spazierengingen, und ich konnte den jungen Farn am Fluß riechen. Wir blieben unter einer großen Eiche stehen, um auf all diese Stille zu schauen, die uns gehörte, und ich legte meinen Arm um ihre Hüfte.

Das Telefon auf dem Tisch des Direktors klingelte, und er hob ab. Er lauschte mit geneigtem Kopf und sagte dann: »Ich kümmere mich in ein paar Minuten darum. Sobald ich hier fertig bin.«

Er legte den Hörer auf und hing anderen Gedanken nach. Dann richtete er seine Aufmerksamkeit wieder auf mich. »Hatte ich schon gesagt, daß Sie eine Erlaubnis brauchen, wenn Sie den Bezirk Ihres Wohnsitzes verlassen wollen?«

»Ja, Sir«, sagte ich.

Sein Blick trübte sich, als er in seiner Erinnerung nachforschte. »Nein, habe ich nicht«, sagte er. Er musterte mich abschätzig und begann dann wieder zu reden.

Als er fertig war, blätterte er mit dem Daumen achtlos durch die Akte. »Nun, so weit, so gut. Seien Sie anständig, und wir sehen uns nicht wieder.« Er schaute auf seine Uhr.

»Man hätte Ihnen mehr Zeit erlassen«, sagte er. »Aber diese ersten wilden Jahre waren nicht gerade zu Ihrem Besten.« Er lächelte dünn. »Neunzig Tage im Loch haben einen anderen Menschen aus Ihnen gemacht, nicht wahr, Collier?«

»Ja, Sir«, sagte ich.

»Ist die beste Art, mit Krakeelern umzugehen. Ein paar Monate allein im Dunkeln. Das halten die nicht aus.«

Er lächelte und schwelgte in Erinnerungen. »Ich bin

hart, aber gerecht«, sagte er. »Wer mit mir zusammenarbeitet, dem geht's nicht allzu schlecht. Das haben Sie gelernt, nicht wahr, Collier?«

»Ja, Sir«, sagte ich.

Er verschränkte seine Finger. »Irgendwelche Fragen?«

»Nein, Sir«, sagte ich. Und dann stand ich auf und ging hinaus zum wartenden O'Leary.

Nach zwei weiteren Stunden öffnete sich das letzte Tor für mich. Ich stand draußen auf dem Bürgersteig in meinen neuen schwarzen Schuhen und suchte die Reihe der Autos auf dem Parkplatz ab.

Amy saß in einer kleinen Limousine, die ein wenig Farbe gebrauchen konnte, und drückte auf die Hupe, als sie mich sah. Sie stieg aus und lief mir entgegen. Sie war außer Atem, als sie ihre pummeligen Arme um meinen Nacken schlang.

Meine Blicke wanderten über ihr Gesicht und zu ihren braunen Augen. »Du trägst eine Brille«, sagte ich.

»Aber Eddie«, sagte sie. »Die hab ich jetzt schon seit drei Jahren. An den Besuchstagen hast du mich doch schon oft damit gesehen.«

»Richtig«, sagte ich. »Schon oft.« Ich ging zum Wagen, und nach einigen Schritten hatte sie mich eingeholt.

»Die Gläser sind ein bißchen getönt, weil meine Augen so lichtempfindlich sind. Das hat mir der Augenarzt gesagt. Außerdem hab ich eine Hornhautverkrümmung.«

Ich stieg in den Wagen, und sie ging hinüber zur Fahrerseite. Ich warf einen Blick auf das schäbige Polster. »Womit verdienst du dein Geld?« fragte ich.

»Also ehrlich, Eddie«, sagte sie. »Du bist so vergeßlich. Seit sechs Jahren bin ich Kellnerin bei ›Grady's‹. Das fragst du mich jedesmal, wenn wir uns sehen.«

»Stimmt«, sagte ich. »Und du sagst mir jedesmal, daß ich vergeßlich bin.«

Sie fuhr auf den Highway und beugte sich beim Fahren aufmerksam nach vorn.

Ich öffnete das Fenster auf meiner Seite und lauschte dem Sirren der Reifen auf der Straße.

»Haben sie dir einen Job verschafft?« fragte sie.

»Ja«, sagte ich.

Sie wartete eine Weile. »Und? Was ist das für eine Arbeit?«

Ich dachte darüber nach und erinnerte mich dann. »In einem Kaufhaus. Ich soll Sachen stapeln.«

Amy fuhr mit gemächlichem Tempo, und mehrere Wagen überholten uns. »Ich habe uns ein kleines Häuschen besorgt«, sagte sie. »Nur drei Zimmer. Nichts im Vergleich zu früher. Die Vorhänge hab ich alle selbst genäht. Hellgrün. Zuerst war ich mir nicht sicher, ob sie zu den Wänden passen, aber ich dachte, ich riskier's, und sie machen sich gar nicht schlecht.«

»Ja«, sagte ich.

»Ich hab ein paar Flaschen guten Whiskey gekauft«, sagte sie. »Und ein bißchen Dosenbier. Wir ziehen uns einfach die Schuhe aus und wackeln mit den Zehen, bis die Jungs aufkreuzen.«

»In Ordnung«, sagte ich.

»Deine klassischen Platten hab ich alle aufbewahrt«, sagte sie. »Ich hab bloß kein Grammophon mit automatischem Plattenwechsler. Du mußt dir die Scheiben selbst auflegen.«

Ich schloß die Augen gegen das Licht und hörte, wie der Wind um die Karosserie pfiff.

Ich wußte, daß sie da war, lauschte lächelnd auf ihre Schritte und öffnete schließlich meine Augen. Sie beugte sich über mich, und da war der Duft ihres Parfüms in ihrem Haar. Sie sprach leise zu mir, und ihre Hand berührte mein Gesicht. Ihre Lippen kamen näher und ruhten flüchtig auf meinem Mund.

Der Wagen hielt, und ich öffnete meine Augen. Ich wunderte mich über die Dunkelheit.

»Hast du ein hübsches Nickerchen gemacht, Eddie?« fragte Amy. Sie stellte den Motor ab und warf die Zündschlüssel in ihre Handtasche. »Da ist es«, sagte sie und streckte den Arm aus. »Das kleine Häuschen da hinten.«

Ich stieg aus dem Wagen und ging zur Tür. Ich wartete, bis Amy mit dem Schlüssel kam.

Drinnen streifte sie die Schuhe ab und machte Licht. Ich setzte mich in einen Schaukelstuhl und hörte auf das platschende Geräusch ihrer Füße, wenn sie über den nackten Boden liefen.

Sie kam mit einem Tablett voller Bierdosen, einer Flasche Whiskey und Gläsern aus der Küche.

»Mir macht es nichts aus, wenn mein Mann trinkt«, sagte sie. »Ich weiß noch, wie du da immer mit einer Flasche gesessen und diese Platten gehört hast. Du konntest wirklich was wegkippen vom dem Zeug, ohne daß man dir was angemerkt hat. Hast immer wie ein Gentleman getrunken.«

Ich schenkte mir Whiskey ein.

Amy riß eine Dose Bier auf und nahm ein paar Schluck. »Ich bin dir treu geblieben, Eddie«, sagte sie. »Frag die Mädchen, die mit mir arbeiten, und sie sagen dir alle das gleiche. Ich hab sogar eine Verabredung mit Mr. Grady ausgeschlagen. Und er hat es respektiert. Er sagte, wenn alle Frauen ihren Männern so treu wären wie ich, dann wär dies eine bessere Welt.«

Ich probierte den ersten Alkohol seit zehn Jahren, und er bedeutete mir nichts.

»Bier ist gesünder«, sagte Amy. »Aber den Champagner vermiß ich. Aber das kriegen wir schon wieder hin, nicht wahr, Eddie?«

Mein Blick wanderte zu dem Plattenstapel auf dem Tisch neben mir, und ich suchte die Sinfonie von Franck heraus.

Es klingelte, und Amy wuchtete sich auf. »Sind bestimmt die Jungs«, sagte sie.

Benny Eckers und Mike Kurtz kamen mit ausgestreckten Händen ins Zimmer.

Jetzt erinnerte ich mich wieder an sie. Benny war der Kleine mit dem fleischarmen Gesicht voller Runzeln und Falten.

»Benny ist LKW-Fahrdienstleiter für eine Kraftstofffirma«, sagte Amy. »Kannst du dir das vorstellen?«

»Ein kitzliger Job«, sagte Benny. »Allerhand Termine und Verantwortung. Ich mach das jetzt seit zehn Monaten, und meinem Bewährungshelfer gehen bald die goldenen Sternchen aus.«

Kurtz goß sich ein Wasserglas Whiskey ein und vergrub es in seiner großen Hand. »Das Leben ist hart«, sagte er. »Ein Mann meiner Größe kommt ins Schwitzen, wenn er sich viel bewegt.«

»Wir haben uns was angesehen«, sagte Benny. »Vor allem Kreditgesellschaften. Wir dachten, wir nehmen uns fünf oder sechs in einer Woche vor und verdrücken uns dann irgendwohin, wo wir's ausgeben können. Wir werden uns noch für all die Jahre schadlos halten, Eddie.«

Ich sah dem Rauch der Zigarette nach, der ersten seit langer Zeit.

»Ich würde gern wieder nach Florida«, sagte Amy. »All die Aufregung und diese Leute. Wir brauchten keine Minute allein sein.«

»Florida ist nicht drin«, sagte Kurtz. »Da ist jeder zweite Typ auf der Rennbahn ein Schnüffler.«

»Kurtz hat recht«, sagte Benny. »Wir verprassen den Zaster in Kuba, Mexiko oder da, wo sich keiner drum schert, wie wir ans Geld gekommen sind.«

Ich starrte auf den goldgelben Schimmer in meinem Whiskeyglas.

Ihre Stimme war leise Musik, und sie sprach nur von schönen Dingen. Ich lauschte ihren Worten und staunte über ihre Sanftheit.

Kurtz stieß mit dem Glas an den Flaschenhals, als er sich nachschenkte.

»Ich mag die großen Feten«, sagte er. »Diesen exotischen Fraß und die Puppen aus den Shows.«

Ich nahm eine Platte und legte sie auf. »Gefällt dir das, Kurtz?« fragte ich.

»Hab ich doch gerade gesagt«. Kurtz trank und wischte sich mit dem Ärmel über den Mund. »Große Feten. Die sind das wahre Leben.«

»Wie war's in der Einzelhaft, Eddie?« fragte Benny. »Ich hab sie nie kennengelernt, war ja bloß ein kleiner Fisch.«

»Was gibt's da schon zu erzählen«, sagte Kurtz. »Ich

war selbst eine Woche drin, weil ich 'nen Teller Eintopf durch den Eßsaal geschmissen hab. Die letzten paar Tage hätte ich meinen rechten Arm hergegeben, um jemanden reden zu hören.«

Bennys Blick fiel auf die elektrische Uhr. »Ich schwing mich aufs Pferd«, sagte er. »Ich brauch meinen regelmäßigen Schlaf, als Arbeiter und so. Wenigstens eine Woche noch.«

»Ich muß auch abschieben«, sagte Kurtz. »Du wirst es nicht glauben, Eddie, aber ich bin Anstreicher.«

Als sie fort waren, ging Amy ins Schlafzimmer. »Ich mach es mir ein bißchen gemütlicher«, sagte sie.

Sie kam in einem verschossenen blauen Morgenmantel zurück und ließ sich schwer in ihren Sessel fallen. Ihr Gesicht war rot und verschwitzt von dem Bier, das sie getrunken hatte.

Sie kratzte sich die Wade. »Hast du viel gelesen, Eddie?« fragte sie. »Ich weiß noch, wie du immer gelesen hast, bevor du in den Knast gegangen bist.«

»Nein«, sagte ich. »Ich brauch nicht mehr zu lesen.«

»Das ist gut«, sagte sie. »Mann, manchmal warst du schon eine komische Type. Vielleicht lernst du ja jetzt, das Leben mehr zu genießen.«

Ich legte eine neue Platte auf.

Amy öffnete noch eine Dose Bier. »Eine mehr kann wohl nicht schaden. Aber ich will's heut abend nicht übertreiben, du weißt schon. Du warst lange fort und brauchst mir nicht zu sagen, was du willst.«

»Wirklich nicht, Amy?«

»Ich weiß, was Jungs wollen«, sagte sie und lachte, bis es sie schüttelte. »Hat aber keine Eile«, meinte sie. »Wir haben eine Menge Zeit. Morgen hab ich frei.«

Als die Platte zu Ende war, legte ich den ersten Satz von Smetanas ›Moldau‹ auf.

»Willst du etwa die ganze Nacht diese verdammten Platten hören?« fragte Amy.

In unserem Tal mußte es Musik geben. Keine aufdringliche Musik, der man genau zuhören muß, sondern Musik, die immer im Hintergrund spielt.

Amy stand auf, ihr Gesicht war fleckig vor Wut. »Seit einer Viertelstunde red ich mit dir, und du sitzt einfach nur da und starrst vor dich hin.«

Ich schaute auf die Platte, die abgespielt war und sich nun lautlos drehte.

Ihre Augen folgten meinem Blick, und dann explodierte sie. Sie riß die Platte vom Teller und zerbrach sie zwischen ihren Wurstfingern.

Sie schnappte sich ein Album vom Tisch und warf es auf den Boden. Die Platten zerbarsten unter den Absätzen ihrer Pantoffeln.

Sie sah auf, als ich mich erhob und auf sie zuging. In ihren Augen stand Angst, als meine Hände ihr an die Kehle fuhren.

Es war überhaupt nicht schwierig. Meine Hände drückten mechanisch zu, bis sie sich nicht mehr rührte.

Ich ließ sie fallen und sah auf sie hinab. Ihr Gesicht war ekelhaft rot, die Augen blutunterlaufen.

Ich zerrte sie in die Küche, um sie nicht länger ansehen zu müssen, wusch mir dann sorgfältig die Hände und ging zurück ins Wohnzimmer.

Es blieb die Frage, ob ich flüchten sollte, und ich dachte mit müder Unbestimmtheit darüber nach.

Dann hörte ich die neue Musik, die so matt aufschimmerte. Sie rief mich zu sich, und ich mußte näher heran.

Ich legte das Album wieder auf den Tisch.

Was Amy zu tun versucht hatte, war jetzt bedeutungslos geworden.

Ich machte das Licht aus und tastete mich zurück in den Schaukelstuhl.

Ich würde nun in die Welt zurückkehren, die ich in der Dunkelheit der Einzelhaft entdeckt hatte, und ich würde bei dem Mädchen bleiben, das ich dort in dem Tal gefunden hatte. Es war keine wirkliche Welt. Sie wartete still in meinem Kopf, und das gefiel mir daran.

Sie würden mich hier finden, würden mich sitzen und vor mich hinstarren sehen, so wie sie mich damals vorgefunden hatten. Sie würden sehen, wie mein Körper atmete, doch meine Augen würden ihnen verraten, daß ich keiner von ihnen war.

Und diesmal würden sie mich nicht zurückbringen können. Ich wußte das, als mein Blick dem Mondlicht folgte und sich im Nachthimmel verlor.

Ich kehrte zurück zu meinem Tal in der Musik und zum Mondlicht. Sie wartete auf mich. Sie war blaß und schön, fragend blickte sie mir ins Gesicht.

Und dann lächelte sie.

Ich war gekommen, um zu bleiben.

Der Vertrauensmann

Ich ging zum Fuhrpark des Polizeireviers und trat auf den Sergeant zu.

Er ließ sich Zeit bei der Durchsicht einiger Papiere auf seinem Schreibtisch, blickte schließlich aber doch auf. »Nun?«

Ich räusperte mich. »Ich möchte den Diebstahl eines Wagens melden.«

Er gähnte, öffnete die Schreibtischschublade und zog ein paar Formulare hervor.

»Es handelt sich um einen 63er Buick«, sagte ich. »Viertürig. Karosserie dunkelgrün, Verdeck cremefarben.«

Er sah auf. »Ein Buick?«

»Ja. Ich hatte ihn bei den Klippen oben am See im Lincoln Drive geparkt. Ich war nur eine Minute weg, bin ein bißchen rumgelaufen. Als ich zurückkam, war er verschwunden.«

»Das Kennzeichen?«

Ich rieb mir einen Augenblick den Nacken. »Ach ja. E 20-256.«

Er warf dem Angestellten in Zivil am nächsten Tisch einen Blick zu. Sie grinsten beide.

»Als ich entdeckte, daß mein Wagen nicht mehr da war«, sagte ich, »hab ich ein Taxi genommen und bin hergefahren. Ich bin doch hier richtig, nicht wahr?«

»Hm. Hier sind Sie richtig.« Er drehte sich zum Angestellten um. »Fred?«

Fred verließ seinen Tisch und kam herüber. In der Hand hielt er ein Blatt Papier.

Der Sergeant warf einen Blick darauf, dann sah er wieder mich an. »Zeigen Sie mir mal Ihre Wagenschlüssel.«

»Die Wagenschlüssel?« Ich faßte in meine rechte Hosentasche. Dann versuchte ich es in der linken. Ich begann, die übrigen Taschen abzuklopfen. Schließlich lächelte ich verlegen. »Ich glaub, ich habe sie verloren.«

»Nein, Mister. Sie haben sie nicht *verloren.«* Sein Grinsen verschwand. »Wissen Sie nicht, daß es gegen das Gesetz verstößt, die Wagenschlüssel in einem nicht abgeschlossenen Auto zu lassen?«

Ich wand mich unbehaglich. »Aber ich war doch nur einen Augenblick fort.«

»Sie waren wesentlich länger fort, Mister. Die Jungs von der Streife haben sich sogar die Mühe gemacht, nach Ihnen zu suchen. Sie konnten Sie nirgendwo in der Nähe finden.«

Ich runzelte die Stirn. »Die Jungs von der Streife?«

»Ganz recht. Sie haben eine Viertelstunde gewartet, und dann mußte einer von ihnen den Wagen fortfahren.«

»Ein *Polizist* hat meinen Wagen?«

»Er hat ihn nicht gestohlen, wenn Sie das meinen. Er hat ihn nur zu Ihrer eigenen Sicherheit in die Polizeigarage gefahren.« Seine Augen blickten mich kalt an. »Mister, wußten Sie, daß in achtzig Prozent aller Autodiebstähle die Besitzer ihre Schlüssel steckengelassen haben?«

»Tja… Ich glaub, ich hab irgendwo was drüber gelesen, aber…«

»Kein Aber«, fauchte er. »Leute wie Sie sorgen dafür, daß diese Ganoven die Wagen klauen können.«

Ich wurde ungehalten. »Wäre es nicht einfacher gewesen, den Wagen einfach abzuschließen und die Schlüssel mitzunehmen? Und mir vielleicht eine Nachricht unter den Scheibenwischer zu klemmen?«

»Sicher wäre das einfacher gewesen, aber dadurch würden solche Leute wie Sie nichts begreifen. Aber *dies* werden Sie so schnell nicht vergessen.« Er schien sich ein wenig erweichen zu lassen. »Sie haben einfach Pech, Mister. Wir haben Befehl, diese Woche durchzugreifen und alle Wagen abzuschleppen, deren Besitzer wir nicht ausfindig machen können. Das hätten Sie in der Zeitung lesen können.« Er griff diesmal in eine andere Schublade und zog ein kleineres Formular heraus. »Wie ich schon sagte, verstößt es gegen das Gesetz, die Schlüssel im Zündschloß steckenzulassen. Die Strafe beträgt fünfundzwanzig Dollar.«

»*Fünfundzwanzig* Dollar?«

»Sie können gleich hier zahlen oder vor Gericht gehen. Bisher hat das noch keinem was gebracht. Kommen höchstens noch zwölf Dollar und zehn Cent drauf. Für die Kosten.«

Langsam atmete ich aus. »Ich zahle gleich.« Ich holte meine Brieftasche heraus und legte zwei Zehner und einen Fünfer auf seinen Tisch.

»Zeigen Sie mir mal Ihren Führerschein.«

Ich legte die Brieftasche vor ihm auf den Tisch.

Er füllte ein Formular aus, schob es mir zu und zeigte auf eine bestimmte Stelle. »Unterschreiben Sie da.«

Ich unterschrieb. »Wo kann ich meinen Wagen abholen?«

Er riß den Abschnitt entlang der perforierten Linie ab und gab ihn mir. »Ihre Quittung. Zeigen Sie die dem Sergeant in der Tiefgarage. Er wird Ihnen Wagen und Schlüssel aushändigen.«

Sieben Minuten später fuhr ich aus der Garage.

Der Wagen war tadellos und fuhr sich hervorragend.

Ich fragte mich, wem er wohl gehörte.

Am Morgen hatte ich meinen Wagen am Lincoln Driveway geparkt, dort, wo die Straße zum See abbiegt.

Es war kühl, und nur in größeren Abständen standen Autos entlang der Zufahrtsstraße. Ich steckte mir eine Zigarette an, machte einen gemächlichen Spaziergang und musterte die Wagen im Vorübergehen. In manchen Autos saß jemand, die leeren schienen verschlossen zu sein.

Und dann kam ich zum 63er Buick. Er stand zweihundert Meter vom nächsten Wagen entfernt, und die Schlüssel steckten im Zündschloß.

Ich suchte die Wege der unmittelbaren Umgebung ab, konnte aber niemanden entdecken. Dann blickte ich über die Klippen nach unten.

Ein Mann und eine Frau schlenderten weit fort über den Strand, und es schien mir ziemlich wahrscheinlich, daß ihnen der Buick gehörte. Selbst wenn sie jetzt sofort zurückkehrten, würden sie für den gewundenen Pfad nach oben wenigstens eine Viertelstunde brauchen.

Ich ging zurück zum Buick und hatte ihn fast erreicht, als ich den Streifenwagen dahinter entdeckte.

Beide Polizisten stiegen aus dem Wagen, der größere schaute zu mir herüber. »Ihr Wagen, Mister?«

»Nein, schön wär's.« Ich ging weiter und saß zehn Minuten später wieder in meinem Wagen.

Ich blickte die lange Zufahrtsstraße hinunter. Einer der Polizisten stand noch beim Buick, der andere war verschwunden.

Ich beobachtete weiter. Fünf Minuten später kehrte der größere Polizist zurück. Vermutlich hatte er nach dem Besitzer des Buicks gefahndet, ihn aber unten am Strand nicht gefunden.

Er stieg in den Buick und fuhr fort. Der Streifenwagen folgte ihm.

Ich ließ den Motor an und blieb etwa zwei Häuserblocks hinter ihnen. Sie brachten den Buick zum innerstädtischen Polizeirevier und verschwanden mit ihm in der Tiefgarage.

Ich parkte meinen Wagen und rauchte gemächlich eine Zigarette. Der große Polizist kam schließlich aus der Tiefgarageneinfahrt, stieg wieder in den Streifenwagen und fuhr davon.

Ich dachte nach, dann grinste ich. Ich öffnete das Handschuhfach und nahm eine Brieftasche heraus, die einmal einem gewissen Charles Janik gehört hatte.

Ich stieg aus und ging aufs Polizeirevier.

Ich fuhr den Buick die halbe Meile bis Joes Werkstatt. Kaum hatte ich auf die Hupe gedrückt, öffnete er das Tor. Behutsam lenkte ich den Wagen durch die Tür am Ende seines Ladens in jenen Raum, den Joes gewöhnliche Kunden nie zu sehen bekamen.

In vierundzwanzig Stunden würde der Buick eine andere Farbe sowie eine andere Motorblocknummer haben und die Werkstatt mit einem neuen Satz Nummernschilder verlassen. Morgen nachmittag wäre er dann auf dem Weg über die Staatsgrenze zu einem Gebrauchtwagenhändler.

Joe schloß die Türen hinter uns und besah sich den Wagen. »Prima Karre.«

Ich nickte. »Hat mich fünfundzwanzig Dollar gekostet.«

Er verstand nicht. »Wo hast du ihn aufgegabelt?«

Ich grinste. »Wahrscheinlich erfährst du es heute nachmittag aus der Zeitung.«

Wir gingen in sein Büro.

»Ich ruf an«, sagte Joe. »Dein Geld müßte morgen in der Post sein.«

»Laß es zum Hotel ›Meredith‹ in St. Louis schicken.«

»Machst du Urlaub?«

»Könnte man sagen.«

Es war mehr als ein Urlaub. Nach dieser Sache würde jeder Polizist der Stadt meine vollständige Beschreibung bis auf den letzten Knopf haben.

Ich bestellte ein Taxi und ließ mich zurück zu meinem Wagen bringen.

In meinem Apartment packte ich einen Koffer und fuhr dann nach St. Louis. Die Fahrt dauerte drei Stunden, und um halb drei nachmittags meldete ich mich im ›Meredith‹ an.

Der Empfangschef drehte das Melderegister um, damit er meinen Namen lesen konnte. »Wie lange werden Sie bleiben, Mr. Hagen?«

»Ich weiß nicht. Hängt ganz davon ab.«

Vielleicht würde ich drei oder vier Wochen bleiben, bis die Sache sich so weit beruhigt hatte, daß ich zurückkommen konnte. Vielleicht brauchte ich auch gar nicht zurück – wenn ich jenen Telefonanruf bekam, auf den ich wartete.

Die Story schaffte es bis in die Abendzeitung von St. Louis: alles über den Mann, der in ein Polizeirevier ging und einen Wagen klaute. Die Presse schien dies äußerst amüsant zu finden, die Polizei allerdings weniger, besonders jener Sergeant nicht, mit dem ich geredet hatte. Er war vom Dienst suspendiert worden.

Ich blieb auf meinem Zimmer, und der Anruf kam am nächsten Nachmittag. Es war eine Stimme, die ich noch nie zuvor gehört hatte.

»Hagen?«

»Ganz recht.«

Er wollte sichergehen, daß er es mit dem Richtigen zu tun hatte. »Joe meint, wir schulden Ihnen noch etwas Geld für die letzte Lieferung.«

»Schickt es her.«

Er schien beruhigt. »Wie ich sehe, stehen Sie in der Zeitung?«

»Aber ohne Bild.«

Er lachte leise. »Manche Leute würden viel darum geben, wenn sie es hätten.«

Ich wartete, da ich mir dachte, daß er nicht angerufen hatte, um mir zu gratulieren.

»Der Mann in Trevor Park will mit Ihnen reden«, sagte er. »Sie wissen, wen ich meine?«

»Ich weiß es.«

»Heute abend um acht.« Er legte auf.

Gegen halb acht stand ich vor dem Haupttor zu Trevor Park.

Man konnte Trevor Park nicht gerade eine Stadt nennen. Es gab dort keine Geschäfte und keine Tankstellen. Die großen Häuser lagen weit auseinander und hatten keine Hausnummern. Doch gab es Bäume in dieser Gegend, viele Morgen Land und viel Geld. Patrouillen hielten gewöhnliche Menschen fern, und ein privater Wachtrupp verstärkte die Streifen.

Der Polizist am Tor kam an mein Fenster.

»Hagen«, sagte ich.

Er überprüfte den Zettel auf dem Klemmbrett in seiner Hand und nickte. »Mr. Magnus erwartet Sie.«

»Wo wohnt er?«

»Das vierte Haus zu Ihrer Rechten.«

Das vierte Haus auf der rechten Seite entdeckte ich erst eine halbe Meile später. Hier gab es ein weiteres Tor, doch dieses war geöffnet. Noch einmal zweihundert Meter brachten mich zu einer kreisförmigen Auffahrt vor einem dreistöckigen Gebäude normannischen Stils.

Schließlich stand ich in einem großen Arbeitszimmer vor zwei Männern.

Mac Magnus war ein stattlicher Mann mit grauen Haaren an den Schläfen. Wenn man ihn sah, zweifelte man nicht daran, daß er Anzüge, wie er sie trug, von klein auf gewohnt war. So weit hatte er sich von seinen Anfängen entfernt.

Der andere Mann war groß und hager mit scharfen grauen Augen, und als er sprach, erkannte ich die Stimme vom Telefon wieder. Er hieß Tyler.

Man servierte uns Drinks auf einem Tablett, und Magnus musterte mich aufmerksam. »Haben Sie den Artikel gelesen?«

»In St. Louis, Seite drei.«

Er zeigte auf einige Zeitungen auf dem Tisch. »In den Lokalblättern haben Sie besser abgeschnitten.«

Ich ging hinüber und sah auf die Tischplatte. Die Titelseite, untere Hälfte. Es gab auch ein Bild von dem unglückseligen Sergeant, aber ich glaubte kaum, daß er es in seinem Sammelalbum aufbewahren würde.

Als ich aufblickte, ruhte Magnus' Blick noch immer unverwandt auf mir.

»Sie wissen vermutlich, daß Sie sich selbst die Kehle durchgeschnitten haben«, sagte er.

Ich zuckte die Achseln.

»Sie können nicht mehr zurück. Wenigstens nicht für längere Zeit. Selbst wenn Sie im Augenblick einem Neuling in Uniform über den Weg laufen würden, würde der Sie scharf ansehen und überlegen, ob er Sie nicht zur Rede stellen sollte.«

Ich nippte an meinem Drink. »Es gibt andere Städte.«

Tyler ergriff jetzt das Wort. »Warum sind Sie überhaupt ein solches Risiko eingegangen, Hagen?«

»Ich hab mich nur gefragt, ob es möglich ist. Also hab ich's probiert.«

Doch das war nicht der eigentliche Grund. Ich habe den Buick auf diese Art gestohlen, weil ich jemanden hoch oben auf mich aufmerksam machen wollte. Schließlich wollte ich nicht für den Rest meines Lebens Wagen klauen.

Magnus warf Tyler einen Blick zu. »Ich halte es immer noch für eine ziemlich dumme Sache.«

»Mag sein«, erwiderte ich.

Ich ließ meinen Blick durch das Zimmer schweifen und betrachtete das teure Mobiliar. »Aber die Automasche muß sich lohnen, wenn Sie sich das hier alles leisten können.«

Magnus lachte leise. »So gut läuft sie nun auch wieder nicht, Hagen. Aber ich bin wie ein Supermarkt. Mir gehören alle möglichen Abteilungen. Eine für Dosen, eine für Frischgemüse, die Fleischtheken, die Tiefkühltruhen. Heiße Autos sind nur eine kleine Abteilung irgendwo im hinteren Ladenbereich.«

Doch das hatte ich bereits gewußt. Magnus hatte seine

Finger in allem, was sich bezahlt machte. Er *war* alles. Er gehörte zur Spitze, und er war unangreifbar.

Magnus sah zu Tyler hinüber. »Hat er dein Okay?«

Tyler nickte.

Magnus ging zur Karte an der Wand und zeigte auf eine Stelle. »Schon mal dagewesen?«

Ich sah auf den Punkt. »Nein.«

»Eine mittelgroße Stadt mit etwa zweihunderttausend Einwohnern. Ich habe da kein großes Geschäft laufen, aber ich möchte, daß Sie sich dort bei Sam Binardi melden.«

»Soll ich für ihn arbeiten?«

»Nein. Sie lösen ihn ab.«

»Mögen Sie ihn nicht mehr?«

Magnus wählte sich eine Zigarre aus der Tabaksdose aus. »Bekommen Sie mir keine Hollywood-Phantasien, Hagen. Sam ist fünfundsechzig, und seine Magengeschwüre machen ihm Sorgen. Er möchte sich in eine dieser Rentnerkolonien in Florida zurückziehen und den ganzen Tag nur noch Golf spielen.« Er zündete die Zigarre an. »Wie ich schon sagte, Hagen, es ist kein großes Geschäft, also bilden Sie sich nichts ein. Aber Sie können sich bei Tyler für diese Beförderung bedanken. Er glaubt offenbar, daß Sie was Besonderes haben – starke Nerven vielleicht –, doch in meinen Augen sind Sie nur ein zweiter Lieutenant, und so einer steht tief unten auf der Leiter.«

Ich wollte herausfinden, welchen Platz Tyler in der Organisation einnahm. »Ist Tyler Ihr Stellvertreter?«

Magnus lachte. »Es *gibt* keinen Stellvertreter. Man könnte Tyler als meinen Personalchef und Rekrutierungsoffizier bezeichnen. Und zwar nur für das aktive

Personal, nicht für die Buchhalter. Er hat seine Arbeit und weiß nicht mehr, als er zu wissen braucht.«

Am nächsten Tag meldete ich mich bei Sam Binardi.

Sam war ein kleiner, rüstiger Mann von nervöser Konstitution. Er hatte sein Büro im zweiten Stock einer Spielzeugfabrik.

Er schüttelte mir die Hand. »Tyler hat angerufen. Sagte, Sie würden hier übernehmen.« Er wies auf ein Wandschränkchen. »Bedienen Sie sich, wenn Sie einen Drink wollen. Ich trinke nichts. Ist schlecht für den Magen.«

»Später vielleicht.«

Er sah mich prüfend an. »Neuerdings schicken die auch immer jüngere Burschen. Ich war vierzig Jahre in diesem Geschäft – dreißig, ehe ich hinter dem Tisch da sitzen konnte.« Er seufzte und schaute auf einige Papiere. »Also gut, fangen wir an. Wir haben neunundsechzig Leute auf der Gehaltsliste, alles gute Männer.«

»Inklusive der Spielzeugfabrik?«

»Nein. Die ist legal. Zweiunddreißig Beschäftigte. Mr. Swenson ist der Vorsteher.« Er sah wieder in die Papiere. »Das eigentliche Geschäft ist in vier Abteilungen gegliedert. D-1 umfaßt sämtliche Glücksspiele, einschließlich der Wetteinnahmen. D-2: Stoff, Chef ist Riordan. Er selbst ist nicht abhängig, Sie können sich also auf ihn verlassen. D-3 ist Mable Turley, die Mädchen mögen sie. Und D-4: Autos.«

»Was mache ich? Sitze ich hier einfach nur rum?«

»Die meiste Zeit. Da wäre allerdings noch die Spielzeugfabrik. Die wird Sie jeden Tag einige Stunden in Atem halten.« Er strahlte. »Letztes Jahr hat sie uns achtundzwanzigtausend eingebracht. Vor allem durch die Dottie-Dee-Puppen. Schon mal eine gesehen?«

»Nein.«

»Ich führe Sie nachher durch die Fabrik.« Er stand auf und ging zum Stadtplan an der Wand. »Das hier ist unser Gebiet. Alles, was nördlich vom Fluß liegt, einschließlich der Vorstädte.«

Ich sah mir die Karte an. Der Fluß teilte die Stadt beinahe in zwei gleiche Hälften. »Was ist mit der Südseite?«

Binardi schüttelte den Kopf. »Die lassen wir in Ruhe. Das ist Ed Willkies Geschäft. Wir kümmern uns um unser Geschäft, er sich um seins. Auf die Art haben wir keinen Ärger.« Er kam zurück an den Tisch. »Wir haben so was wie einen Vertrag. Es ist sinnlos, gegeneinander zu kämpfen. Ich spiele zweimal die Woche Golf mit Ed.«

Er setzte sich. »Ich komme einen Monat lang jeden Tag, um Sie einzuweisen.«

Ich rief Captain Parker an, und wir vereinbarten ein Treffen im ›Lyson Motel‹, gleich außerhalb von Reedville.

Walt Parker hörte sich an, was ich zu erzählen hatte, und grinste dann: »Also Sie haben den Wagen gestohlen?«

»Ich mußte die richtigen Leute irgendwie auf mich aufmerksam machen. Und diese Sache fiel mir geradezu in den Schoß.«

Parker gab mir recht. »Sie hätten noch zwanzig Jahre Autos stehlen können, ohne Magnus' Aufmerksamkeit zu erregen. Bisher haben Sie fünf Wagen mitgehen lassen?«

»Den Buick eingerechnet.«

Er nickte. »Sie verfrachten sie nach Hainsford, zu einem Gebrauchtwagenhändler namens Karl. Direkt hinter der Grenze. Wir könnten zuschlagen, aber im Moment hilft uns das überhaupt nichts. Wir sind hinter Größerem her. Also greifen wir unsere Fonds an, kaufen die Wagen regulär auf und verwahren sie vorläufig in der Garage. Wenn dies alles vorbei ist, regeln wir die Angelegenheit mit den Besitzern oder deren Versicherungen.«

»Ziemliche Belastung für die Fonds.«

»Man wird uns vergeben, wenn das hier klappt.«

»Was ist mit dem Sergeant?«

»Eigentlich ist er selbst schuld, wenn man bedenkt, wie er Sie davonkommen ließ. Aber wir sagen seinem Vorgesetzten Bescheid, damit es nicht allzu schlimm für ihn wird.«

Parker setzte sich auf eins der Betten. »Jetzt sind Sie also Zweiter Lieutenant in der Operation.«

»Bis oben ist es noch weit. Magnus wird mir in absehbarer Zeit wohl noch keine Geheimnisse anvertrauen.«

»Wenigstens ein Anfang. Magnus hat eine riesengroße Organisation. Ich würde mich nicht wundern, wenn sie sich über alle fünfzig Staaten erstreckt, mit Puerto Rico zur Verzierung noch obendrein. Das ist keine von den Organisationen, deren Buchhaltung man unterm Hut oder in einem kleinen schwarzen Notizbuch spazieren trägt. Es *muß* eine zentrale Buchhaltung geben, und die müssen wir finden. Das ist die einzige Möglichkeit, wie wir Magnus wirklich festnageln können.«

Parker zündete sich eine Zigarre an. »Wir wissen, wie Magnus sein Unternehmen führt. Nehmen Sie zum Beispiel das von Binardi – ein Unternehmen genau wie hundert andere auch, die Magnus kontrolliert. Einmal im Monat schickt Magnus einen Trupp vorbei, der Binardis Bücher auf Mikrofilm aufnimmt. Der Film wird an ein Postfach geschickt. Jemand holt ihn ab und schickt ihn irgendwo anders hin. Er geht etwa durch fünf, sechs Hände, ehe er die zentrale Buchhaltung erreicht. Aber Magnus hat so viele Vorsichtsmaßnahmen eingebaut, daß es uns bisher noch nie geglückt ist, die Post bis zu ihrem Ziel zu verfolgen.

Und wenn der Film in der Zentrale eintrifft, setzen sich ein halbes Dutzend oder mehr bewährte Buchhalter daran – und an Hunderte ähnlicher Filme –, und Magnus erfährt, wieviel er verdient hat, durch wen, wo und wann.

Magnus' Imperium ist wie ein Wuschelkopf. Wir können hier und da eine Strähne vom Haar abschneiden – können ihm vielleicht sogar einen Stoppelschnitt verpassen –, aber die Wurzeln sind immer noch da. Wir müssen an diese Wurzeln ran, und die beste Chance hätten wir, wenn wir herausfinden, wo er in diesen weiten gesegneten Vereinigten Staaten die zentrale Buchhaltung versteckt.«

Einen Monat später fuhr Sam Binardi nach Florida, und ich spielte von nun an Dienstag- und Donnerstagnachmittag mit Ed Willkie Golf.

Willkie war braungebrannt, um die Fünfzig und spielte Golf in den Achtzigern. Seine Frau war tot, aber er hatte einen zwölfjährigen Sohn namens Ted.

Ich erfuhr, daß Willkies Organisation schon lange bestand und äußerst konservativ geführt wurde. Man wartete geduldig auf die Beförderung, von Meuterei keine Spur. Die Befehle empfing man von Boß Willkie und fand offenbar nichts daran auszusetzen.

Zwei Monate später, an einem Dienstag nachmittag, fuhr ich bei Willkie vor und sah, wie Ted sich hinter der Garage versteckte.

Ich wollte schon auf die Klingel drücken, als ich es mir anders überlegte. Ich ging zur Garage und fand Ted, der sich dahinter versteckte. »Mußt du nicht zur Schule?«

Er sah verlegen zum Haus hinüber. »Heute ist keine Schule.«

»An einem Dienstag?«

Er wich meinem Blick aus. »Tja… Ich hab mich nicht so gut gefühlt. Also bin ich zu Hause geblieben.«

»Aber dein Vater weiß nichts davon?«

Ted schwieg.

»Schwänzt du oft?«

»Verraten Sie's nicht meinem Vater?«

»Nein. Ich hab mir selbst nicht viel aus der Schule gemacht. Wie kommst du in der Schule damit durch?«

Er grinste. »Ich schreib die Entschuldigungen und unterschreibe mit Dads Namen.«

»Und was machst du, wenn du die Schule schwänzt? Hast du was Bestimmtes vor?«

Seine Augen strahlten. »Meistens geh ich runter an den See und schau den Booten zu. Da gibt es jetzt fast jeden Tag ein Rennen. Am Donnerstag nachmittag findet ein besonders großes statt.«

»Und dann bist du bestimmt auch da?«

Er grinste. »Ich denk schon.«

Ich ging zurück zur Haustür und klingelte. Willkie und ich fuhren zum Wildwoodplatz. Er schaffte 82 Punkte, ich hatte am Ende 76.

Am nächsten Morgen verließ ich das Büro, um mein Territorium zu inspizieren. Ich traf zwei kräftige Männer, für die ich vielleicht Verwendung hatte, und befahl sie für den Nachmittag in mein Büro.

Ich kam gleich zur Sache. »Ich habe eine kleine Aufgabe für euch.«

Sie sahen sich etwas unbehaglich an. »Eine Aufgabe?«

»Ungefähr das Einfachste, was ihr je in eurem Leben

getan habt. Ich will nur, daß ihr euch hinten in meinen Wagen setzt. Morgen nachmittag hole ich Ed Willkie ab. Ich fahre euch drei einige Häuserblocks weit, dann steigt ihr beide aus, geht wieder an eure Arbeit und vergeßt das Ganze.«

Sie sahen sich an, dann meinte der größere: »Nur das? Sonst nichts?«

»Sonst nichts.«

»Versteh ich nicht.«

»Sollst du auch nicht. Tu einfach nur, was ich dir sage.«

Er hatte noch eine weitere Frage. »Sie erwarten doch nicht irgendwelche brutalen Geschichten von uns? Ich meine… nun ja… die Zeiten sind vorbei. Ich habe eine Frau und…«

»Keine brutalen Geschichten. Nur das, was ich euch gesagt habe. Ich hole euch beide um zwölf an der 6., Ecke Wells, ab.«

Donnerstag mittag packte ich meine Golftasche in den Kofferraum und hielt an der 6., Ecke Wells. Wir fuhren weiter zu Ed Willkies großem Haus, und ich hupte.

Willkie kam über den Gehweg auf uns zu, die Golfschläger in der Hand. Er machte die Tür auf. »Einen Vierer heute?«

»Nein«, sagte ich. »Ich nehm die Jungs nur ein Stück mit.«

Ich fuhr zwei Häuserblocks weiter und hielt dann am Straßenrand. Die beiden Männer auf dem Rücksitz stiegen aus.

Als ich mich wieder in den Verkehr einfädelte, fragte Willkie: »Wer waren die beiden?«

»Nur Freunde aus Chicago.«

Nach dem achtzehnten Loch gingen Willkie und ich ins

Klubhaus. Wir holten uns eine Cola und Sandwiches vom Tresen und setzten uns an einen Tisch am Fenster mit Blick auf das erste *tee.*

Ich sah auf meine Uhr. »Sobald Sie mit dem Essen fertig sind, Ed, rufen Sie besser ein Treffen Ihrer Abteilungsleiter ein.«

Willkie biß in sein Sandwich. »Warum?«

»Ich möchte, daß Sie ihnen mitteilen, daß Sie sich aus gesundheitlichen Gründen vom Geschäft zurückziehen. Und Sie benennen mich zu Ihrem Nachfolger.«

Seine Augen verengten sich. »Sie sind verrückt.«

»Nein. Sie werden es ihnen sagen, wenn Sie Ihren Sohn jemals lebendig wiedersehen wollen.«

Er starrte mich ungläubig an.

Ich lächelte. »Erinnern Sie sich an die beiden netten Männer, die in meinem Wagen saßen, als ich Sie abholte? Inzwischen dürften Sie Ihren Sohn haben.« Ich probierte einen Bissen von meinem Sandwich. »Er ist in Sicherheit, Willkie. Und das bleibt er auch, solange Sie das tun, was ich Ihnen sage.«

Er starrte mich etwa dreißig Sekunden lang wütend an, dann stand er abrupt auf. Er ging zur Telefonzelle. Ich folgte ihm und hinderte ihn daran, die Tür hinter sich zu schließen. »Ich höre mit. Schließlich möchte ich nicht, daß Sie etwas Voreiliges sagen.«

Ich hörte zu, als er bei sich zu Hause anrief. Seine Haushälterin, Mrs. Porter, war am Apparat.

»Amy«, sagte er. »Ist Ted da?«

»Nein, natürlich nicht, Mr. Willkie. Er kam zum Mittagessen nach Hause und ging dann wieder zur Schule.«

Willkie hängte ein und blätterte im Telefonbuch. Ich sah, wie sein Finger die Liste der staatlichen Schulen entlangfuhr. Er wählte die Nummer der Stevenson-Grundschule und sprach mit dem Direktor. »Hier ist Edward Willkie. Ist mein Sohn Ted in seiner Klasse?«

Der Direktor brauchte etwa zehn Minuten, um die Frage beantworten zu können. »Nein, ist er nicht, Mr. Willkie. Und ich hatte auch schon mit Ihnen reden wollen, da Ihr Sohn so oft...«

Ich drückte auf die Gabel und unterbrach die Verbindung. »Sind Sie nun zufrieden, Willkie?«

Sein Gesicht war grau. »Ich will mit Ted reden. Ich will wissen, ob es ihm gutgeht.«

»Den Gefallen kann ich Ihnen nicht tun, Ed. Ich weiß nicht, wo man ihn hingebracht hat.«

Er begriff nicht.

»Selbstschutz«, sagte ich. »Wenn ich es wüßte, könnten Sie es vielleicht aus mir herausprügeln. Aber so würde es Ihnen nichts helfen.«

Ich gab ihm noch eine Minute, die Sache zu überdenken, dann setzte ich ihn unter Druck. »Also gut. Rufen Sie jetzt Ihre Abteilungsleiter an. Sie sollen in Ihr Büro kommen.«

Als wir sein Büro im dritten Stock einer Möbelfabrik erreichten, warteten seine Statthalter auf ihn.

Willkie holte tief Luft, machte seine Ankündigung und nannte den entsprechenden Grund. Sie schienen ihm zu glauben. Er sah wirklich nicht sonderlich gut aus.

Ich suchte in ihren Gesichtern nach irgendwelchen Anzeichen von Verärgerung, da ein Außenseiter über ihre Köpfe hinweg befördert wurde. Ich konnte keine entdecken. Wenn es welche gab, ließ man sie sich nicht anmerken. Aber wahrscheinlich waren sie alle nur Spezialisten auf ihrem Gebiet und hatten nie ernsthaft damit gerechnet, selbst einmal den ersten Platz einzunehmen.

Als sie fort waren, drehte sich Willkie um. »Kann ich jetzt meinen Jungen wiederhaben?«

»Erst in einer Woche. So lange mindestens werden Sie selbst fort sein.«

Ich brachte ihn zum Flughafen und erklärte ihm unterwegs die Sachlage. »Sie nehmen den ersten Flug nach Los Angeles. Dort bleiben Sie eine Woche. Danach können Sie wieder zurückkehren, und Sie bekommen Ihren Sohn heil und gesund wieder. Eine Woche gibt mir genügend Zeit, meine Position hier abzusichern. Wenn Sie dann zurückkommen, werden Sie in dieser Hinsicht nichts mehr machen können.« Das Lächeln verschwand von meinem Gesicht. »Aber wenn ich Sie wäre, würde ich mir gar nicht erst die Mühe machen und wiederkommen. Könnte sein, daß die Gegend hier für Sie und Ihren Sohn nicht allzu bekömmlich ist. Warum lassen Sie ihn nicht einfach abholen? Kalifornien würde ihm bestimmt gefallen.«

Am Flughafen kaufte ich ihm ein Ticket für einen Nonstopflug nach Los Angeles, und wir gingen zum Flugsteig 202. Ich warf einen Blick auf die wartenden Passagiere. Sie waren mir alle fremd, aber ich nickte einem stämmigen Mann zu, dessen Gepäck anzudeuten schien, daß er Hotelaufkleber sammelte. Er erwiderte mein Nicken und fragte sich vermutlich, wer zum Teufel ich war.

Ich kehrte ihm den Rücken zu und sagte zu Willkie: »Sehen Sie den großen, mit einem hellbraunen Mantel behangenen Mann?«

Sein Blick huschte in die entsprechende Richtung. »Der, dem Sie zugenickt haben?«

»Ganz recht. Wenn Sie in Los Angeles sind, folgen Sie dem Mann.«

»Ihm folgen?«

Ich nickte. »Steigen Sie im selben Hotel ab. Bleiben Sie eine Woche da. Er wird ständig in Ihrer Nähe sein.«

»Gehört er zu...?«

»Sprechen Sie ihn nicht an. Und versuchen Sie nicht, ihn zu kaufen. Er kennt nur seine Aufgabe, sonst weiß er nichts. Und denken Sie daran, keine Telefongespräche. Ich will nicht, daß Sie hinter meinem Rücken irgend etwas planen. Vergessen Sie nicht, daß wir Ihren Sohn haben. Versuchen Sie nicht einmal, zu Hause anzurufen. Sollten Sie es trotzdem probieren, werde ich davon erfahren. Mrs. Porter hat Anweisung...« Ich brach ab und zuckte verärgert die Schultern, als hätte ich schon zuviel gesagt.

Willkie mußte sich fühlen, als sei er umstellt. Jedenfalls sah er so aus.

Zehn Minuten später blickte ich ihm nach, als er die Treppe hinaufging und im Flugzeug verschwand. Er trug noch immer Schirmmütze und Golfhemd. Er sah klein aus.

Als die Maschine abhob, rief ich Mrs. Porter an und erzählte ihr, daß Willkie eine Woche fort sein würde und daß sie sich keine Sorgen machen solle. Er sei auf Geschäftsreise.

Noch am gleichen Abend erwartete ich einen Telefonanruf, er kam aber erst acht Tage später. Tyler sagte mir, ich solle mich sofort bei Magnus melden.

Als ich in die ringförmige Auffahrt vor Magnus' Haus einbog, bemerkte ich ein dunkelhaariges Mädchen auf dem Rasen am See. Sie hatte eine Staffelei aufgestellt und malte. Sie schaute nur flüchtig zu mir herüber und wandte sich dann wieder ihrer Arbeit zu.

Ihr Bild war in Mac Magnus' Akte. Valerie Magnus. Dreiundzwanzig. Sein einziges Kind.

Tyler und Magnus warteten im Arbeitszimmer auf mich.

Magnus ließ mich eine Weile stehen, und dann sagte er: »Ich habe gehört, daß Sie die Südseite übernommen haben.«

Ich nickte.

»Das war vor acht Tagen«, sagte Magnus. »Warum haben Sie mich nicht informiert?«

»Ich wollte sicher gehen, daß die Vereinigung greift.«

»Und?«

»Wenn Willkie heute zurückkäme, würde wohl kaum noch jemand auf ihn hören.«

Magnus griff zur Tabaksdose. Er nahm eine Zigarre heraus, betrachtete sie nachdenklich und zündete sie schließlich an. Er ging zum Fernseher und klopfte mit dem Fingerknöchel dagegen. »Wenn ich dieses Ding anmache, wird vermutlich ein Werbespot über Seife gezeigt. Da heißt es dann, daß es nur ein einziges Mittel gibt, wenn man Wäsche waschen will. Seife. Benutzen Sie keine aggressiven Waschpulver.«

Er klopfte noch einmal gegen den Apparat. »Und wenn ich auf einen anderen Kanal umschalte, wirbt man für Waschpulver. Waschpulver sind neu, sind modern. Benutzen Sie keine altmodische, untaugliche Seife.«

Mir fiel auf, daß Tyler lächelte.

Magnus fuhr fort. »Die meisten Menschen wissen bloß nicht, daß dieselbe Gesellschaft... dasselbe *Syndikat*... Seife *und* Waschpulver herstellt. Denen ist es verdammt egal, *was* Sie kaufen... solange Sie eins von beiden kaufen. Das Geld fließt in ein und dieselbe Tasche.«

Er ließ seine Worte wirken und sagte dann: »Willkie arbeitet auch für mich.«

Ich blinzelte. »Davon hat Binardi mir nichts gesagt.«

»Binardi *wußte* nichts davon. Und Willkie weiß auch nicht, daß Binardi für mich gearbeitet hat. Ich habe es mit Absicht so gehandhabt.«

Tyler meinte: »Teile und herrsche. So werden Imperien errichtet.«

Magnus hob eine Hand. »Ich will nicht, daß ein Finger weiß, was der andere tut, aber ich will die Hand kontrollieren.« Er sog heftig an seiner Zigarre. »Tyler, ich habe allmählich den Eindruck, daß Sie Hagen falsch eingeschätzt haben.«

Tyler rieb sich das Kinn. »Hagen, wie viele Leute haben Ihnen bei dieser Geschichte geholfen?«

»Keiner.« Und ich erzählte ihnen alles.

Magnus war gegen seinen Willen beeindruckt. »Verdammt. Sie haben Willkie vor Angst verrückt gemacht. Er hat sich nicht gerührt und blieb eine Woche in diesem Hotel in Los Angeles. Als er sich schließlich ein Herz faßte und zu Hause anrief, fand er heraus, daß sein Sohn überhaupt nicht entführt worden war. Dann hat er mich angerufen.« Magnus starrte mich wütend an. »Ich habe Willkie gesagt, daß er sofort zurückgehen soll. Und was Sie betrifft, Hagen, so möchte ich, daß Sie auf Ihre Nordseite zurückkehren und auf der Nordseite *bleiben.*«

Tyler trat einen Schritt vor. »Ich habe nachgedacht, Mac. Wenn man Willkie so leicht Angst einjagen kann, ist er vielleicht doch nicht der richtige Mann für den Job.«

»Er hatte nur Angst um seinen Jungen«, sagte Magnus.

»Sicher. Trotzdem hätte er nicht acht Tage damit warten dürfen, bis er uns erzählt, was mit seiner Organisation passiert ist. Wollen Sie, daß so einer für Sie arbeitet?«

Magnus dachte eine halbe Minute darüber nach. »Sag Willkie, wir wären fertig mit ihm. Er hätte uns benachrichtigen sollen.«

Tyler nickte. »Aber wenn der Bezirk in fester Hand ist, könnten wir es doch dabei belassen.«

Magnus entblößte seine Zähne. »Und vermutlich meinen Sie, ich sollte Hagen die Aufsicht überlassen?«

»Warum nicht? Offenbar wird er mit dem Job fertig. Er hat es jedenfalls bewiesen. Außerdem würden sich dadurch die Unkosten reduzieren.«

Magnus sah aus, als hätte man ihm die Pistole auf die Brust gesetzt, aber er sagte: »Also gut, Hagen, Sie haben den Job.« Dann starrte er mich wütend an. »Aber wenn Sie noch einmal irgendwelche verrückten Einfälle haben, verständigen Sie mich besser, *bevor* Sie etwas unternehmen.«

Vor dem Haus blieb ich einen Moment stehen, um Magnus' Tochter zu beobachten. Sie kehrte mir den Rücken zu und stand noch immer an der Staffelei. Sie war schlank, doch dem Bild in der Akte nach kaum hübsch zu nennen. Mir kam der Verdacht, daß sie so viel malte, weil sie mit ihrer Zeit sonst nichts anzufangen wußte.

Ich fragte mich, welche Rolle Magnus' Tochter spielte. Versuchte er, sein Treiben vor ihr zu verbergen? Es schien mir fast unmöglich, daß sie nicht über ihn Bescheid wissen sollte. Vielleicht wußte sie mehr, als er annahm.

Ein verlockender Einfall, zu ihr hinüberzugehen, ihr Bild zu bewundern und sich vorzustellen, aber dann dachte ich daran, daß Magnus mich wahrscheinlich zum

Fußvolk degradieren würde, wenn er erfahren sollte, daß ich so direkt vorgegangen war.

Trotzdem konnte es sich bezahlt machen, sie kennenzulernen.

Ich bückte mich und ließ die Luft aus dem linken Hinterreifen meines Wagens. Der Wind kam vom See herüber, und ich glaubte nicht, daß sie das Zischen hören konnte.

Ich holte Wagenheber und Kurbel aus dem Kofferraum und machte dabei einigen Lärm.

Als ich den Wagen aufbockte, blickte ich verstohlen zu ihr hinüber. Sie hatte sich umgedreht und sah mir zu.

Als ich die Radkappe abhebelte, ließ ich das Eisen ausrutschen und schlug es mir auf die Fingerknöchel. Ich sprang auf, hielt mir die Finger der linken Hand, ging steifbeinig im Kreis und fluchte leise vor mich hin. Es schmerzte stärker, als ich vermutet hatte.

Das lockte sie herüber. »Haben Sie sich verletzt?«

»Nein, ich tanze immer so.«

Sie besah sich den aufgebockten Wagen. »Soll ich jemanden holen, der das für Sie macht?«

»Nein, danke, ich schaffe das schon allein, sobald der Schmerz nachläßt.« Ich spannte die Muskeln der Hand an. »Scheint nichts gebrochen zu sein.« Ich kniete mich hin und begann, die Radmuttern abzuschrauben. »Arbeiten Sie hier?«

»Würde ich dann auf dem Rasen hocken und zweitklassige Bilder malen?«

»Warum nicht? Sie haben doch bestimmt auch mal frei und bekommen dann mehr Kulisse zu sehen, als Sie verkraften können. Warum sollte ein Zimmermädchen nicht malen?«

»Ich bin Magnus' Tochter.«

»Hm«, sagte ich, zog eine Radmutter ab, dann die nächste und die nächste.

»Deshalb dürfen Sie trotzdem mit mir reden«, sagte sie eisig.

Ich zuckte die Achseln, blieb aber dennoch stumm. Ich drehte die vierte Mutter ab.

Sie holte verzweifelt Luft. »Sie arbeiten offenbar für meinen Vater?«

Ich nickte. Die fünfte Schraube löste sich, und ich nahm das Rad ab. Ich ging zum Kofferraum, um den Ersatzreifen zu holen. Sie kam mir nach. »Sie reden wohl mit niemandem? Stimmt's?«

Ich nahm den Ersatzreifen aus dem Kofferraum, und als ich mich aufrichtete, standen wir uns Auge in Auge gegenüber. Ich starrte sie etwa zehn Sekunden an, dann verzog ich den Mund zu einem leichten Lächeln. »Lassen Sie es mich folgendermaßen ausdrücken: Sie sind Country Club und ich bin Eckkneipe. Kismet.«

»Ich gehöre *nicht* zum Country Club. Ehrlich gesagt, hat man uns nie gebeten, im Klub von Trevor Park Mitglied zu werden.«

Ich grinste. »Warum kaufen Sie sich nicht den ganzen Laden? Ihr Vater sollte dazu eigentlich in der Lage sein.«

»Natürlich könnte er das. Aber so *macht* man das nicht. Man muß *eingeladen* werden. Das ist der entscheidende Unterschied.«

»Ist Ihnen das so wichtig?« fragte ich ein wenig neugierig.

»Nein. Mir ist es völlig egal. Aber Dad macht es zu schaffen.«

Ich rollte den Reifen an die Wagenseite. »Warum

schickt er dem Klub nicht einfach ein Geschenk von fünftausend Dollar? Anonym.«

»Anonym? Wozu sollte das denn gut sein?«

»Die Mitglieder vom Vorstand – oder wer auch immer den Laden führt – können das Geld nicht zurückschicken, weil sie nicht wissen, wer es ihnen geschickt hat. Also sagen sie: ›Na gut, ist doch nett, außerdem brauchen wir wirklich eine neue Bar.‹ Und dann geben sie es aus.«

Ich begann, die Muttern festzuziehen. »Damit haben sie den ersten Haken geschluckt. Einen Monat später sollte Ihr Vater noch einmal fünftausend schicken. Wieder anonym. Und so macht er es vier, fünf Monate.«

Ihr Interesse war geweckt. »Und dann?«

»Und dann schickt er *kein* Geld mehr. Aber inzwischen haben sie sich daran gewöhnt, regelmäßig diesen Betrag zu bekommen. Sie werden sich fragen, wie sie es je ohne das Geld geschafft haben. Sie hatten sich bereits darauf verlassen. Besser gesagt, sie hätten gar nicht erst angefangen, den neuen Swimmingpool zu bauen, wenn sie nicht damit gerechnet hätten, daß dieser Dollarsegen anhält.«

Ich schlug die Radkappe an. »Und dann lassen Sie durchsickern, daß es Ihr Vater war, der all das wunderbare Geld geschickt hat – aus lauter Herzensgüte und im Geiste allgemeiner Nachbarschaftlichkeit.«

Ich sah zu ihr auf. »Also gibt es ein Vorstandstreffen, aber niemand wird direkt über Geld reden, irgend jemand wird sich nur räuspern und sagen: ›In Trevor Park gehören alle zum Country Club, nur Mr. Magnus nicht. Jetzt frag ich mich, ist das nicht ein wenig ungastlich?‹

Und jemand anders wird sagen: ›Schließlich ist er nie direkt verurteilt worden. Es gibt da bloß diese

Gerüchte. Aber wir sind doch in Amerika, nicht wahr? Wir sollten keinen Mann nur aufgrund von Hörensagen verurteilen.‹

Und sie werden sich alle gut vorkommen, amerikanisch und tugendhaft. Außerdem brauchen sie noch weitere fünftausend, um den Swimmingpool fertigzustellen. Und als nächstes meldet sich dann eine Abordnung bei Ihrem Vater, und sechs Monate später ist er der Vorsitzende des Tanzkomitees zum Heldengedenktag.«

Sie grinste, als ich aufhörte. »Das werde ich Dad bestimmt erzählen.«

Und vergiß nicht zu sagen, von wem die Idee stammt, dachte ich, legte den überzähligen Reifen in den Kofferraum und wischte mir die Hände an einem Lumpen ab. Diesmal sah ich sie etwas länger und unverfrorener an. Ich grinste. »Trotzdem wäre es mir lieber, Sie würden hier nur arbeiten.«

Dann stieg ich in den Wagen und fuhr los, ohne mich noch einmal umzusehen.

Ich nahm an, daß die Sache genau richtig gelaufen war. Ich hatte die Situation nicht ausgenutzt, und doch würde Magnus' Tochter wohl einige Zeit über mich nachdenken.

Nachdem ich Captain Parker berichtet hatte, wie Willkies Territorium von mir übernommen worden war, runzelte er die Stirn. »Aber wir wissen doch, daß Binardi und Willkie beide für Magnus arbeiten. Es steht in den Akten, die wir Ihnen überlassen haben. Das hätten Sie wissen müssen.«

Ich grinste. »Ich wußte es.«

»Aber warum ...?«

»Weil es Zeit für mich war, wieder einmal aufzufallen.

Eine Stufe höher zu klettern. Und genau das habe ich getan.«

Parker rieb sich das Kinn. »Was hielt Magnus davon?«

»Anfangs war er nicht allzu glücklich, und vielleicht ist er auch jetzt noch nicht allzu begeistert. Aber entscheidend ist, daß er von mir beeindruckt war.«

Parker seufzte. »Sie haben viel Glück gehabt.«

»Etwas vielleicht. Tyler scheint viel von mir zu halten. Offen gestanden, hätte ich es wahrscheinlich nicht geschafft, wenn Tyler nicht auf meiner Seite gewesen wäre.«

Parker sah immer noch etwas unglücklich drein. »Warum sagen Sie uns nicht Bescheid, bevor Sie diese verrückten Sachen anstellen?«

»Weil ich nie genau *weiß*, was ich als nächstes anstelle. Ich mache meine Pläne und warte auf die passende Gelegenheit. Ergibt sie sich nicht, vergeß ich alles wieder. Doch wenn sie sich ergibt, muß ich rasch handeln.«

Anscheinend machte Parker noch etwas anderes zu schaffen. »Wir können zulassen, daß Sie Wagen stehlen, weil wir an einer größeren Sache arbeiten. Aber diese Entführung...«

»Es hat keine Entführung gegeben.«

»Im eigentlichen Sinne wohl nicht, aber trotzdem. Wäre Willkie in einer anderen Branche und in der Lage, sich zu beschweren, würden Sie in Schwierigkeiten stekken, aus denen wir Sie nicht mehr herausholen könnten.«

Er holte einen Umschlag aus seiner Tasche. »Ihr Scheck. Wenn Sie ihn gegenzeichnen, bring ich ihn für Sie auf die Bank.«

Ich schaute mir den Scheck an. Ein Monatslohn. In

zwanzig Jahren war es wahrscheinlich noch immer ungefähr derselbe Betrag.

Ich drehte mich um und unterschrieb mit meinem wirklichen Namen.

Als ich in die Stadt zurückkam, brachte mir Willkies Bürovorsteher die Bücher. Ich ging sie mit ihm durch und hoffte, eine Ungereimtheit zu finden, etwas, mit dem ich zu Magnus laufen konnte, um es zu berichten und noch ein Goldsternchen in meine Akte kleben zu können, aber die Bücher waren sauber.

Nur etwas fiel mir auf. Mit den Büchern stimmte zwar alles, doch vor achtzehn Monaten hatte sich abrupt die Handschrift geändert.

Ich rief den Bürovorsteher noch einmal zu mir und wollte den Grund dafür wissen.

»Das war, als Fielding sich vom Geschäft zurückzog, Sir«, sagte er. »Ich habe dann seine Arbeit übernommen. Stimmt etwas nicht mit den Büchern?«

»Nein.«

»Fielding war sehr krank, Sir. Die Nieren. Eigentlich kann man nicht gerade behaupten, daß er in den Ruhestand ging. Er wollte bloß seine letzten Tage in einem wärmeren Klima verbringen. In Kalifornien, Sir.«

»Wie geht es ihm jetzt?«

Der Bürovorsteher seufzte. »Vergangene Woche habe ich einen Brief von seiner Frau erhalten. Fielding ist verstorben.«

Kaum war der Bürovorsteher fort, steckte ich mir eine Zigarette an und ließ mir das Ganze durch den Kopf gehen. Teufel auch, dachte ich schließlich, einem Toten kann man nicht weh tun.

Ich sah mir Fieldings Handschrift an und dachte einen

Moment daran, sie nachzuahmen. Aber ich gab den Gedanken auf. Man würde wohl kaum die Handschriften vergleichen.

Ich holte mir einige unbeschriebene Blatt Papier und übertrug zwei Seiten aus dem Rechnungsbuch, die Fielding eingetragen hatte. Ich behielt die Warennamen bei, änderte aber die Beträge.

Ich faltete das Papier und rieb es einigemal über den Boden. Ich wollte, daß es mindestens achtzehn Monate alt aussah. Einem Labortest sollte es allerdings besser nicht standhalten müssen.

Um eins rief ich bei Magnus in Trevor Park an.

Ich hörte eine höfliche Stimme: »Hier bei Magnus.«

»Könnte ich bitte mit Mr. Magnus sprechen?«

»Er ist nicht da, Sir. Er kommt auch nicht vor fünf zurück. Möchten Sie vielleicht eine Nachricht hinterlassen?«

»Nein.« Ich legte auf. Vielleicht war es gar nicht schlecht, daß Magnus nicht zu Hause war. Denn während ich an dieser Sache arbeitete, konnte ich ebensogut eine andere Geschichte vorantreiben. Und es wie ein Zufall aussehen lassen.

Ich rief noch einmal bei Magnus an.

»Hier bei Magnus«, sagte der Butler wieder.

Ich hängte auf, ohne ein Wort zu sagen. Fünf Minuten später rief ich noch mal an und verhielt mich ebenso.

Irgendwann würde der Butler es leid sein, den Hörer abzunehmen und mit niemandem reden zu können. Ich nahm an, daß er sich beschweren würde. Und da Magnus nicht da war, würde er zu Valerie gehen.

Er war offenbar ein geduldiger Mensch. Erst nach zwölf Anrufen hörte ich schließlich Valeries Stimme.

»Wer ist da?« fragte sie.

»Ich hätte gern mit Mr. Magnus gesprochen.«

»Haben Sie hier alle fünf Minuten angerufen und dann wieder aufgelegt?«

»Nein, wieso? Ich bin gerade in mein Büro gekommen und...« Ich hielt inne. »Die Stimme klingt bekannt. Ist das nicht das Mädchen, das malen kann?«

»Hagen? Pete Hagen?«

»Ich glaube nicht, daß ich Ihnen meinen Namen genannt habe.«

»Haben Sie auch nicht. Ich habe Dad gefragt.« Sie lachte fröhlich. »Er hat dem Country Club die ersten fünftausend geschickt. Ihm gefiel die Idee.«

»Gut. Kann ich mit ihm sprechen?«

»Er ist gerade nicht da.«

»Sagen Sie ihm, daß ich gegen fünf bei ihm bin.«

»Hören Sie, Pete... Hagen. Niemand *sagt* einfach, daß er herkommt. Soviel weiß ich immerhin. Man wartet, bis...«

Ich legte auf.

Kurz nach fünf führte mich der geduldige Butler wieder einmal ins Arbeitszimmer. Tyler war bei Magnus, und sie waren offensichtlich gerade erst vom Golfplatz zurück.

Magnus starrte mich wütend an, hielt sich aber zurück, bis der Butler die Tür geschlossen hatte. »Verdammt, Hagen, niemand, *niemand* ruft hier an und sagt, er kommt her. Wenn ich jemanden sehen möchte, bin *ich* es, der die Einladung ausspricht.«

»Ich dachte mir, es wäre besser, Sie persönlich aufzusuchen. Ich weiß nicht, wie sauber Ihr Telefon ist.«

Er schien diese Vorsichtsmaßnahme zu billigen, war

aber immer noch nicht zufrieden. »In Ordnung. Was gibt es?«

Ich holte die Papiere aus meiner Tasche. »Als ich Willkies Bücher überprüfte, fand ich das hier. Offenbar sind sie hinter ein Regal gerutscht.«

Magnus warf einen Blick darauf. »So?«

»Ich habe sie mit den Büchern verglichen und die richtigen Seiten gefunden. Die Waren sind identisch, nur die Beträge sind verschieden. Sieht ganz so aus, als hätte man Sie übers Ohr gehauen, Magnus. Um etwa fünfhundert die Woche.«

Er wollte mir nicht glauben. »Ich lasse diese Bücher jeden Monat überprüfen.«

»Mit den Büchern ist alles in Ordnung. Die Zahlen werden frisiert, *bevor* die Einträge gemacht werden.«

Er runzelte die Stirn. »Willkie?«

»Nein. Ein Buchhalter, der für Willkie gearbeitet hat. Fielding. Ich habe die Handschrift verglichen, und sie stimmt.«

Der Name Fielding sagte weder Magnus noch Tyler etwas. Er war nur einer unter Hunderten von Buchprüfern.

»Ich dachte, ich informiere Sie, ehe ich etwas unternehme«, sagte ich. »Sie sagten, so wäre es Ihnen lieber.«

Er beobachtete mich. *»Sie* wollen etwas dagegen unternehmen?«

Ich nickte. »Fielding hat sich vor achtzehn Monaten aus dem Geschäft zurückgezogen. Nach Kalifornien. Aber das reicht uns nicht. Ich denke, ich sollte einen Ausflug machen.«

Magnus wartete.

»Wenn wir schon kein Geld wiedersehen«, sagte ich, »sollte es ihm zumindest an den Kragen gehen. Schließlich können wir nicht zulassen, daß jemand in der Organisation mit so etwas ungestraft davonkommt.«

»Und Sie würden sich um diese kleine Angelegenheit selbst kümmern?«

»Sicher. Aber ich wollte es nur vorher mit Ihnen abklären.«

Tyler schaute besorgt drein, und ich nahm an, daß er etwas sagen wollte.

Aber Magnus lachte nur leise. »Freut mich, daß Sie sich freiwillig melden. Aber alles, was ich brauche, ist Fieldings Adresse. Ich habe eine Abteilung, die sich auf solche Fälle spezialisiert hat.«

Und Magnus würde dafür sorgen, daß Fielding Besuch erhielt. Nur würden die Besucher feststellen, daß er bedauerlicherweise gestorben war, ehe sie sich mit ihm treffen konnten.

Doch ich hatte zwei Pluspunkte gesammelt. Zum einen durfte man annehmen, daß ich die Bücher ehrlich führen würde; zum anderen war ich in Magnus' Augen bereit, für die Organisation einen Mord zu begehen.

Das Telefon auf Magnus' Tisch klingelte. Er hörte einen Augenblick zu und legte dann auf.

Er blickte nachdenklich drein. »Benson ist tot.«

Tyler und ich sahen einander an. Der Name sagte uns beiden nichts.

»Herzanfall«, sagte Magnus. »Einfach so.« Er paffte an seiner Zigarre und blickte schließlich Tyler an. »Sie haben einmal erwähnt, daß Sie einen Abschluß in Buchhaltung haben?«

Tyler nickte.

Magnus ließ die Frage eine lautlose halbe Minute im Raum stehen, dann sagte er: »Tyler, Sie haben den Job.«

»Den Job?«

»Bensons Job«, sagte Magnus. »Das ist eine Beförderung, Tyler. Sie sind dann außer mir der einzige, der weiß, wo die zentrale Buchhaltung...« Er unterbrach sich und sah zu mir hinüber. Offenbar hatte er vergessen, daß ich noch da war. »Sie können jetzt gehen, Hagen.«

Ich ging aus dem Zimmer, an Türen vorbei zum Haupteingang. Keine der Türen öffnete sich.

Ich begann über Valerie nachzudenken. Ich hatte den Anruf nur deshalb gemacht, damit sie wußte, wann ich kommen würde.

Ich wartete bei meinem Wagen. Nichts.

Ich hatte mich schon früher in meinem Leben getäuscht, und so fuhr ich die kurvige Auffahrt hinunter.

Valerie wartete am Tor. Sie hob den Daumen hoch wie eine Anhalterin, und ich ließ den Wagen ausrollen.

Sie lächelte. »Hallo.«

»Hallo.«

»Nehmen Sie mich mit?«

Ich fuhr mit der Hand übers Steuer und versuchte, etwas beklommen dreinzusehen. »Panne?«

»Nein.« Sie lächelte. »Haben Sie Angst?«

Ich holte tief Luft. »Nein. Steigen Sie ein.«

Ich wartete, bis wir Trevor Park hinter uns gelassen hatten, ehe ich sie etwas fragte. »Wie kommen Sie zurück?«

»Ich nehme mir ein Taxi.«

»Wäre es nicht viel einfacher gewesen, wenn Sie Ihren eigenen Wagen genommen hätten?«

»Ich bin zum Tor gelaufen, um die Post abzuholen. Als keine da war, kam ich auf die Idee, in die Stadt zu fahren. Spontaner Einfall sozusagen.«

»Kommt die Post noch so spät?«

Sie sah mich an. »Haben Sie etwa angenommen, ich hätte auf Sie gewartet?«

Ich sagte nichts.

Sie erstarrte. »Es ist wohl besser, wenn Sie hier anhalten. Das letzte Stück gehe ich lieber zu Fuß.«

Ich verlangsamte auf etwa zwanzig, gab dann aber wieder Gas. Ich seufzte. »Wie wär's mit einer Zigarette?« Ich holte Schachtel und Feuerzeug aus meiner Tasche und hielt sie ihr hin.

Sie steckte zwei Zigaretten an und gab eine an mich weiter. »Was wäre, wenn ich nicht Magnus' Tochter wäre?«

»Vielleicht würde ich mich dann mit Ihnen verabreden. Vielleicht.«

»Warum?«

»Wie meinen Sie das, ›warum‹?«

Sie sah mir direkt in die Augen. »Ich habe einen Spiegel. Männer verabreden sich nicht mit mir.«

Ich starrte sie an, als hätte ich nicht die geringste Ahnung, wovon sie eigentlich redete.

»Passen Sie auf die Straße auf«, sagte sie. Aber sie war rot geworden, und sie fühlte sich geschmeichelt.

Ich lenkte den Wagen zurück in die Spur. »Sie wissen nicht zufällig, ob es in der Stadt ein gutes Restaurant gibt? Ich habe seit dem Frühstück noch nichts gegessen.«

»Es gibt das ›Henrich‹.«

Etwas später fragte ich: »Haben Sie schon zu Abend gegessen?«

»Nein.«

Als ich sie diesmal ansah, lächelte ich. Und sie lächelte zurück.

Im Restaurant redeten wir über nebensächliche Dinge, doch beim Kaffee sagte sie: »Ich wünschte, Sie würden nicht für meinen Vater arbeiten.«

»Er bezahlt nicht schlecht.«

»Nein, das tut er nicht.« Sie blickte zur Seite. »Als meinen Vater liebe ich ihn. Und er liebt mich. Aber ich weiß, was er treibt. Wer er ist. Ich bin kein kleines Mädchen, das glaubt, sein Vater arbeite als Anlageberater.«

Nachdem ich die Rechnung bezahlt hatte, fuhr ich sie zurück. Vor der Einfahrt zu Magnus' Besitz berührte sie meinen Arm. »Ich steig hier aus und geh die letzten Meter zu Fuß.«

Ich hatte sowieso vorgehabt, hier anzuhalten, da Magnus mich nicht mit seiner Tochter sehen sollte, tat aber so, als wollte ich ernstlich widersprechen. »Ich bringe Sie bis zum Haus.«

»Nein. Ich denke, es wäre besser, wenn wir uns einfach …«

»Natürlich«, sagte ich. »Sie haben bestimmt recht. Wir haben beide recht. Es ist besser, wenn wir uns Lebewohl sagen.«

»So habe ich es nicht gemeint«, sagte sie verzweifelt. »Ich meinte – nur für *heute.*«

Ich hielt den Wagen an, stieg aus und öffnete ihr die Tür. Sie kam heraus und sah hilflos und verloren aus.

Es war Abend, und am Himmel hing ein runder, fahler Mond. Ich sah auf sie hinab. »Mir gefiel das Restaurant. ›Henrich‹. Sie möchten wohl nicht noch einmal in die Stadt mitgenommen werden? Sagen wir morgen abend um acht?«

Ein jähes Lächeln überzog ihr Gesicht. »Ich werde hier sein. Bestimmt.«

Als ich fortfuhr, warf ich einen Blick zurück. Sie stand noch immer an der Straße und schaute mir nach.

Gegen neun war ich in meinem Apartment. Ich goß mir einen starken Drink ein und ging zum Spiegel. Ich sah etwa so aus, wie ich mich fühlte. Ein wenig schmutzig.

Ich trat ans Fenster und starrte hinaus auf die Lichter der Stadt. Wie lange würde ich brauchen, um herauszufinden, wo Magnus sein verdammtes Buchhalternest versteckt hatte? Ein Jahr? Zwei?

Und was dann? Ein anderer Auftrag und wieder ein dreistelliger monatlicher Scheck?

Ich holte meine Brieftasche hervor und zählte das Geld. Eintausendneunhundert Dollar. Und das war bloß das Taschengeld. Etwas, das man dabeihatte, damit man sich nicht unsicher fühlte. Nur so für Kleinigkeiten.

Doch so viel Geld hatte ich noch nie in meinem Portemonnaie gehabt. Damit hatte ich auch nie gerechnet.

Ich hatte einen ziemlich guten Posten. Und wenn ich ihn behielt?

Ich kippte den halben Drink hinunter.

Bei Magnus ließ sich viel Geld machen. Sehr viel. Doch da war noch etwas anderes. Bloß für ihn zu arbeiten war eine Sache, aber angenommen... nur angenommen...

Es war machbar, dachte ich. Wenn ich dafür sorgte, daß Magnus mich öfter zu sehen bekam, daß *er* mich in sein Haus einlud. So wie Tyler. Wenn Magnus mir völlig vertraute, sich auf mich verließ.

Es so angehen, daß es ihm nichts ausmacht, wenn er erfährt, was zwischen Valerie und mir abläuft. Vielleicht konnte ich ihn sogar dazu bringen, es für seine eigene Idee zu halten.

Ja. Es würde Zeit brauchen. Aber ich könnte es schaffen.

Und was war mit Parker?

Es gab nicht viel, was er dagegen machen konnte. Er könnte Magnus höchstens wissen lassen, aus welchem Grund ich ursprünglich der Organisation beigetreten war.

Wie konnte ich Magnus glauben machen, daß ich die Seiten gewechselt hatte? Wie konnte ich ihn überzeugen? Wie?

Mein Telefon klingelte.

Es war Tyler. »Hagen? Ich bin im Hotel ›Carson‹ in Bellington. Das ist etwa eine Stunde Fahrt Richtung Norden. Ich möchte Sie sofort sehen. Zimmer 408.«

Als ich anklopfte, machte Tyler mir auf. Ich sah eine Flasche und zwei Gläser auf dem Tisch.

Tyler klopfte mir auf die Schulter. »Kommen Sie herein, und feiern Sie mit.«

Ich schloß die Tür. »Sicher. Ihre Beförderung.«

Er grinste. »Ich habe gerade Magnus' zentrale Buchhaltung inspiziert. Sie ist gleich hier in Bellington. Die Spencer-Versicherungsgesellschaft dient als Tarnung. Sämtliche Bücher sind da, Hagen. Einfach alles.«

Ich runzelte die Stirn. »Ich denke, Sie sollten Informationen solcher Art besser für sich behalten.«

Wieder lachte Tyler. »Es gibt keinen Grund, weshalb ich es Ihnen nicht erzählen sollte, Hagen. Wir arbeiten beide für den gleichen Verein.«

»Ich weiß, aber ...«

Tylers Miene wurde ernst. »Hagen, glauben Sie denn, daß Captain Parker auf eine so große Sache nur *einen* einzigen Mann angesetzt hätte?«

Ich starrte ihn an.

»Außer Ihnen und mir gibt es mindestens noch ein halbes Dutzend Leute, Hagen. Keine Ahnung, wer die anderen sind, aber über Sie weiß ich Bescheid.«

Es dauerte eine Weile, bis ich begriff, was er gesagt hatte. »Warum hat mir Parker nicht von Ihnen erzählt? Oder den anderen?«

»Er wollte nicht, daß ein Mann alle anderen mit reinzieht, wenn etwas schiefgeht...«

»Doch *Ihnen* hat er von mir erzählt?«

»Weil ich in der Lage war, Ihnen weiterhelfen zu können. Glauben Sie wirklich, daß Sie allein Ihr Glück zu verantworten haben? Sie würden wahrscheinlich immer noch Autos klauen, wenn ich nicht gewesen wäre und Magnus auf Sie aufmerksam gemacht hätte.«

Er schenkte den Whiskey in die zwei Gläser ein. »Ich arbeite seit fünf Jahren an dieser Sache, Hagen. Und das ist eine sehr, sehr lange Zeit. Aber fast schien es, als wäre ich in eine Sackgasse geraten. Deshalb bekam ich die Anweisung, Ihnen so weit wie möglich zu helfen – zu versuchen, Sie an die Spitze zu bringen, damit Ihnen vielleicht gelang, was ich nicht geschafft hatte. Und dann das. Benson stirbt. Glück? Sicher. Aber es war kein Glück, daß ich dort oben neben Magnus war, so daß er mir nur auf die Schulter zu klopfen brauchte.«

Ich nahm ein Glas und leerte es fast in einem Zug. »Haben Sie Parker schon von den Büchern erzählt?«

»Noch nicht. Ich habe in seinem Büro angerufen und wurde an seine Privatadresse verwiesen. Aber seine Tochter erzählte mir, daß Parker mit seiner Frau ausgegangen sei. Sie wußte nicht, wohin. Ich hinterließ eine Nachricht mit der Bitte, mich anzurufen, sobald er nach Hause kommt.« Tyler hob sein Glas und prostete mir zu. »Parker wird seine Männer in Bewegung setzen, und noch vor Morgengrauen sollten wir diese Sache unter Dach und Fach haben.«

Ich starrte in mein Glas. Noch wußte niemand außer Tyler von der zentralen Buchhaltung.

Er runzelte ein wenig die Stirn. »Die Sache mit diesem Buchhalter Fielding, die müssen wir aufhalten. Wir wollen nicht, daß ihm etwas zustößt.«

»Fielding starb vor ungefähr zwei Wochen.«

Langsam verzog sich Tylers Gesicht zu einem Grinsen. »Ganz schön clever, Hagen. Eine Zeitlang war ich ziemlich beunruhigt. Mord geht einfach zu weit.«

Wirklich? Ich mußte innerlich ein wenig lächeln.

Ich würde Tyler umbringen. Ich würde ihn umbringen und Magnus sagen, wer er ist. Wer er war.

Und dann würde ich ihm erzählen, wer *ich* war – und daß ich die Seiten gewechselt hatte.

Vielleicht glaubte er mir dann immer noch nicht – aber dann würde ich ihm gestehen, daß ich wußte, wo die zentrale Buchhaltung ist, und daß ich diese Information nicht ans Polizeirevier weitergeleitet hatte.

Ich griff zur Flasche und schenkte mir nach.

»Immer langsam, Hagen«, sagte Tyler. »Sie wollen doch bei der Razzia noch auf eigenen Füßen stehen können, oder nicht?«

»Klar.« Aber ich nahm trotzdem noch einen großen Schluck.

Das Telefon auf dem Tisch klingelte. Als Tyler abnahm, kehrte er mir den Rücken zu.

Ich zog die 38er aus meinem Halfter und zielte auf Tylers Rücken.

Tyler sprach in die Muschel. »Parker?«

Ich merkte, wie mir der Schweiß ausbrach. Nur ein Schuß, und alles wäre vorbei. So einfach konnte es sein. Mein Finger berührte den Abzug.

Und dann schloß ich die Augen.

Nein, ich brachte es nicht fertig.

Ich fluchte innerlich, nannte mich einen Narren, einen Dummkopf, aber ich steckte die 38er zurück ins Halfter.

Eines Tages würde ich vielleicht begreifen, warum mir mein Abzeichen wichtiger war als eine Million Dollar, aber im Moment wollte ich nicht darüber nachdenken.

Tyler legte auf und drehte sich um. »Alles klar. Parker setzt das Räderwerk in Bewegung. Er will Magnus noch heute abend hochnehmen.«

Tylers Augen verschleierten sich nachdenklich, und er zog eine Grimasse. »Man kann eine Menge Geld verdienen, wenn man für Magnus arbeitet. Es gab Zeiten… nun ja… Sie wissen schon… es gab Zeiten, da war ich direkt ein wenig versucht, die Seiten zu wechseln.«

Langsam zog ich eine Zigarette aus meiner Schachtel. »Hm. Ich weiß, was Sie meinen.«

Ich hielt an und wartete beim Wagen. Weiß lag die Straße vor mir im Mondlicht.

Eigentlich, dachte ich, gab es keinen Grund, warum ich hier war. Nicht mehr.

Ich schaute auf meine Uhr. Viertel nach acht.

Dann hörte ich Schritte näher kommen, und einen Augenblick später stand Valerie am Tor.

Sie war jetzt unwichtig, sagte ich mir grimmig. Sie war keine Million mehr wert. Sie konnte mir keine Informationen mehr geben, die ich haben wollte.

Und trotzdem war ich hier.

Sie ging langsam zum Wagen. »Warum sind Sie gekommen?«

»Ich weiß nicht.« War es Mitleid?

»Es war alles abgekartet, nicht wahr? Mich treffen? Mich kennenlernen?«

»Ja. Ich hatte es so geplant.«

»Sie hätten nicht mehr zu kommen brauchen«, sagte sie. »Es ist alles erledigt.«

»Ich weiß.«

»Sind Sie den ganzen Weg gefahren, um sich von mir zu verabschieden?«

Ich strich ihr flüchtig über die Wange, und sie begann zu weinen.

Ich nahm sie in den Arm und wußte, warum ich zurückgekommen war.

Das kleine grüne Heft

Der alte Mann seufzte. »Amador ist also auch tot?«

»Ja«, sagte ich. »Aber er hätte es fast geschafft. Er konnte zwei Leibwächter des Generals töten, ehe man ihn erschoß.«

Der alte Mann setzte sich auf die Bank vor seiner Berghütte. »Erzähl mir, was passiert ist.«

»Ich fuhr mit dem Bus in die Hauptstadt und ging dann dorthin, wo Amador mit seinen Eltern wohnt«, sagte ich. »Als ich ankam, tranken wir ein paar Glas Wein, denn bis zur Feier des Generals war es noch fast eine Stunde.«

Der alte Mann trinkt nicht, und er runzelte ein wenig die Stirn.

»Amador mußte sich Mut machen«, sagte ich. »Ich dachte, es sei besser, wenn er ein wenig trinkt. Und ich glaube kaum, daß ihm ein bißchen Wein geschadet hat. Deswegen hat er nicht versagt.«

Der alte Mann winkte ab. »Erzähl weiter.«

»Ich gab ihm den Revolver«, sagte ich. »Dann ging ich allein zu der Kirche, die den Präsidentenplatz überragt. Ich stieg den Turm hinauf, damit ich das Geschehen verfolgen konnte. Es waren viele Menschen auf dem Platz, und auf der Plattform standen außer dem General noch einige Ausländer, von denen es heißt, daß sie ihn beraten.«

Der alte Mann nickte. »Das hat es auch in anderen Ländern gegeben.«

»Es wurden Reden zur Eröffnung der neuen Militärstraße gehalten«, sagte ich. »Vom Turm aus konnte ich Amador in der Menge nicht erkennen. Ich habe ihn überhaupt nicht gesehen, bis es geschah.« Ich schwieg einen Augenblick und fuhr dann fort. »Als der General sich erhob, um seine Rede zu halten, hörte ich Gewehrschüsse und sah die beiden Wachen zu Boden sinken. Und dann sah ich Amador – nur für einen Moment. Er hatte schon fast die Plattform erreicht, als das Maschinengewehr zu feuern begann. Und dann war es vorbei. Amador war tot.«

Der alte Mann rieb sich die Augen. »Wie viele haben wir verloren? Cajal, Molinos, Gondomar?«

»Und Evariste«, sagte ich.

»Ja. Und Evariste.« Er klang müde. »Ihn hatte ich fast vergessen. Ich bin ein alter Mann und vergeßlich.«

»Das macht nichts«, sagte ich. »Es waren keine Patrioten. Was sie taten, haben sie für Geld getan.«

Der alte Mann schüttelte den Kopf. »Du bist zu streng. Das Geld, das ich ihnen gab, kann ihr Leben nicht ersetzen.«

Schweigend blickten wir den Berg hinunter. Unter uns lag die Grenze und dahinter der Norden und die Freiheit. Da gab es Zäune und Wachen, aber die ließen sich umgehen, wenn man den Weg kannte.

Wieder fragte ich, obwohl ich die Antwort kannte. »Warum gehen Sie nicht fort? Warum gehen Sie nicht dorthin, wo Sie sicher sind?«

Der alte Mann lächelte leise. »Es sind so viele Menschen über die Grenze geflohen und haben geschworen, die Heimat nicht zu vergessen. Aber kaum waren sie fort und in Sicherheit, begnügten sie sich damit, zu leben und zu vergessen. Nein, ich kann die Heimaterde nicht verlassen. Mein Platz ist hier.«

In den Tagen, ehe der General an die Macht kam, war der alte Mann ein großer Landbesitzer gewesen. Am Morgen ritt er mit seinem Pferd über die Felder und vorbei an den Arbeitern, und wenn er am Abend heimkehrte, hatte er nicht einmal ein Zehntel dessen gesehen, was er besaß.

Das Gut ist jetzt aufgeteilt, und jeder Familie wurden zwanzig Morgen zugewiesen. Die Bauern scheinen zufrieden zu sein, auch wenn es Engpässe gibt und die Rede davon ist, daß man bald allen die zwanzig Morgen wieder fortnehmen will, um eine Kommune zu schaffen, so wie in vielen anderen Teilen des Landes. Aber das ist nur Gerede, an das niemand recht glauben will.

Der alte Mann starrte auf seine gefalteten Hände. »Wir müssen einen neuen Mann finden.«

Ich sah dorthin, wo die Sonne schon fast untergegangen war. »Ich glaube, jetzt ist für mich der Zeitpunkt gekommen, das zu tun, was wir beide für notwendig halten.«

Der alte Mann schaute auf. »Nein. Ich lasse nicht zu, daß du gehst. Wenn es eine Garantie gäbe, daß du Erfolg hättest, dann vielleicht. Aber wenn du Pech hast, dann bin ich allein. Ich könnte nichts mehr tun.« Er erhob sich und klopfte mir auf die Schulter. »Du bist meine Augen und meine Ohren. Ich kann diese Hütte nicht verlassen. Ich muß mich hier verstecken. Wenn man mein Gesicht sieht, wäre es das Ende. Noch glauben viele Menschen an den General.«

Es ist jetzt sechs Monate her, seit ich über den Bergpfad kam und den alten Mann das erste Mal traf. Ich war auf der Jagd nach dem Kleinwild dieser Gegend, denn seit der General zu uns kam, gibt es in meinem Dorf nur noch wenig Fleisch.

Der alte Mann war zerlumpt und trug einen Bart, trotzdem habe ich gewußt, wer er war, denn einst war er der Präsident der Republik, und sein Bild hing in allen Schulzimmern an der Wand.

Er hatte die Hände hochgehoben, als ich mit dem Gewehr auf ihn zielte, und gewartet. Vielleicht darauf, daß er erschossen wurde.

Ich stand da und fragte mich, was ich tun soll, denn in Zeiten wie diesen muß man auf sich aufpassen. Einen solchen Mann gehen – flüchten – zu lassen könnte gefährlich sein, wenn es bekannt wurde.

Ich weiß nicht, wie ich mich entschieden hätte, aber dann begann es zu regnen – schnell und heftig, wie stets in dieser Region –, und wir suchten Unterschlupf in der Hütte.

Ich ließ ihn reden, denn anderes gab es nicht zu tun, bis der Regen aufhörte, und er hat von Land und Freiheit geredet und davon, was Patrioten tun sollten.

Als der Regen nachließ, hatte ich mein Essen mit ihm geteilt, denn er war hungrig, und wir trafen ein Abkommen.

Jetzt sahen die Augen des alten Mannes müde aus. »Wir müssen weitermachen. Wir dürfen nicht wieder versagen.«

»Nein«, sagte ich. »Der General muß sterben.«

Einen Augenblick lang zeigte sich Zweifel in seinem Gesicht. »Bewirkt es überhaupt etwas, wenn wir diesen einen Mann töten?«

»Er ist der General«, sagte ich.

Er lächelte traurig. »Du denkst einfach und direkt. Doch wird sich etwas ändern, wenn wir diesen einen Mann töten? Ist diese neue Bewegung mehr als nur ein

Mann? Wird der General durch einen schlimmeren Mann ersetzt?«

»Ich weiß nicht«, sagte ich. »Aber wir müssen hoffen, daß wir das Richtige tun.«

Er nickte langsam. »Ja. Wir müssen etwas tun. Was in unseren Kräften steht.« Erschöpft machte er einige Atemzüge. »Ich sitze hier und weiß nichts von dem, was in unserem Land geschieht. Ohne Radio oder gar Zeitungen läßt sich nur schwer sagen, was die Menschen wirklich wollen.«

Ich spuckte zu Boden. »Es lohnt sich nicht, die Zeitungen zu lesen. Sie schreiben nur über den General und davon, wie sehr sein Volk ihn liebt.«

Wir schwiegen, und dann sagte der alte Mann noch einmal: »Jetzt müssen wir einen neuen Mann finden. Jemanden, der mehr Erfolg als Amador haben wird.«

»Ja«, sagte ich. »Ich fahre morgen in die Stadt.«

Es war inzwischen fast dunkel geworden. Ich sagte dem alten Mann Lebewohl und ging den Pfad hinab ins Dorf, in dem ich schlief.

Drei Tage später kehrte ich zu der Hütte in den Bergen zurück.

Der alte Mann hatte sich im Gebüsch versteckt, kam aber hervor, als er sah, daß ich allein war.

»Hast du jemanden gefunden?« fragte er.

»Ja«, sagte ich. »Er hießt Guerrero. Ein Mann, der trinkt und sich gern prügelt, aber er ist ein mutiger Mann, und für Geld riskiert er viel.«

Der alte Mann runzelte die Stirn. »Können wir so einem trauen? Wird er sein Leben wagen?«

»Er hat nicht vor zu sterben«, sagte ich. »Er ist äußerst geschickt mit dem Gewehr.«

Der alte Mann dachte darüber nach. »Glaubst du, daß er es schafft?«

»Ja«, sagte ich. »Ich denke, er schafft es.«

Der alte Mann holte das kleine grüne Heft aus der Tasche und schrieb. Er riß den Zettel entlang der perforierten Linie heraus. »Zehntausend«, sagte er. »Erinnere Guerrero daran, daß der Scheck gedeckt ist. Natürlich nicht in diesem Land, aber jenseits der Grenze, wo mir noch immer Land und Geld gehören. Weiß er, wie er an das Geld herankommt?«

»Er wird es wissen«, sagte ich. »Genau wie die anderen.«

Auf dem Abhang, an der Biegung, winkte ich dem alten Mann zu und setzte dann meinen Weg fort.

Cajal, Molinos, Gondomar, Evariste, Amador – und jetzt Guerrero.

Ich lächelte.

Das waren nur Namen, und ich hatte sie mir ausgedacht. Die Männer gab es nicht, und es hatte sie nie gegeben.

Wieviel Geld mochte der alte Mann noch haben?

Vielleicht sollte ich nicht so habgierig sein.

Wenn ich diesmal über die Grenze ging, um den Scheck einzulösen, würde ich wohl drüben bleiben.

Alle außer Wilbur

Joe Daley, Sonderbeauftragter des Gouverneurs, kam gleich zur Sache. »Sheriff, gestern nachmittag zerrte eine Bande maskierter Männer eine Frau aus diesem Gefängnis und knüpfte sie am Hals auf, bis sie tot war. Was haben Sie unterdessen getan?«

»Nichts«, sagte ich. »Ich hatte mir die Hand eingeklemmt im Coca-Cola-Automaten hinten in Wilbur Franks Laden.« Mein Blick wanderte zum Fenster und zur großen Eiche vor Charleys Werkstatt. »Ich glaube immer noch nicht, daß jemand gelyncht wurde. Kann da auch keinen hängen sehen.«

Daleys Nacken rötete sich leicht. »Als alles vorbei war, hat man ihren Leichnam abgeschnitten und fortgebracht.«

»Wurde er noch nicht gefunden?«

»Nein. Wahrscheinlich hat man ihn irgendwo in den Hügeln vergraben.«

Ich stopfte meine Pfeife. »Dann können Sie rechtens also gar nicht beweisen, daß hier jemand gelyncht wurde? Schließlich habe ich irgendwo gelesen, daß man das *corpus delicti* haben muß, wenn man beweisen will, daß jemand tot ist.«

Zum ersten Mal seit seiner Ankunft in der Stadt lächelte Daley. »Sie mögen sich ja mit dem Gesetz auskennen, Sheriff, aber Sie kennen es nicht gut genug. Wir brauchen keinen Leichnam. Wir brauchen auch keine Leichenteile. Alles, was wir brauchen, ist der Beweis dafür, daß das Opfer gelebt hat und daß es ermordet wurde. Wie hieß die Frau in Ihrem Gefängnis?«

Mein Blick wanderte wieder zum Fenster. »Hab mein Lebtag noch keine Frau eingesperrt.«

Daleys Augen verengten sich. »Wollen Sie mir sagen, daß gestern keine Frau in Ihrem Gefängnis eingesperrt war?«

»Ganz recht«, sagte ich. »Das will ich damit sagen.«

Er starrte mich einen Augenblick an. »Das hier ist eine ruhige Stadt. Habt ihr guten Leute nicht vor fünfundsiebzig Jahren eine Frau gelyncht?«

Ich nickte. »Sie hatte ein Pferd gestohlen. Den besten Traber im ganzen Land. Damals jedenfalls.«

Gestern nachmittag – nachdem ich meine Hand aus dem Cola-Automaten befreit hatte – stellte ich mich vor Wilbur Franks Laden und blickte die Straße entlang. Da habe ich auch nichts gesehen. Keine Menschenseele auf der Straße, und in der Eiche hing auch niemand.

Trotzdem behauptete Wilbur, beobachtet zu haben, wie jemand gelyncht wurde, und er hörte gar nicht mehr auf damit. Ich wollte ihn beruhigen, aber er geriet in Wut und rief die Staatspolizei an.

Die ersten Polizisten trafen fünfzehn Minuten später ein, und bald danach wimmelte es in der ganzen Stadt von Uniformen und Fragestellern.

Und dann kam heute morgen noch Joe Daley aus der Hauptstadt mit einem Schwarm seiner Leute.

Daleys Name taucht oft in den Zeitungen auf, seit der Gouverneur seinen Rücktritt angekündigt hat, und es sieht fast so aus, als wolle die Partei auf ihrem nächsten Konvent Daley für dieses Amt nominieren. Jedenfalls ist er der aussichtsreichste Kandidat, seit man herausgefunden hat, daß Senator Homer Wright die Swimmingpools für seine Freunde von Strafgefangenen bauen ließ.

Daley musterte mich immer noch. »Ich schätze, Sie haben viele Verwandte in dieser Stadt?«

»Nun«, sagte ich. »Ich glaube, hier ist so ungefähr jeder mit jedem verwandt, bis auf Wilbur Frank. Er kommt aus Marydale und wohnt erst seit ein paar Jahren hier.«

Die Tür ging auf, und ein Sergeant kam herein. Er sah müde aus. »Es hat keinen Zweck. Kein Mensch in dieser Stadt weiß etwas.«

Daley wollte sich damit nicht abfinden. *»Irgend jemand* außer Wilbur Frank muß den Lynchmob doch gesehen haben.« Er ging auf und ab. »Was ist mit den Kindern? Haben Sie die befragt?«

Der Sergeant seufzte. »Die waren alle fort, als es geschah. Es gibt keine Schule im Ort, also werden sie morgens mit einem Bus abgeholt und zur Bezirksschule drüben in Marydale gefahren. Sie kommen nicht vor fünf nach Hause.«

Daley tat das mit einer Handbewegung ab. »Ich meine die *ganz* Kleinen, die, die jünger sind als sieben. Sie müssen doch gesehen haben, was passiert ist, und Kinder in dem Alter können nicht anders, die müssen reden, selbst wenn ihre Eltern es ihnen verboten haben.«

Der Sergeant sah nicht gerade glücklich aus. »Sie waren alle beim Picknick.«

Daley blinzelte. »Picknick? Was für ein Picknick?«

Dem Sergeant war wirklich nicht wohl in seiner Haut. »Es sieht so aus, als hätten alle Frauen dieser Stadt – ausnahmslos alle – sich gestern nachmittag zu einem Picknick aufgemacht. Sie haben die Kleinen mitgenommen und sind zum Bach gegangen. Kamen erst nach fünf zurück.«

Das war ein wenig zu viel für Daley. »Alle? Was haben die gefeiert? Die Ermordung von Abraham Lincoln?«

»Nein, Sir«, sagte ich. »Die Leute hier standen im Krieg auf seiten der Union. Wahrscheinlich war es einfach nur ein schöner Tag, und alle hatten Lust auf ein Picknick. Zumindest alle Frauen.«

Daley wandte sich abrupt an einen seiner Assistenten. »Das Labor soll mir sofort einen Lügendetektor schikken.«

Ich schaute auf meine Uhr und steckte sie dann wieder ein. »Wenn Sie nichts dagegen haben, geh ich jetzt auf eine Tasse Kaffee rüber in Fred Jacksons Laden.«

Daley zögerte einen Augenblick, aber dann zuckte er die Achseln. »Nur los. Aber ich unterhalte mich später noch mit Ihnen.«

Als ich aus dem Gefängnis trat, warteten dort etwa hundert Reporter und Fotografen. Ich ließ sie knipsen, und ein paar Nachzügler fragten, ob ich noch einmal mit der Hand in Wilbur Franks Cola-Automaten posieren könnte. Ich versprach ihnen, daß ich später rüberkommen würde, zuerst aber einen Kaffee und etwas zu essen bräuchte.

Die ganze Stadt war voller Autos, und es sah nicht so aus, als gehörten sie alle der Polizei oder den Reportern. Touristen, dachte ich.

Freds Café war ebenfalls brechend voll. Normalerweise wurde er allein mit der Arbeit fertig und hatte immer noch genügend Zeit, die Zeitung zu lesen, doch jetzt hatte er zusätzlich die Jenkins-Mädchen und Susie Dibbler eingestellt, und alle schienen sie gut zu tun zu haben.

Ich schlängelte mich an den Kunden vorbei und ging ins Hinterzimmer, in dem Fred nachts schlief.

Fred verließ den Tresen und kam eine halbe Minute später nach. Er schloß die Tür hinter sich. »Wie läuft's?«

Ich betrachtete das blaue Auge, das sein Gesicht zierte. »Bis jetzt ziemlich gut.« Eine Kanne Kaffee stand auf einer Warmhalteplatte, und ich bediente mich. »Mr. Daley läßt einen dieser Lügendetektoren in die Stadt bringen.«

Fred sah besorgt drein.

Ich löffelte Zucker in meine Tasse. »Also, das ist ein mächtig empfindlicher Apparat, Fred. Deshalb brauche ich deine Mitarbeit. Wenn der Mann am Detektor Fragen stellt, mußt du dich entspannen und sagen, was dir in den Sinn kommt. Krümm deine Zehen nicht in den Schuhen, wenn er etwas Wichtiges fragt, und denk an nichts Aufregendes. Du darfst dich nicht rühren und sollst nicht husten, das könnte nämlich die Kurven und Diagramme ziemlich durcheinanderbringen.«

Fred reichte mir die Milch. »Ich sag allen Bescheid, die ich sehe.«

Vor dem Haus schien die Unruhe größer als gewöhnlich, und Fred ging ans Fenster. »Senator Homer Wright fährt gerade vor. Was will denn der hier? Noch einen Nagel in den Sarg schlagen?«

Ich nippte an dem Kaffee. »Kann ich dir nicht sagen, Fred. Aber ich nehme an, wenn Daley schwarz sagt, muß Homer Wright einfach weiß sagen. Schon aus Prinzip, und weil die Politik so ist, wie sie ist.«

Ich trank den Kaffee und ging nach draußen.

Ein paar Einheimische hatten den Reportern aus anderen Staaten offenbar gesagt, wer Homer war, denn eine kleine Menschenmenge hatte sich um ihn versammelt.

Der Senator ist ein stämmiger Mann. Wie stets trug er seinen weißen Leinenanzug und einen breitkrempigen Hut. »Ich *kenne* diese Menschen«, sagte er. »Das sind *meine* Leute, und ich weiß, daß sie niemals jemanden lynchen würden, erst recht keine Frau.«

Einer der Reporter grinste. »Aber vor fünfundsiebzig Jahren haben sie es getan.«

Der Senator runzelte die Stirn. »Das war eine andere Zeit, Sir, außerdem hatte sie ein Pferd gestohlen. Aber jetzt leben wir im zwanzigsten Jahrhundert, und die Menschen hier wissen das ebensogut wie alle anderen Bewohner der guten alten fünfzig Staaten. Und ich bin heute hergekommen, um sie vor der Belästigung durch jene zu schützen, die hier nicht geboren wurden und die Eigenheiten dieser Menschen wohl kaum verstehen.«

Wahrscheinlich meinte er Joe Daley damit, der in Wisconsin geboren wurde. Seine Familie zog zwar in diesen Staat, als Joe zwei Jahre alt war, aber ich habe gehört, daß die ersten zwei Jahre im Leben eines Menschen außerordentlich wichtig sein sollen und einen Mann ziemlich prägen können.

Der Senator bat mit erhobenen Händen um etwas mehr Aufmerksamkeit. »Diese guten Menschen glauben an Freiheit und Gerechtigkeit. Schließlich haben ihre Vorfahren die Magna Charta aufgesetzt und die Regierung des Volkes für das Volk und durch das Volk erfunden.«

Auf die Art machte er noch eine ganze Weile weiter. Mir fiel auf, daß ein paar Reporter unruhig wurden und sich verdrückten, aber die Städter lauschten aufmerksam und applaudierten hin und wieder.

Als er aufhörte, ging ich zu Wilbur Franks Laden, ließ mich am Cola-Automaten fotografieren und blätterte anschließend ein paar Hauptstadtzeitungen in Wilburs Zeitschriftenständer durch.

Der *Chronicle* meinte, der Vorfall sei eine Schmach und eine Schande für Staat und Nation, erst recht, da es sich um eine Frau handle. Der Leitartikel versprach, daß der Staat entschieden vorgehen würde und daß der Justizminister der Vereinigten Staaten seine Vollzugsbeamten in Washington lassen könne. Der *Chronicle* wirbt für Daley als nächsten Gouverneur.

Der *Journal* dagegen hatte begriffen, daß man achtsam vorgehen und einen kühlen Kopf bewahren müsse. Lyncht nicht den Lynchmob! *Falls* überhaupt jemand gelyncht worden war. Sie schrieben auch, daß das Wort eines Mannes gegen die Aussagen einer ganzen Stadt stehe und daß dies doch zu bedenken sei.

Der *Journal* fuhr fort, daß Daley nur versuche, sich ins Rampenlicht zu setzen, statt zu erklären, wie es kommt, daß seine Frau ein reguläres Gehalt vom Staat als Sekretärin bezieht, obwohl sie weder tippen noch stenographieren kann und sechs Monate im Jahr in Florida verbringt.

Meines Wissens gehörte der *Journal* anteilig Senator Homer Wright.

Der Lügendetektor traf am nächsten Morgen ein, und alle Bewohner der Stadt hatten Gelegenheit, ihn auszuprobieren. Ich selbst auch.

Ein Mann namens Parker bediente die Maschine, und er bat mich, nicht länger auf der Pfeife herumzukauen. Also hörte ich damit auf, fühlte mich dann aber so unbehaglich, daß mein Knie zu jucken begann und ich mich kratzen mußte, als er mich fragte, ob ich mir wirklich die Hand im Cola-Automaten eingeklemmt hätte.

Ich verbrachte einen angenehmen Samstagmorgen mit Jim Barker, unserem Bürgermeister, und dem Gast seines Hauses, Senator Homer Wright, als ein Polizist an die Tür klopfte und sagte, daß Daley mich im Gefängnis sehen wolle, und zwar sofort.

Ich nahm meinen Hut. »Wollen Sie nicht mitkommen, Senator, und sich mal ein Gefängnis von innen ansehen?«

Vielleicht habe ich mich nicht besonders gelungen ausgedrückt, jedenfalls funkelte er mich einen Moment wütend an, stand dann aber auf. »Hätte nichts dagegen.«

Als wir zum Gefängnis kamen, sprach Parker mit Daley. »In meiner ganzen Laufbahn habe ich noch nie solch unzuverlässige Ergebnisse erhalten oder so viele Leute husten gehört. Ich kann zu keinem befragten Einwohner etwas Definitives sagen, eine Person ausgenommen.«

Daley wartete gespannt. »Wer ist das?«

»Wilbur Frank«, sagte Parker. »Er sagt die Wahrheit.«

Daley lächelte und wandte sich an mich. »Sheriff, unsere Laborleute haben sich die Eiche vor Charleys Werkstatt vorgenommen. Am ersten Ast haben sie Seilfasern entdeckt.«

Ich rieb mir das Kinn. »Wenn ich mich recht erinnere, haben ein paar von Charleys Kindern vor nicht allzu langer Zeit an dem Ast eine Schaukel aufgehängt.«

Daley lächelte immer noch. »Wen haben Sie zuletzt in dieses Gefängnis gesperrt, Sheriff?«

Ich dachte nach. »Ich glaube, das war Lew Worley. Vor etwa einem Monat hat er ein paar über den Durst getrunken, und seine Frau bat mich, ihn abzuholen. Ich habe ihn über Nacht eingelocht. Am nächsten Morgen war er dann wieder nüchtern, und es tat ihm leid, also habe ich ihn laufenlassen.«

Daley schien zu nicken. »Wenn Sie jemanden in dieses Gefängnis einsperren, Sheriff, dann notieren Sie sich das doch, nicht wahr? Ich meine, Sie schreiben den Namen in ein Buch oder dergleichen?«

»Klar doch. Ich bin da immer ganz amtlich.«

Daley schien das Register aus dem Nichts hervorzuzaubern, und er wedelte damit wie mit einer Flagge. »Ist dies das Buch, in das Sie die Namen eintragen?«

»Ganz recht.«

Er schlug das Buch auf. »Ich kann den Namen Lew Worley hier nirgendwo entdecken.«

Meine Pfeife war ausgegangen, also begann ich, nach Streichhölzern zu suchen.

»Genauer genommen«, sagte Daley, »handelt es sich beim letzten Eintrag – in der letzten Zeile dieser Seite – um einen gewissen Clark Haskins.«

»Clark war auch betrunken«, sagte ich. »Er wurde eine Nacht eingesperrt.«

Daley schob mir das offene Register zu und zeigte auf eine Stelle: »Sehen Sie diesen Schnipsel Papier an der Bindung? Offenbar hat jemand die nächste Seite herausgerissen, nicht wahr? Schauen Sie sich das ruhig an!«

Ich fand meine Streichhölzer und setzte meine Pfeife in Brand.

»Es fehlt *tatsächlich* eine Seite«, sagte Daley. »Und ich habe unser Labor an dieses Register gesetzt. Meine Männer konnten die Abdrücke der Schrift auf der folgenden leeren Seite entziffern.«

Er wartete einige Sekunden, beobachtete mich und fuhr dann fort. »Wir entzifferten eine Reihe von Namen, einschließlich den von Lew Worley. Aber sein Name war nicht der *letzte*. Danach kam noch einer.«

Daley beugte sich zu mir herüber. »Sheriff, wer war Ellie May Linton?«

Ich sagte nichts.

Daley lächelte verkniffen. »Ich frage Sie noch einmal, Sheriff: Haben Sie eine gewisse Ellie May Linton am zwanzigsten des Monats verhaftet oder nicht?«

Senator Homer Wright sprang auf. »Ich glaube, der Sheriff sollte einen Anwalt hinzuziehen, und ich wäre durchaus bereit, diese Aufgabe zu übernehmen, so wie ich stets bereit bin, mich für die Rechte all jener einzusetzen, die in der Stunde ihrer Not Hilfe brauchen. Sie sollen wissen, daß ich mich durch die Massenhysterie feindseliger Außenseiter nicht abschrecken lasse.«

Daley schien sich nur mit Mühe beherrschen zu können. Er holte tief Luft und sagte zu einem der Polizisten: »Hol Wilbur Frank. Ich will, daß der gute ehrliche Senator die Geschichte aus erster Hand erfährt.«

Zehn Minuten später brachte man Wilbur Frank herein, und er machte es sich auf einem Stuhl bequem.

Er kam gleich zur Sache. »Nun, Sir, es war etwa halb drei nachmittags. Im Laden war niemand außer mir und dem Sheriff, aber der kaufte nichts. Saß einfach nur da und atmete die kostenlose Luft. Und dann hörte ich draußen dieses Geschrei. Also ging ich nach vorn und schaute hinaus. Und da sah ich diese Meute unten vorm Gefängnis. Sie hatten sich alle Jutesäcke über den Kopf gezogen, und die meisten trugen Gewehre.«

»Wie weit ist es vom Gefängnis bis zu Ihrem Laden?«

»Etwa zweihundert Meter. Und da seh ich, wie ein paar von diesen Kerlen eine Frau aus dem Gefängnis zerren, aber die hat sich mächtig gewehrt. Einen hat sie sogar umgehauen, wenn ich richtig gesehen habe.«

»Als Sie das sahen, was haben Sie da getan?«

»Ich habe mich gleich umgedreht und nach dem Sheriff gerufen.«

»Und was hat *der* getan?«

»Er war hinten im Laden und versuchte, seine Hand aus dem Cola-Automaten zu befreien.«

Ich räusperte mich. »Ich hatte einen Nickel eingeworfen, aber es kam nichts raus. Also dachte ich mir, da klemmt was. Ich hab dann ins Loch gefaßt und bin irgendwie mit der Hand hängengeblieben.«

»Schon gut!« fuhr Daley mich an. »Würden Sie bitte fortfahren, Mr. Frank.«

Und das tat Wilbur. »Also wollte ich dem Sheriff helfen, die Hand aus dem Automaten zu ziehen, aber er sagte mir, ich solle ihn in Ruhe lassen, er könne sich allein befreien.«

»Und dann?«

»Ich ging zurück ans Fenster. Es zog mich magisch an, wissen Sie. Und dieser Pöbel schleifte die Frau zum Baum und knüpfte sie auf.«

»Und während all dieser Zeit steckte die Hand des Sheriffs im Automaten fest?«

»Das ist richtig.«

Daley lächelte grimmig zu mir herüber, ehe er sich wieder an Wilbur wandte. »Erzählen Sie weiter.«

»Nun, sie ließen sie da hängen – wahrscheinlich bis sie überzeugt waren, daß sie tot war –, schnitten sie dann ab und trugen den Leichnam fort. Als sie an Mike Mosleys Haus vorbeigingen, hab ich sie aus den Augen verloren.«

»Haben Sie jemanden erkannt?«

»Nein. Ich habe ja schon gesagt, sie hatten sich alle diese Säcke über den Kopf gezogen.«

»Konnte der Sheriff schließlich seine Hand aus dem Cola-Automaten befreien?«

»Ja. Gleich nachdem ich gesagt hatte, daß sie verschwunden waren. Er ging ans Fenster und sagte, er sähe nicht das geringste. Er fragte mich, ob er an meinem Atem riechen könne.«

»Das hat Sie wütend gemacht?«

»Verdammt richtig«, fauchte Wilbur. »Ich trinke nicht. Und wenn ich trinke, dann kann ich was vertragen. Also schnappte ich mir das Telefon und rief die Staatspolizei.«

»Mr. Frank«, sagte Daley. »Was wissen Sie über Ellie May Linton?«

Wilbur dachte nach. »Hab nie von ihr gehört. Aber ich kenne auch nicht alle hier in der Gegend.«

Senator Homer Wright erhob sich. »Haben Sie etwas dagegen, wenn ich Mr. Frank einige Fragen stelle?«

Gnädig ließ ihn Daley gewähren. »Schießen Sie nur los, Senator.«

Der Senator schob die Daumen unter seine Hosenträger. »Mr. Frank, während es angeblich zu diesem Fall von Lynchjustiz kam, was haben *Sie* da eigentlich getan? Außer zuzuschauen, meine ich. Haben Sie versucht, sie aufzuhalten?«

Wilbur reagierte gereizt. »Sie aufhalten? Was um alles in der Welt hätte ich denn tun können, Senator? Da war dieser bewaffnete Mob, und ich war allein. Sie hätten es sich in den Kopf setzen können, mich auch noch aufzuknüpfen, als sie erst mal Blut geleckt hatten, sozusagen. In dieser Stadt schulden mir beinahe alle Geld.«

Wieder spannte der Senator seine Hosenträger. »Sie sagen, das Opfer hätte sich heftig gewehrt, bis es aufgehängt wurde?«

»Nun... nicht ganz. Wahrscheinlich wurde die Frau ohnmächtig, bevor man ihr die Schlinge um den Hals gelegt hat?«

»Ohnmächtig?«

Wilbur nickte. »Sie kämpfte wie eine Katze, bis die Meute zum Gemeindehaus kam. Als ich sie wieder sehen konnte, wurde die Frau getragen. Man brachte sie zum Baum, wie ich schon sagte, und hängte sie auf.«

Der Senator zog ein nachdenkliches Gesicht. »Als sie aufgehängt wurde, hat sie da... ähm... um sich getreten oder noch gezuckt?«

»Nein«, sagte Wilbur. »Sie hing da wie eine Lumpenpuppe.«

Der Senator zog eine Augenbraue in die Höhe. »Wie eine *Lumpenpuppe?«*

»Ganz recht«, sagte Wilbur.

Eine Zeitlang schien jeder für sich still nachzudenken, dann wandte sich der Senator an mich. »Sheriff, die Frau, die vor fünfundsiebzig Jahren aufgehängt wurde? Wie hieß sie noch?«

»Ellie May Linton«, sagte ich.

Doch Wilbur hatte keine Gespenster gesehen.

Ich meine, hier ist unsere kleine Stadt, mit der es bergab geht, und die Leute ziehen fort. Nicht weil sie wollen, sondern weil sie ihren Lebensunterhalt verdienen müssen.

Und dann las ich von dieser Stadt Tombstone in Arizona und was man da aus dem Duell im O. K. Corral von 1881 macht. Jedes Jahr wird die ganze Geschichte in Tombstone nachgespielt und lockt die Touristen zu Tausenden an. Und Touristen geben Geld aus und sorgen für eine gesunde Wirtschaft.

Deshalb mußte ich an diese Frau denken, die damals im Jahre 1888 aufgehängt worden war. Eine ganze Reihe von Städten in den Vereinigten Staaten können von sich behaupten, einen Mann aufgehängt zu haben, aber wie viele können schon sagen, sie hätten eine Frau gelyncht? Sie müssen zugeben, das ist ziemlich einmalig. Soweit ich herausfinden konnte, gibt es nur noch einen Ort in Texas, der das gleiche von sich behaupten kann, und ich dachte, wir sollten die Sache angehen, bevor die in Texas auf dieselbe Idee kamen.

Wenn wir aber bloß angekündigt hätten, daß wir jedes Jahr noch einmal nachspielen wollen, wie diese Frau gehängt wurde, hätten wir höchstens mit ein paar Leuten aus Marydale und Black Creek Falls und ähnlichen Orten rechnen können. Wir wollten aber das Interesse des ganzen Staates wecken. Wenn möglich sogar des ganzen verdammten Landes.

Es kostete einige Vorbereitung, aber alle Erwachsenen in der Stadt waren an der Sache beteiligt – alle außer Wilbur Frank. Wir wollten einen Zeugen, der beschwören konnte, daß er wirklich gesehen hatte, wie jemand gehängt wurde, und der sich nicht davon abbringen ließ. Nicht einmal durch einen Lügendetektor.

Susie Dibbler spielte die Rolle der Ellie May Linton, und sie hat ihre Sache gut gemacht, obwohl sie ein bißchen übertrieb und Fred ein blaues Auge verpaßte. Sie kämpfte und trat um sich, als sie aus dem Gefängnis getragen wurde, aber als man sie bis hinters Gemeindehaus geschleppt hatte, tauschten die Jungs sie gegen eine Puppe aus, und die wurde dann aufgeknüpft.

Ich habe gehört, daß Joe Daley seine Nominierung im Kampf um den Posten des Gouverneurs zurückgezogen hat. Vielleicht hat er in zehn, fünfzehn Jahren mehr Glück, wenn die Leute nicht länger darüber lachen, was eine kleine Stadt ihm angetan hat.

Und es sieht ganz so aus, als würden wir umsonst ein großes Schwimmbad bekommen. Jedenfalls hat unser künftiger Gouverneur, Homer Wright, mir das versprochen, als ich ihm vorab das kleine Geheimnis unserer Stadt verriet.

Standhaft

Nicht schuldig«, sagte Henry Watson trotzig.

Stanley Vetter setzte die Befragung der Jury fort. »Rothwell?«

»Schuldig.«

»Jenkins?«

»Schuldig.«

»Coleman?«

»Schuldig«, sagte ich.

Und dann starrten wir alle elf wütend auf Watson.

»Wieder einmal«, sagte Vetter. »Und dies bei der sechsundzwanzigsten Stimmabgabe, wenn ich das hinzufügen darf, sind es elf Stimmen für Schuldspruch, eine für Freispruch.«

Ich holte entnervt Luft. »Ich glaube, wir haben es mit einem Idioten zu tun.«

Watson sprang auf. »Also hören Sie...«

Vetter hob rasch eine Hand. »Aber, aber Watson. Coleman hat es sicher nicht so gemeint.«

»Natürlich habe ich das«, sagte ich störrisch. »Noch nie in meinem Leben bin ich einem solch widerspenstigen, dummen... halsstarrigen Mann begegnet.«

Vetter senkte seine Stimme und flüsterte mir ins Ohr: »Wir kommen nicht weiter, wenn wir ihn gegen uns aufbringen.«

»Wir haben es auf die nette und vernünftige Tour probiert«, murmelte ich. »Und das hat nichts geholfen. Wir haben versucht, an seine Vernunft zu appellieren, aber das war offenbar von vornherein sinnlos.«

Vetter war ein großgewachsener Mann, wie geschaffen für den Schaukelstuhl. »Regen wir uns nicht auf, und bewahren wir die Ruhe.«

Ich funkelte Watson wütend an. »Glauben Sie denn *wirklich,* daß Duke O'Brien unschuldig ist?«

Er wand sich unbehaglich. »Ach, ich glaube schon, daß er schuldig ist. Aber Sie scheinen meinen Standpunkt nicht zu verstehen. Meiner Meinung nach konnte der Staatsanwalt nicht *beweisen,* daß O'Brien Matt Tyson umgebracht hat.«

»Mag schon sein, Sohn«, sagte Vetter. »Aber wenn das Ihre Ansicht ist, stehen Sie einsamer da als ein Kaplan in der russischen Armee.«

Beherrscht und mit beißender Ironie sagte ich: »Duke O'Brien und Tyson waren allein im Hinterzimmer eines Tabakgeschäftes. Zufällig befand sich ein Polizeibeamter außer Dienst im Laden und kaufte sich eine Pfeife, als er den Schuß hörte. Er stürzte in den rückwärtigen Teil des Geschäftes, und als er die Tür öffnete, bemerkte er folgendes: Matt Tyson mausetot auf dem Boden, Pulvergeruch in der Luft und Duke O'Brien, der gerade im Begriff war, durch das Fenster zu verschwinden. Er verfolgte O'Brien durch einige Gassen und feuerte eine Anzahl Warnschüsse. Deshalb – oder weil O'Brien die Puste ausging – endete die Jagd schließlich damit, daß O'Brien sich dem Beamten ergab.«

»Aber die Polizei hat die Tatwaffe nie gefunden«, behauptete Watson eigensinnig.

Rothwell, ein hagerer Drogist, der aussah, als sei er bereits mit Kopfschmerzen auf die Welt gekommen, übernahm nun die Attacke. »O'Brien wurde einige Häuserblocks weit gejagt – über Hinterhöfe und Zäune. Es war Abend, und während der Flucht warf er die Waffe fort. Die Polizei suchte das Gelände erst am nächsten Morgen ab.« Rothwell schien über diese Nachlässigkeit empört. »Aber was tat O'Brien als erstes, nachdem man ihn aufs Polizeirevier gebracht hatte? Er verlangte, seinen Anwalt zu sprechen, und die Polizei willigte ein. Und ich kann Ihnen sagen, was O'Brien seinem Anwalt erzählt hat. Er sagte ihm, wo er die Waffe fortgeworfen hatte, und der Anwalt hat dafür gesorgt, daß einer von Dukes Leuten sie noch am gleichen Abend geholt hat.«

»Aber Duke behauptet, er hätte keine Waffe gehabt.«

»Er trug ein Schulterhalfter. Ein leeres Schulterhalfter. Hätte er es getragen, wenn er keine Waffe dabeigehabt hätte?«

»Aber Duke meinte, *normalerweise* würde er eine Waffe tragen – nur gerade an dem Abend hätte er vergessen, sie einzustecken.«

Rothwell schloß einen Moment die Augen. »Die Polizei fand Pulverspuren an O'Briens rechter Hand.«

»Ich weiß«, gab Watson zu. »Aber O'Brien sagte, er wäre einige Stunden zuvor auf dem Schießstand gewesen. Deshalb die Spuren an der Hand.«

Rothwell sah aus, als wolle er in Tränen ausbrechen. Er biß sich auf die Lippen.

Es klopfte, und Kopf und Schultern des Gerichtsdieners schoben sich durch die Tür. »Der Richter will wissen, ob Sie schon zu einem Urteil gelangt sind.«

Ich blickte ihn finster an: »Wären wir dann etwa noch hier?«

Er wich zurück. »Reißen Sie mir nur nicht gleich den

Kopf ab. Der Richter bat mich doch bloß, Sie zu fragen.«

Miss Jenkins, eine resolute Lehrerin, sprach zu Watson, als säße er in ihrer dritten Klasse. »Sie wissen doch, daß Duke O'Brien ein böser Mensch ist, nicht wahr?«

»Nun… ja.«

»Er ist ein Gangster, oder nicht?«

»Ich denke schon, aber…«

»Er beherrscht die Unterwelt dieser Stadt, stimmt's? Ob Drogen, Wettspiele oder…« Sie errötete leicht. »Andere Dinge. Kontrolliert er sie nicht alle?«

»Ja«, sagte Watson verzweifelt. »Aber *das* wird ihm nicht vorgeworfen. Er steht unter Mordanklage.«

»Mr. Watson«, sagte Miss Jenkins streng. »Sie sind ein störrischer, störrischer Mann.«

Watson wandte sich hilfesuchend an uns. »Wenn Duke O'Brien ein so großer Ganove ist… wenn er eine solche *Organisation* hinter sich hat… mit Killern und all dem… warum sollte er Tyson dann selbst umbringen? Jemand anders hätte den Job für ihn erledigen können, und er wäre Meilen weit weg mit einem Alibi gewesen.«

»Es war eine spontane Sache«, sagte Rothwell. »Dieses Tabakgeschäft ist nichts als eine Tarnung für ein Wettbüro oder dergleichen, und O'Brien und Tyson haben sich über irgendwas gestritten. O'Brien verlor den Kopf und erschoß Tyson. Haben Sie vielleicht Zeugen erwartet?«

»Das nicht, aber…«

Ich übernahm wieder. »Lassen Sie uns für einen Moment annehmen, daß Sie ein intelligenter Mensch sind. Warum lief O'Brien fort, wenn er unschuldig war?«

»Er geriet in Panik.«

»Wie lautet die klägliche Geschichte, die erklären soll, was seiner Meinung nach passiert ist?«

Watson rieb sich den Nacken. »O'Brien sagte, er und Tyson hätten sich unterhalten, als ein Schuß durch das offene Fenster fiel.«

Ich lächelte gequält. »Ein offenes Fenster? Draußen waren es drei Grad. Warum sollte jemand bei diesem Wetter ein Fenster öffnen?«

»O'Brien sagte, das Zimmer sei verqualmt gewesen.«

»O'Brien sagte, O'Brien sagte«, fauchte Rothwell verärgert. »Glauben Sie alles, was O'Brien sagt? Warum?« Er beugte sich vor. »Wollen *Sie* sich ein *neues* Auto kaufen, wenn die Geschworenen zu keinem Urteil kommen?«

Watson wurde blaß. »Hören Sie, ich lasse nicht zu, daß man so mit mir redet. Ich verlange eine Entschuldigung.«

Vetter, der Friedensstifter, hob eine Hand. »Ich glaube, wir sind alle ziemlich müde und hungrig. Was halten Sie von einer Pause?«

Wir ließen uns Sandwiches und Kaffee bringen.

Vetter, Rothwell und ich versammelten uns an einem Ende des langen Tisches um unsere Kaffeetassen.

Rothwell aß lustlos. »Und wenn es wie der erste Prozeß ausgeht?«

Vetter seufzte. »Das wollen wir nicht hoffen.«

Rothwell starrte wütend zum allein essenden Watson hinüber. *»Der* ist nicht so dumm, daß er sich einen Wagen kauft. Er versteckt das Geld, bis er es problemlos ausgeben kann.«

»Wir wollen keine voreiligen Schlüsse ziehen«, sagte Vetter. »Vielleicht ist er ehrlich davon überzeugt, daß O'Briens Schuld nicht bewiesen ist.«

Dies war der zweite Prozeß gegen Duke O'Brien wegen Mordes an Matt Tyson. Im ersten Prozeß waren die Geschworenen zu keinem Urteil gelangt. Elf Stimmen für Schuldspruch, eine für Freispruch.

Drei Tage nach Auflösung der Jury hatte sich der für Freispruch plädierende Geschworene ein neues Auto gekauft. Das fiel den Nachbarn auf und entging auch der Aufmerksamkeit der Behörden nicht. Außerdem fand man heraus, daß er einen Tag zuvor fünftausend Dollar auf sein Konto eingezahlt hatte.

Der Geschworene stand jetzt unter Anklage, und obwohl er nichts zugeben wollte, war doch offensichtlich, daß es Duke O'Brien gelungen war, ihn zu bestechen.

Wir warteten, bis der Gerichtsdiener die Teller und Tassen fortgeräumt hatte, und nahmen dann wieder unsere Plätze am Tisch ein.

Vetter sprach. »Mr. Watson, die Gerechtigkeit geht manchmal seltsame Wege.«

»Tut sie das?«

Vetter nickte. »Sie haben doch von Mafiabossen gehört, die man hinter Gitter gebracht hat, nicht wahr?«

»Natürlich.«

»Und ist Ihnen aufgefallen, daß sie sehr selten ins Gefängnis kommen, weil sie *Mafiabosse* sind? Gewöhnlich locht man sie wegen anderer Vergehen ein – nicht selten wegen Steuerhinterziehung.«

»Ja.«

»Und man gibt ihnen ungewöhnlich harte Strafen, nicht wahr? Zehn Jahre? Fünfzehn?«

Watson wartete darauf, daß Vetter zur Sache kam.

Vetter lächelte. »Im Falle eines gewöhnlichen Steuervergehens läßt man gemeinhin beträchtliche Milde walten. Eine Geldstrafe, vielleicht auch eine Strafe auf Bewährung und gelegentlich eine kurze Gefängnisstrafe. Aber im Fall eines Mafiabosses greift man zum *härtesten Urteil,* zur *schwersten* Strafe.«

Watson nickte.

»Aber verstehen Sie denn nicht? Der Richter bestraft ihn eigentlich nicht für die Steuerhinterziehung, er verurteilt ihn gewissermaßen für *alle* Verbrechen, von denen man weiß, daß der Angeklagte sie begangen hat – die zu beweisen den Behörden aber nicht gelang.«

Watson seufzte. »Ich weiß, was Sie meinen, aber trotzdem ...«

»Selbst wenn Sie nicht glauben, daß O'Briens Schuld in diesem besonderen Verbrechen bewiesen wurde, so wissen Sie doch fraglos, daß er für andere Vergehen schuldig ist. Sie würden ihn für sein *gesamtes* verbrecherisches Leben schuldig sprechen.«

»Ja«, sagte Watson widerstrebend. »Aber Gefängnisstrafe ist eine Sache, und eine ... ich meine, wenn wir ihn schuldig sprechen, ist die Todesstrafe in diesem Staat *zwingend* vorgeschrieben.«

Rothwell richtete sich halb auf. »Wollen Sie O'Brien *deshalb* nicht schuldig sprechen? Weil er dann auf den elektrischen Stuhl muß?«

Watson wich seinem Blick aus.

Rothwell erhob seine Stimme. *»Ehe* sie für diese Jury ausgewählt wurden, hat man Sie *gefragt,* ob Sie Vorbehalte gegen die Todesstrafe haben. Und offenbar hatten Sie keine, denn sonst wären Sie nicht in diesem Raum.«

Watson lief rot an. »Hatte ich ja auch nicht ... hab ich nicht. Aber ... dieser Tyson gehörte nicht gerade zu unseren angesehensten Bürgern ... und O'Brien hat der Welt beinahe einen Gefallen getan ...« Er schluckte. »Meinen

Sie nicht, daß die Todesstrafe in diesem Fall etwas zu hart ist?«

Daraufhin war es still, doch dann meinte Vetter: »Sohn, willst du einen Mörder in dieser Welt frei herumlaufen lassen?«

»Nein. Natürlich nicht.« Er holte tief Luft. »Aber angenommen, wir kommen diesmal zu keinem Urteil. Das heißt doch nicht, daß O'Brien frei ausgeht. Der Staat wird ihm einfach wieder den Prozeß machen, und beim nächsten Mal wird er dann verurteilt.«

Miss Jenkins war schockiert. »Mr. Watson, *begreifen* Sie, was Sie da sagen? Sie glauben tatsächlich, daß O'Brien schuldig ist, aber Sie wollen, daß ein *anderer* die ... Drecksarbeit macht?«

Vetter schüttelte betrübt den Kopf. »Sie denken also, der Staat würde O'Brien noch einmal den Prozeß machen?«

Watson steckte sich einen Finger hinter den Kragen. »Wieso? Natürlich!«

Vetter lächelte traurig. »Durchaus möglich, aber ich würde nicht darauf wetten. Theoretisch kann der Staat O'Brien stets aufs neue verklagen, bis ein wie auch immer geartetes Urteil gefällt wird. Doch wenn die Geschworenen sich bereits zweimal nicht einigen konnten, beginnt man sich im Büro des Staatsanwalts zu wundern. Ist die Anklage wirklich fundiert genug, um eine Jury überzeugen zu können? Lohnt es sich, all den Ärger, die Zeit, die Kosten auf sich zu nehmen, um erneut gegen O'Brien zu prozessieren und vielleicht *noch einmal* zu keinem Urteil zu kommen? Oder gar zu einem Freispruch? Vielleicht ist der Staatsanwalt auch so angewidert, daß er sich sagt: ›Wenn ich keine zwölf Geschworenen finden kann, die die

Rechtschaffenheit und den *Mumm* besitzen, O'Brien dahin zu bringen, wo er hingehört, dann zur Hölle mit ihm. Lassen wir ihn frei. Er ist genau das, was die Bürger dieser Stadt verdienen. Sie haben es sich selbst zuzuschreiben.‹«

Watson sah unbehaglich drein.

»Es könnte auch noch was anderes passieren«, sagte Vetter. »Vielleicht wird der Polizist, der O'Brien gefaßt hat, plötzlich ›vergessen‹, was er gesehen hat. Wahrscheinlich muß er wie jedermann Raten für eine Hypothek zahlen, und wenn er merkt, daß O'Brien sich immer wieder vom elektrischen Stuhl loskaufen kann, dann kommt er vielleicht auf den Gedanken, daß es schlauer wäre, sich selbst auch etwas von dem Geld zukommen zu lassen.«

»Sehen Sie, Watson«, sagte Rothwell. »Sie würden O'Brien ja nicht bloß wegen dieses einen Mordes auf den Stuhl schicken. Vielleicht hat er den Stuhl nicht verdient, weil er Tyson beseitigt hat, aber hat er es verdient, *frei* auszugehen?«

»Sohn«, sagte Vetter. »Glauben Sie denn, daß dies der einzige Tod eines Menschen ist, für den O'Brien verantwortlich ist? Jedesmal, wenn Sie lesen, daß jemand tot im Kofferraum seines eigenen Wagens gefunden wurde, wissen Sie verdammt genau, wer dahintersteckt.«

»Wie Sie es auch sehen«, stieß ich hervor, »O'Brien hat es verdient, auf dem Stuhl zu schmoren.«

Watson zuckte zusammen.

»Mr. Watson«, sagte Miss Jenkins leise. »Haben Sie Kinder?«

Watson nickte. »Zwei. Der Junge ist vierzehn, das Mädchen siebzehn.«

»Meinen Sie, die wären stolz auf Sie, wenn O'Brien freikommt? Wenn Sie sich vor Ihrer Pflicht drücken?«

Watson sagte nichts.

Miss Jenkins fuhr fort: »Sie wissen doch über den Drogenhandel in dieser Stadt Bescheid, nicht wahr? Und wie viele *Schüler* von O'Brien und seinesgleichen abhängig gemacht worden sind?«

Es folgte ein langes Schweigen, dann blickte Watson auf. Er seufzte. »Sie haben recht. Sie alle. Ich war ein... ein Feigling.«

Vetter strahlte. »Machen wir es offiziell. Ich rufe zur Abstimmung auf.

Als die Reihe an ihn kam, erhob sich Watson. »Schuldig«, sagte er mit fester Stimme.

Vetter nickte beifällig und fuhr fort. »Rothwell?«

»Schuldig.«

»Jenkins?«

»Schuldig.«

»Coleman?«

»Nicht schuldig«, sagte ich.

Sie starrten mich an.

Ich stand auf. »Mir ist plötzlich klargeworden, daß wir eines der elementarsten Prinzipien der Gerechtigkeit verletzen. Wir verurteilen O'Brien aufgrund dessen, was wir von ihm *halten*, und nicht entsprechend der Anklage, die ihn vor Gericht gebracht hat.«

Doch das war natürlich nicht der eigentliche Grund, weshalb ich meine Ansicht geändert hatte.

Hätte Watson durchgehalten, wäre alles prima gelaufen. Mir wäre es lieber gewesen, es hätte so ausgesehen, als wäre *er* für das Scheitern der Jury verantwortlich gewesen. Und in der Hoffnung, seine Widerspenstigkeit noch zu stärken, hatte ich ihn unaufhörlich gereizt und beleidigt.

Doch nun hatte Watson seine Meinung geändert.

Ich betrachtete die elf überraschten Geschworenen und begriff, daß ich nun für mein Geld arbeiten mußte.

Es mußte überzeugend wirken.

Schließlich hatte Duke O'Brien mir zehntausend Dollar gegeben, um sicherzugehen, daß die Jury zu keinem einstimmigen Urteil fand.

Kann ich helfen?

Ich stopfte meine Hosenaufschläge in die Stiefel. »Glasklare Sache«, sagte ich. »Ich besitze einen logischen Verstand, und ich verstehe vollkommen.«

Meine Mutter blickte von ihrer Zeitschrift auf. »Sagtest du, dein Verstand sei glasklar, Liebster?«

»Hier sehen wir mich«, sagte ich, »Peter O'Neill, nach vier Jahren in der großen Stadt gerade heimgekehrt, und draußen auf dem Bürgersteig sehen wir dreißig Zentimeter Schnee, der fortgeschippt werden muß.«

Mein Vater griff zur Tabaksdose und stopfte seine Pfeife. »Glaub mir, Sohn«, sagte er. »Wir haben ihn nicht all die Zeit für dich aufbewahrt. Er fiel erst gestern nacht.«

Ich zog den Reißverschluß meiner Stiefel zu. »Und was sehen wir da draußen noch? Wir sehen Julia Cameron, das Mädchen von nebenan, das mannhaft eine Schaufel schwingt.«

»Ich glaube, du willst auf etwas Bestimmtes hinaus«, sagte mein Vater.

»Herrje«, sagte ich. »Das ist alles so offensichtlich. Warum sollte sie Schnee schippen, wenn sie doch zwei große Brüder hat, die es für sie machen könnten? Die Antwort liegt auf der Hand. Ich soll sehen, wie hart sie arbeitet, und – Gentleman, der ich bin – hinauseilen, um ihr die Arbeit abzunehmen.«

»Wirklich gerissen, diese Frau«, sagte Vater.

Ich fuchtelte mit dem Finger, um meine Meinung zu

unterstreichen. »Doch hinter dieser offenkundigen Absicht verbirgt sich weit Schlimmeres. Sie ist im heiratsfähigen Alter und will auf sich aufmerksam machen. Ich weiß noch zu genau, wie sie mich schon früher immer angesehen hat, und damals war sie erst fünfzehn.«

Ich schlug meinen Kragen hoch und zog die Fäustlinge an. »Ich gehe jetzt hinaus und werde die Sache im Keim ersticken.«

Ich holte mir eine Schaufel von der Veranda und stapfte durch die Schneeverwehungen.

Julia hatte an der Haustür zu schippen begonnen und einen Pfad bis fast zum Bürgersteig freigelegt. »Nanu, Peter«, sagte sie und hielt in ihrer Arbeit inne. »Ich wußte gar nicht, daß du wieder da bist.«

»Natürlich nicht«, sagte ich. Ich stützte mich auf die Schaufel und lächelte. »Ziemliche Schinderei, nicht wahr?«

Ihr Atem dampfte in der Luft. »Das kann man wohl sagen.«

»Ich helf dir«, sagte ich.

»Tja...«

»Mit einem Rat. Nimm nicht zuviel Schnee auf einmal. Eine halbvolle Schaufel ist gerade richtig. So dauert es vielleicht länger, aber es strengt nicht so an.«

Sie legte den Kopf ein wenig in den Nacken und sah mich prüfend an.

Ich nahm die Schaufel zur Hand. »Nun, ich fang jetzt wohl besser mit unserem Bürgersteig an.«

Julia deutete ein Lächeln an. »Du willst jetzt mit eurem Bürgersteig anfangen?«

»Sicher«, sagte ich. »Und da du euren natürlich zur gleichen Zeit machen wirst, können wir ab und zu eine Pause einlegen und uns zuwinken.«

»Wie entzückend«, sagte Julia. »Aber ich schaufle nur bis zum Bürgersteig. Dann hör ich auf und schau dir zu.«

Ich begann zu schaufeln, und jedesmal, wenn ich aufsah, lächelte sie mir aufmunternd zu. In ungefähr zwanzig Minuten war ich fertig.

»Das war phantastisch«, sagte sie.

Mit einem Kopfnicken nahm ich das Kompliment zur Kenntnis, betrachtete lächelnd ihren ungemachten Bürgersteig und ging zurück ins Haus meiner Eltern.

Ich hängte meinen Mantel auf und setzte mich mit einem zufriedenen Lächeln in einen Schaukelstuhl. »Euer Bürgersteig ist der einzige im ganzen Block, der freigeschaufelt ist«, sagte ich. »Julia hat mit ihrem nicht einmal angefangen.«

»Sohn«, sagte mein Vater. »Hast du sie dir genau angeschaut? Ich glaube, ihre Windjacke verbirgt, welche Veränderungen vier Jahre bewirken können.«

»Belanglos«, sagte ich. »Vergiß nicht, daß ich in der großen Stadt gewesen bin und alles gesehen habe.«

Ich streckte meine Beine aus. »In etwa fünfzehn Minuten werde ich zu den Camerons hinüberspazieren und sehen, wie es den Jungs geht. Außerdem möchte ich mir Julias fassungsloses Gesicht nicht entgehen lassen.«

»Das ist nett«, sagte meine Mutter. »Albert wird sich bestimmt über einen Besuch freuen. Er hat sich letzte Woche beim Schlittschuhlaufen den Knöchel gebrochen.«

»Ach!«

»Eddie wirst du allerdings nicht antreffen«, sagte Vater. »Er wurde zur Armee eingezogen, als du fort warst, und ist jetzt in Europa.«

Ich hörte auf, Däumchen zu drehen.

»Trotzdem«, sagte ich. »Mr. Cameron ist schließlich auch noch da. Er hätte den Schnee schaufeln können.«

»Er ist drüben in Glens Falls zum Treffen des Moose-Ordens«, sagte mein Vater. »Er kommt erst in ein paar Tagen wieder.«

Ich stieß einen tiefen Seufzer aus. »Warum hat mir das denn vorher keiner gesagt?«

»Du kommst aus der großen Stadt, Sohn«, sagte mein Vater und hielt sein Gesicht hinter der Zeitung verborgen. »Wir dachten, du wüßtest alles.«

Ich saß da in der ungewöhnlichen Stille und dachte angestrengt nach. Einmal ertappte ich Vater und Mutter dabei, wie sie sich angrinsten.

Etwa fünfzehn Minuten später hörte ich draußen das Geräusch eines Motors, und ich erstarrte, als ich erkannte, welche Maschine diesen Lärm verursachte.

Ich ging ans Fenster und sah, wie der Schneepflug unsere Straßenseite räumte und dabei beinahe den gesamten Bürgersteig, den ich gerade freigeschaufelt hatte, mit einer dicken Schneeschicht eindeckte.

Als ich mich umdrehte, um meinen Vater grimmig anzustarren, verdeckte die Zeitung noch immer sein Gesicht. »Sohn«, sagte er. »In dieser Gegend schippen wir auf unseren Bürgersteigen keinen Schnee, bevor Sam Morgan mit seiner Pflügerei fertig ist. Irgendwie habe ich nicht daran gedacht, sonst hätte ich dir Bescheid gesagt.«

Ich holte tief Luft und stakste zur Garderobe. Draußen begann ich, die schweren, pappigen Schneeklumpen fortzuschippen.

Julia kam mit einer Schaufel aus dem Haus. Ich funkelte sie wütend an.

»Kann ich dir mit einem kleinen Rat helfen?« sagte sie mit liebreizender Stimme. »Nimm nicht zuviel auf einmal auf die Schaufel.«

»Heißen Dank.«

»In dieser Gegend«, sagte Julia, »schaufeln wir unsere Gehwege, zumindest die an der Straße, erst, wenn der Schneepflug vorbeigekommen ist.«

Ich stürzte mich auf den restlichen Schnee, und als ich fertig war, konnte ich mich nur mühsam wieder aufrichten.

Julia schaufelte gemächlich und mühelos, sie hatte ihren Bürgersteig etwa zur Hälfte freigelegt.

Ich taumelte zu ihr hinüber und half ihr. Schweigend schaufelten wir, bis die Arbeit getan war.

»Hättest du Lust, auf eine Tasse Kakao hereinzukommen?« fragte Julia.

Ich nickte müde.

Wir trafen ihren Bruder Al vor dem Kamin an, sein Knöchel steckte in Gips und ruhte auf einem Kniekissen.

Sein Krankentrübsinn verflog, als er mich sah. »Zieh dir einen Stuhl ran und setz dich. Du siehst groggy aus.«

»Ich habe Schnee geschippt«, sagte ich düster. »Ein Teil davon hat euch gehört.«

Al grinste. »Wetten, daß du Mitleid mit ihr gehabt hast? Sie kann ziemlich hilflos dreinschauen, wenn sie es darauf anlegt.«

»Al«, sagte Julia rasch. »Erzähl Peter, wie du dir deinen Knöchel gebrochen hast.«

»Ich bin hingefallen.« Al lehnte sich in seinem Sessel zurück. »Du weißt natürlich, Pete, daß deine Mithilfe beim Schneeschaufeln nur der erste Schritt in einer wohlüberlegten Kampagne war.«

»Möchte jemand Plätzchen?« fragte Julia. »Stopf dir etwas in den Mund, Al. Damit du endlich Ruhe gibst.«

»Aha«, sagte ich. »Eine Falle. Ich wußte es.« Ich starrte Julia an. Sie hatte ihre Jacke ausgezogen, und mir fiel auf, daß vier Jahre tatsächlich einen Unterschied machten. »Aha«, sagte ich wieder, langsamer diesmal, mit einer anderen Betonung und aus einem anderen Grund.

»Hätte ich noch die Kraft und wäre es nicht so kalt, ich würde auf der Stelle nach Hause gehen«, sagte ich.

»In Ordnung«, sagte Julia erhobenen Hauptes. »Dein Bürgersteig ist frei, also geh und leg dich drauf.«

»Andererseits jedoch«, sagte ich zu Julia, und unsere Blicke begegneten sich, »bin ich irgendwie froh, daß ich keine Kraft mehr habe.«

Julia und ich saßen da und lächelten uns an, bis Al nach seiner Krücke griff und sich aufstemmte. »Nun«, sagte er betrübt. »Ich dachte, wir könnten ein Gespräch unter Männern führen, aber das sieht mir nicht danach aus.«

Er humpelte zur Küchentür und drehte sich um. »Glaubt ihr zwei, ihr könnt euch allein unterhalten, während ich fort bin?«

Julia und ich hatten damit nicht die geringsten Probleme.

Der Fischzug

Ich war sein Anwalt, und ich fragte mich, wie er mich für meine Dienste bezahlen wollte. Sicher, er besaß eine halbe Million Dollar, aber er würde nicht verraten, wo er sie versteckt hatte, außerdem waren die Scheine ziemlich heiß.

»Wenigstens spricht zu Ihren Gunsten«, sagte ich, »daß Sie den Jungen unverletzt freigelassen haben.«

Eddie Ripley zuckte die Achseln. »Hab ihm nicht ein Haar gekrümmt. Ich hätte ihn auch nach einer Weile freigelassen, wenn sein Vater nicht mit dem Lösegeld rausgerückt wäre. Warum soll ich einem Kind was antun? Ich mag Kinder.«

Vor zwei Wochen hatte Eddie den zwölf Jahre alten Frankie Sorrenson entführt, fünfhunderttausend Dollar verlangt und sie auch erhalten. Als ihn die Polizei schnappte, fand sie bei ihm kein Geld, und er wollte nicht verraten, wo er es versteckt hatte.

»Ich glaube, dem Jungen gefiel die ganze Sache«, sagte Eddie. »Ich hab ihm alle Comics besorgt, die er wollte, meinen tragbaren Fernseher, und er brauchte nicht zur Schule. Wahrscheinlich hat er in den Tagen sogar ein paar Pfund zugenommen, ich hab ihn nämlich ziemlich gut durchgefüttert. Eis, Popcorn, Hamburger. Die ganze Palette.«

»Und der Vater?« fragte ich. »Glauben Sie, ihm hat die Sache auch Spaß gemacht?«

Eddie schnaubte verächtlich. »Der Kleine hat mir genug erzählt. Sein alter Herr wußte kaum, daß es den Jungen gab. Kindermädchen haben sich um Frankie gekümmert, seit seine Mutter starb, als er zwei Jahre alt war.«

Frankies Vater, Gus Sorrenson, hatte die größte Baugesellschaft des Staates unter sich und auch, so nahm man allgemein an, eine beachtliche Zahl Kreisbeamte. Deshalb laufen kreuz und quer durch unseren Staat Highways, von denen mir viele ziemlich überflüssig vorkommen.

Als sein Sohn gekidnappt wurde, hatte Sorrenson gleich verlauten lassen, daß man ihn nicht einschüchtern kann. Er wollte sich weigern, das Lösegeld zu zahlen. Gäbe er der Forderung der Entführer nach, würden sich künftige Entführer im Land ermutigt fühlen.

Zehn Prozent der Bevölkerung begrüßten seine mutige Haltung. Die übrigen neunzig Prozent schrieben Briefe an die Zeitungen, in denen von einer gewissen Herzlosigkeit die Rede war. Nach zehn Tagen – und außerordentlich negativer Publicity – kapitulierte er und zahlte das Lösegeld.

Eddie Ripley strich sein vorzeitig ergrautes Haar zurück. »Wissen Sie, warum ich mich für Sie entschieden habe? Weil Sie einen gewissen Ruf haben. Ich hab gehört, daß man Sie schon dreimal aus der Anwaltskammer ausschließen wollte.«

»Mißverständnisse«, sagte ich. »Man konnte mir nichts nachweisen.« Ich wechselte das Thema. »Bleibt die Sache mit dem Lösegeld. Die Polizei konnte es noch nicht finden, und Sie wollen ihr offenbar auch nicht sagen, wo sie suchen soll.«

»Das ist richtig.«

Ich schüttelte den Kopf. »Man gibt Ihnen keine Chance,

Eddie, jemals auch nur einen Cent davon anzurühren. Ganz egal, was ich für Sie rausschlagen kann, Sie sind ein todsicherer Kandidat für ›lebenslänglich‹.«

Er grinste. »Nach zwölf Jahren und acht Monaten kann ich bedingte Haftentlassung beantragen.«

»Vergessen Sie's. Glauben Sie denn, die Kommission würde Sie freilassen, wenn die fünfhunderttausend Dollar noch nicht wieder aufgetaucht sind?«

Eddie zuckte die Schultern. »Kaum. Schieb ich eben drei, vier Jahre eine ruhige Kugel, bis sie mich wegen guter Führung aus dem Hochsicherheitstrakt entlassen. Immerhin bin ich schon zweimal aus dem Knast ausgebrochen.«

Ripley war ganz offensichtlich Optimist. Aber es stimmte tatsächlich, daß er in seiner Laufbahn schon zweimal dem staatlichen Gewahrsam entflohen war. »Die Polizei hat die Seriennummern aller Scheine. Außerdem ist das Geld wahrscheinlich noch anderweitig gekennzeichnet. Selbst wenn Sie es also erst in zehn oder fünfzehn Jahren ausgeben, schnappt man Sie innerhalb einer Woche.«

Er gab mir recht. »Aber ich weiß, wie ich es loswerden kann.«

»Unter Abzug von achtzig oder neunzig Prozent?«

»Nein. Dollar gegen Dollar. Fast zumindest.«

»Eine Schweizer Bank? Die sind auch nicht mehr, was sie einmal waren, Eddie. Keinen Cent nehmen die Ihnen ab.«

»Keine Schweizer Bank. Ich denke an eine dieser karibischen Inseln, die seit kurzem alle unabhängig werden. Die halten sich mit Tourismus und durch die Großbanken über Wasser, die dort plötzlich Filialen eröffnen. Und die

Banken scheren sich keinen Deut darum, woher das Geld kommt, wenn sie es nur kriegen. Sie wissen, wie man das Geld waschen und auf der anderen Seite der Welt mit nur geringem Verlust wieder in Umlauf bringen kann.«

Er lehnte sich zu mir herüber. »Ich wollte es selbst hinbringen, aber irgendwie ist die Sache schiefgelaufen, und die Bullen waren mir sofort auf den Fersen. Ich hätte es nie über die Grenze geschafft. Also habe ich das Geld vergraben. An fünf Stellen.«

»Fünf? Warum an fünf?«

»Weil ich keinem trau. In jedes Loch hab ich hunderttausend Dollar gesteckt.« Er lächelte. »Kennen Sie jemanden, der sich leichte hunderttausend Dollar verdienen will?«

Ich hüstelte und wartete.

Er senkte seine Stimme, obwohl das völlig unnötig war. Wir saßen allein in einem kleinen Zimmer des Polizeipräsidiums. »Angenommen, ich würde jemandem ein Loch verraten. Und weiter angenommen, dieser Jemand würde das Geld auf eine der Inseln bringen und achtzigtausend Dollar so auf einer Bank hinterlegen, daß ich rankäme, wenn ich das hier hinter mich gebracht habe. Zwanzigtausend Dollar könnte er auf seinen eigenen Namen deponieren. Und jetzt noch angenommen, er käme mit einem entsprechenden Beleg zurück. Dann würde ich ihm erzählen, wo er das zweite Loch findet und so weiter, bis kein Loch mehr übrig ist.«

Ich hing eine Weile meinen Gedanken nach. »Warum erzählen Sie dieser Person nicht, wo *alle* Löcher sind? Das würde viel Hin- und Herfahrerei ersparen.«

Wieder lächelte er. »Weil ich dieser Person nicht so weit trauen würde, wie ich einen in Blei gegossenen Haftbefehl werfen kann. Er würde bestimmt mit der halben Million abhauen, und ich hätte das Nachsehen.«

Ich zeigte ihm ein verständnisvolles Nicken. »Und wenn diese ungenannte Person mit den hunderttausend Dollar aus dem ersten Loch verschwindet? Sie könnte sich damit fünf Reisen auf die Insel sparen, und ob nun hunderttausend so oder anders, das bleibt sich gleich.«

»Weil ich den Kerl verpfeifen würde, wenn er das täte. Ich würde der Polizei verraten, daß er einen Teil des Lösegeldes hat. Ich könnte auch behaupten, daß er mein Komplize war. Aber wenn er es auf meine Weise macht, sind seine hunderttausend sauber, und er kann sie ausgeben. Keiner weiß, wo und wie er sie erhalten hat.«

Ich spielte einige Sekunden mit dem Verschluß meiner Aktenmappe. »Die gewisse ungenannte Person wird etwas Zeit brauchen, um den Vorschlag zu überdenken. Und um ihn zu prüfen.«

Nachdem ich mich von Eddie verabschiedet hatte, sah ich beim Staatsanwalt vorbei und sprach mit dem Zweiten Bezirksstaatsanwalt Porter, der die Anklage vertreten würde.

Er überschlug sich nicht gerade vor Freundlichkeit. »Sagt Ripley uns, wo wir das Geld finden können?«

Ich setzte mich ungebeten. »Vorläufig jedenfalls noch nicht. Sie haben vermutlich einige Nachforschungen angestellt?«

»An jedem erdenklichen Ort. Wahrscheinlich hat er es irgendwo vergraben, aber dies ist ein großes Land.«

»Haben Sie sein Apartment durchsucht?«

»Natürlich. Wir haben sogar seine Exfrau überprüft.«

»Exfrau?«

»Tja. Sie sind seit fünf Jahren geschieden, aber man weiß

ja nie. Für fünfhunderttausend Dollar drehen sie vielleicht noch einmal gemeinsam ein Ding. Kam aber nichts dabei raus. Sie hat sich sogar freiwillig einem Test mit dem Lügendetektor unterzogen. Unser Kurvenspezialist meint, sie hätte weder vom Kidnapping noch vom Geld etwas gewußt. Sie sagt, sie würde Eddie höchstens für ein paar Minuten sehen, wenn er am Sonntagnachmittag den Kleinen abholt.«

»Den Kleinen?«

»Er hat einen Jungen ungefähr im Alter von Sorrensons Sohn. Im Sommer darf der Junge sogar zwei Wochen zu ihm. Gehört alles zum Scheidungsabkommen. Seine Exfrau meint, als Eheman sei Eddie nicht zu gebrauchen, aber in den Kleinen sei er völlig vernarrt.«

Früh am nächsten Morgen tauchte Gus Sorrenson in meinem Büro auf, ein untersetzter Mann, der mich aus schmalen Augen anfunkelte. »Sie wollen also den Kidnapper meines Sohnes verteidigen?«

Ich korrigierte ihn. »Ich verteidige den *mutmaßlichen* Kidnapper Ihres Sohnes.«

Er wischte meine Bemerkung zur Seite. »Sie fragen sich vermutlich, warum ich hier bin?«

»Natürlich.«

»Ich kann ebensogut gleich zur Sache kommen. Meines Wissens weigert sich dieser Ripley, der Polizei das Lösegeld zu übergeben.«

»Ganz recht.«

»Was zum Teufel nützt ihm das Geld jetzt noch?« brach es aus Sorrenson heraus. »Man wird ihn für lange Zeit aus dem Verkehr ziehen, vielleicht für immer. Er kann doch nur auf vorzeitige Entlassung hoffen, wenn er jetzt das Geld rausrückt.«

»Darauf habe ich ihn schon aufmerksam gemacht. Aber er will es trotzdem nicht hergeben. Vielleicht freut ihn der Gedanke in den trostlosen Jahren, die vor ihm liegen.«

Sorrenson zog ein finsteres Gesicht. »Es war verdammt nicht einfach, so viel Bares aufzutreiben. Ich mußte Wertpapiere einlösen, Schuldscheine unterschreiben. Doch die Polizei hat mir hoch und heilig geschworen, daß ich alles wiederbekommen würde. Jeden einzelnen Cent.«

»Sie hat sich offenbar geirrt.«

Er beugte sich vor. »Lassen Sie uns nicht um den heißen Brei reden. Ich weiß, wann ich eine Sache abschreiben kann. Ich bin bereit, mich auf einen Deal einzulassen.«

»Einen Deal?«

»Ganz recht. Wenn mir Ripley vierhunderttausend Dollar zurückgibt, kann er den Rest behalten.«

»Ich verstehe nicht ganz, was er dabei zu gewinnen hätte.«

»Hören Sie, ich sage der Polizei, daß ich das *gesamte* Lösegeld zurückbekommen hätte. Auf die Art kann Ripley hunderttausend saubere Dollar behalten. Keiner wird mehr nach den Scheinen suchen. Zum Teufel, er könnte das Geld für sich anlegen lassen, und bis er entlassen wird, hat es sich vielleicht verdrei- oder vervierfacht. Dann ist er ein reicher Mann, wenn er rauskommt.«

Sorrenson gelang ein Augenzwinkern. »Mir ist egal, wie Sie sich die hundert Riesen teilen. Halbe-halbe, oder was immer Sie bei Ihrem Klienten für fair halten.«

Ich dachte nach. Sicher, wenn ich mich auf Ripley einließ, würden mir fette hunderttausend Dollar bleiben. Aber es blieb immer die Möglichkeit, daß etwas schiefging und ich mir mehr Ärger zuzog, als ich vertragen konnte.

Hielt ich mich an Sorrenson, brachte ich es vielleicht nur auf fünfzigtausend, aber ich wäre auf der Seite der Guten – und das war weitaus sicherer.

Ich lächelte. »Ich werde sehen, was ich für Sie tun kann, Mr. Sorrenson. Ich werde sehen, was ich tun kann.«

Am nächsten Morgen unterbreitete ich Ripley den Vorschlag – zumindest meine Version davon. »Sorrenson will Sie also fünfzig Riesen behalten lassen, wenn Sie den Rest zurückgeben. Das sind saubere fünfzig, Eddie. Liegen hübsch auf der Bank und vermehren sich, damit Sie es ausgeben können, wenn Sie wieder rauskommen. Und man wird Sie auf jeden Fall vorzeitig entlassen, sobald die Möglichkeit besteht.«

Eddie fiel nicht darauf herein. »Verdammt, nein.«

Ich räusperte mich. »Vielleicht könnte ich Sorrenson überreden, sein Angebot auf sechzig Riesen zu erhöhen.« Erwartungsvoll betrachtete ich Ripleys Gesicht. »Oder sogar fünfundsechzig. Aber das ist das absolute Limit, Eddie. Ich glaube kaum, daß er sich auf mehr einläßt.«

Ripley starrte mich wütend an. »Keine fünfzig Riesen, keine hundert oder zweihundert. Für mich bleiben vierhunderttausend Dollar übrig und kein Cent weniger.« Er musterte mich, als hätte er beschlossen, sich einen anderen Anwalt zu besorgen. »Und jemand wird sich hunderttausend einstecken, weiß bloß noch nicht, wer das sein wird.«

»Gut«, sagte ich rasch. »Gut.«

Er runzelte die Stirn. »Was ist gut?«

»Ich wollte sagen, ich bin außerordentlich froh, daß Sie Sorrensons Angebot ablehnen. Darauf hatte ich gehofft. Wirklich, Eddie. Aber ich mußte es Ihnen schließlich übermitteln. Das verlangt die Moral, Eddie – Sie selbst entscheiden zu lassen, was Sie machen wollen. Sie haben eine weise Entscheidung getroffen. Eine weise Entscheidung.« Ich rückte ein wenig auf dem hölzernen Stuhl umher. »Und was das Deponieren der ersten hundert Riesen angeht, Eddie – meinen Sie nicht, daß wir gleich damit anfangen sollten?«

Er blieb skeptisch. »Noch nicht. Ich muß Sie erst noch ein bißchen besser kennenlernen.«

An diesem Abend machte ich mir in meinem Apartment einen starken Drink. Die Aussicht auf fünf Inseltrips stimmte mich nicht gerade fröhlich. Ich nahm zwar nicht an, daß Ripleys Plan schiefgehen würde, aber es blieb immer ein gewisses Risiko, wenn man mit heißem Geld unterwegs war.

Dann besserte sich meine Laune.

Angenommen, ich würde Sorrenson erzählen, daß Ripley sein Angebot rundheraus abgelehnt hätte, und dann Ripleys Gegenangebot erwähnen – diese Sache mit den hunderttausend in jedem Loch. Und wenn ich ihm vorschlagen würde, mich *scheinbar* auf Ripley einzulassen? Für einen Anteil von hunderttausend Dollar natürlich. Das war für Sorrenson die einzige Chance, sein Geld jemals wiederzusehen.

Sorrenson und ich durften sogar mit der Unterstützung der Polizei rechnen. Sie könnte das Sparbuch beschaffen, oder was immer Ripley als Beweis dafür verlangte, daß sein Geld in die Inselbanken eingezahlt worden war.

Es klingelte an der Tür zu meinem Apartment.

Ich öffnete und starrte in das Gesicht eines großen, stämmigen Mannes mit schwarzer Halbmaske. Er hielt eine stahlblaue Automatik in der Hand.

Ich gehorchte den Bewegungen der Waffe und wich

zurück. Der Mann trat ein und schloß die Tür hinter sich.

Sein Haar war nahezu flammend rot, und er hatte eine zollbreite Narbe auf der linken Seite seines kantigen Kinns.

Er sagte: »Ich habe in der Zeitung von Ihnen gelesen. Sie sind Eddie Ripleys Anwalt, richtig?«

Sollte ich es zugeben oder abstreiten? Was wollte er nur von mir? »Nun, im Augenblick bin ich das. Sollte jedoch irgend jemand etwas dagegen einzuwenden haben...«

»Sie können ihn sehen, sooft Sie wollen?«

»Ja. Jedenfalls vorläufig noch.«

Er schien zufrieden. »Beruhigen Sie sich. Ich bin nicht hinter Ihnen her. Ich habe gehört, daß er die halbe Million immer noch nicht rausgerückt hat.«

Ich nickte.

Der Rothaarige setzte sich.

Mit der behandschuhten Hand fischte er eine große Schachtel Zigaretten aus der Tasche, griff nach einem Streichholzheftchen und gab sich Feuer. »Ich will die fünfhundert Riesen«, sagte er. »Das ganze Geld.«

»Ich nehme an, Sie rechnen damit, es auch zu bekommen. Wieso?«

»Weil ich Eddie Ripleys Sohn entführt habe.«

»Ich fürchte, da kann ich Ihnen nicht ganz folgen.«

Er blies den Rauch aus. »Was Eddie kann, das kann ich auch. Ripley hat Sorrensons Kleinen gekidnappt und fünfhunderttausend bekommen, also habe ich Eddies Kleinen entführt und will jetzt auch fünfhunderttausend haben. Von Ripley. Ich kam hierher, weil Sie regelmäßig zu Eddie rein und mit ihm Verbindung aufnehmen können.«

Ich blinzelte. Den Sohn eines Entführers zu entführen schien mir irgendwie nicht fair. Aber offensichtlich war es bereits geschehen.

Der Rothaarige fuhr fort: »Die ganze Sache bleibt zwischen Ihnen, Eddie und mir. Ich will nicht, daß jemand zur Polizei rennt.«

Ich war immer noch ein wenig schockiert. »Was ist mit der Mutter des Jungen? Wird sie nicht die Polizei einschalten?«

»Nein«, sagte er überzeugt. »Ich hab ihr klargemacht, daß ich ihr den Jungen Stück für Stück zurückschicke, wenn sie auf einen solchen Gedanken kommt. Angefangen mit dem linken Ohr.«

Mich schauderte. Diese Kreatur wollte die *ganzen* fünfhunderttausend Dollar. Völlig inakzeptabel. Vielleicht war noch etwas zu retten, das sich dann später zwischen Sorrenson und mir aufteilen ließ.

»Mag ja sein, daß Eddie seinen Sohn liebt«, sagte ich. »Aber fünfhunderttausend Dollar?« Ich gluckste. »Sie und ich, Sir, wir sind vernünftige Männer. Eddies Liebe hat zweifellos ihre Grenze, und ich schätze, die liegt bei hunderttausend Dollar. Selbst dann wird er sich noch vorkommen, als würde ihm ein Zahn gezogen.«

Er lächelte. »Da wir gerade von Zähnen reden. Die schicke ich auch zurück, einen nach dem anderen, wenn mir die Ohren ausgegangen sind. Ich will alle fünfhundert Riesen, oder für den Jungen ist der Tag X gekommen.«

Tag X? Stück für Stück zurückschicken? Der Mann war offenbar ein Ungeheuer. Und mit Ungeheuern kann man nicht feilschen, und doch…

Ich räusperte mich. »Sie wissen natürlich, daß dieses Geld markiert wurde. Sie leben gefährlich, wenn Sie es ausgeben wollen. Doch für eine kleine Anerkennung könnte ich Ihnen einen Ort vorschlagen, wo –«

Er unterbrach mich. »Ich weiß, wo man das Geld waschen kann. Und ich werde noch braun dabei und trinke eine Cola mit Rum.«

Also wußte er über die Inselbanken Bescheid? Verdammt.

Ich brauchte Zeit zum Nachdenken, Zeit, um etwas anderes zu planen, damit ich nicht mit leeren Händen ausging. »Selbst wenn Ripley bereit wäre, Lösegeld zu zahlen, bliebe das Problem, das ganze Geld einsammeln zu müssen. Eddie hat es an fünf verschiedenen Stellen vergraben. Wo, hat er mir natürlich nicht verraten, aber ich nehme an, daß die Stellen ziemlich weit auseinander liegen. Vermutlich muß ich viel rumreisen, um den gesamten Betrag zusammenzubringen. Das kann Wochen dauern.«

»Sie haben eine Woche«, sagte er. »Eine Woche, oder ich kaufe mir Briefmarken und fange an, gewisse Kleinigkeiten zu verschicken.«

»Wie kann ich mich mit Ihnen in Verbindung setzen?«

»Ich sorge schon für Verbindung. Per Telefon.«

Kaum war er fort, versperrte ich die Tür.

Behutsam hob ich das Streichholzheftchen auf, das er liegengelassen hatte, wobei ich es nur an den Rändern anfaßte.

Es war eine gewöhnliche Packung mit zwanzig Streichhölzern inklusive Werbung für eine landesweite Supermarktkette auf dem Deckblatt, aber zwölf Streichhölzer waren bereits abgerissen. Der Rothaarige hatte Handschuhe getragen, als er sich in meinem Apartment eine Zigarette ansteckte, doch ich nahm nicht an, daß er bei all den fehlenden Streichhölzern ebenfalls Handschuhe getragen hatte.

Ich ließ das Heftchen in einen Briefumschlag gleiten und fuhr in die Vorstadt zu Sergeant Ben Luther.

Luther kam in Pantoffeln an die Tür und hielt eine Dose Bier in der Hand. Er grinste, als er mich sah. Mein Anblick bedeutete Arbeit für ihn, inoffizielle Arbeit, für die er extra bezahlt werden würde.

Ich reichte ihm den Umschlag. »Hier drin liegt eine Packung Streichhölzer. Ich möchte, daß sie auf Fingerabdrücke untersucht wird, und ich will wissen, wem die gehören.«

»Und woher willst du wissen, daß er in der Kartei ist?«

»Ich weiß es nicht, aber versuche es trotzdem.«

Er nahm den Umschlag. »Fingerabdrücke sind nicht mein Metier, und jemanden im Präsidium um einen Gefallen zu bitten ist gar nicht so einfach. Kann sein, daß ich hier und da ein paar Scheine springen lassen muß, aber mit fünfzig sollte ich auskommen.«

Natürlich die reinste Erpressung, aber ich gab ihm die fünf Zehner. »Es muß schnell gehen. Ruf mich an, sobald du was weißt.«

Zeitig am nächsten Morgen suchte ich Eddie Ripley auf. Er wurde blaß, als ich ihm von der Entführung seines Sohnes erzählte.

»Ich rate Ihnen«, sagte ich, »ihm hunderttausend Dollar anzubieten. Es wäre sinnlos, die ganze Sache abzublasen, wenn wir… wenn *Sie* es nicht müssen.«

Eddie war anderer Meinung. »Da gibt's nichts zu schachern. Der könnte den Kleinen umbringen. Geben Sie dem Kerl die verdammten fünfhundert Riesen. Langsam fang ich an zu glauben, daß ich sie sowieso nie ausgeben könnte. Außerdem werden die Gefängnisse heute viel ausbruchssicherer gebaut als früher.«

Er drohte mir mit dem Finger. »Aber wenn dem Kleinen was passiert, mache ich Sie persönlich verantwortlich. Und wenn Sie verduften und den Kleinen im Stich lassen wollen, dann komm ich hier raus und bring Sie um, das schwöre ich Ihnen.«

»Mein lieber Mann«, sagte ich entrüstet. »Das Wohlergehen des Jungen liegt mir am Herzen. Ich könnte keine Nacht mehr ruhig schlafen, wenn ihm irgend etwas zustoßen sollte.«

Dann begann Ripley mir zu verraten, wo er das Geld versteckt hatte. Er hatte die Angaben natürlich auswendig gelernt, doch waren sie ziemlich kompliziert, und ich mußte sie mir aufschreiben. Jedes Versteck lag in einer dünn besiedelten ländlichen Gegend, so daß kaum Gefahr bestand, danach gefragt zu werden, warum man gerade an dieser oder jener Stelle ein Loch grub.

Ich brauchte zwei Tage, um das Geld zu finden und auszugraben.

Als ich in mein Apartment zurückkehrte, versperrte ich die Tür und breitete das Geld auf meinem Eßzimmertisch aus. Ich zählte es nach. Es war alles da. Exakt fünfhunderttausend Dollar in Hundertdollarscheinen.

Mit hämmerndem Puls starrte ich auf die Geldstapel – zum Greifen nah lagen sie vor mir.

Lohnte es sich, für fünfhunderttausend Dollar gejagt zu werden? Lohnte es sich, deshalb meine gegenwärtige Identität, meine Verbindungen, meine Kanzlei aufzugeben?

Ich rieb mir den Nacken. Eigentlich hatte ich nur wenige Dauerklienten. Man schien instinktiv der Ansicht zu sein, daß es mehr als genug war, einmal mit mir zu tun gehabt zu haben.

Lohnte es sich, all dies hier aufzugeben für fünfhunderttausend Dollar, einkommenssteuerfrei?

Ehrlich gesagt, ja.

Ich seufzte schwer. Bedauerlicherweise hatte meine Skrupellosigkeit einen Haken – ich hege einen gewissen Respekt für das Leben von Kindern. Geld war die eine Sache, mit der Schuld am Tod eines Jungen zu leben eine andere, vor allem dann, wenn der Mord Ohr um Ohr, Zahn um Zahn und weiß ich noch was geschehen sollte.

Das Telefon klingelte.

Es war Sergeant Luther. »Auf dem Heftchen waren zwei ziemlich gute Abdrücke. Daumen und Zeigefinger, und wir haben sie in unserer Kartei. Dein Mann heißt Gaylord Bysshe Brettschneider. Einsdreiundachtzig, hundert Kilo. Narbe auf dem kantigen Kinn, links. Rotes Haar. Vorbestraft wegen bewaffneten Raubüberfalls. Zweimal eingebuchtet. Im Augenblick auf Bewährung draußen.«

»Ich weiß.«

»Er wohnt gleich hier in der Stadt – North Baker Street 167.«

Als ich auflegte, begann mein Hirn wieder einmal zu rattern. Vielleicht konnte ich die Sache doch noch von einer anderen Seite angehen.

Ripley würde das Lösegeld natürlich zahlen müssen. Doch sobald der Junge frei und in Sicherheit war, würde ich zur Polizei gehen und ihnen verraten, wo sie den Kidnapper finden konnten. Sie würden Brettschneider festnehmen und das Geld entdecken.

Ich hielt inne. Und was hätte ich damit gewonnen?

Es war keine offizielle Belohnung für die Wiederbeschaffung des Geldes ausgesetzt worden, und auf Sorrensons Großzügigkeit konnte ich mich nicht verlassen.

Nein, ich würde zuerst zu Sorrenson gehen und ein hieb- und stichfestes – schriftliches – Abkommen mit ihm aushandeln müssen, um sicherzugehen, daß ich einhunderttausend Dollar vom Lösegeld bekam, wie oder bei wem es auch immer gefunden werden mochte – Hauptsache, es tauchte wieder auf.

Ich rief die Sorrenson Baugesellschaft an, um einen Termin auszumachen, aber Sorrensons Sekretärin teilte mir mit, daß ihr Chef fürs Wochenende die Stadt verlassen hatte, und sie nicht wisse, wo er sich aufhalte.

Ich legte den Hörer auf und entschied, daß ich mir ebensogut selbst ansehen konnte, wo das rothaarige Ungeheuer wohnte.

Ich packte das Geld in einen Koffer und legte es unten in den Wagen. Schließlich wollte ich nicht, daß irgendein Einbrecher auf meine Goldgrube stieß, während ich fort war.

Brettschneiders Haus, North Baker Street 167, erwies sich als viktorianisches Gebäude in einer alten, ehemals vornehmen, jetzt aber heruntergekommenen Wohngegend. Das Haus war offensichtlich in Apartments unterteilt worden.

Ich wendete am Ende des Häuserblocks und wollte mir die Sache auf dem Rückweg etwas genauer ansehen, fuhr dann aber rasch an den Straßenrand und parkte.

Vor mir hielt ein ziemlich zerbeulter Sedan an der angegebenen Adresse. Ein großer Mann mit flammendroten Haaren stieg auf der Fahrerseite aus dem Auto.

Das war unverkennbar Gaylord Bysshe Brettschneider.

Dann öffnete sich die Beifahrertür und ein kleiner, rothaariger Junge von etwa zehn Jahren sprang heraus. Er trug einen Baseballhandschuh, und der Mann und der Junge warfen sich ein paarmal den Ball zu, ehe sie im Haus verschwanden. Mir fiel auf, daß der Junge das rechte Bein ziemlich stark nachzog.

Hatte Brettschneider also auch einen Sohn? Die beiden standen sich offensichtlich ziemlich nah; eine typisch herzliche Beziehung zwischen Vater und Sohn.

Mir kam ein neuer und verblüffender Gedanke.

Zwei Entführungen hatte es bereits gegeben, warum nicht auch eine *dritte*?

Wenn das Lösegeld von Ripley gezahlt und sein Junge freigelassen worden war, warum sollte ich da nicht selbst losschlagen und Brettschneiders Jungen kidnappen? Ich brauchte nur ein Dutzend Comics, einen tragbaren Fernseher, ein Zimmer, um den rothaarigen Kleinen einzusperren, und ich war im Geschäft.

Brettschneider würde die fünfhunderttausend Dollar bestimmt zahlen, wenn er seinen Jungen auch nur ein klein wenig gern hatte, und jeder Cent davon würde mir gehören. Und das Beste daran war, daß Brettschneider sich kaum bei der Polizei beklagen konnte.

Frohgelaunt fuhr ich nach Hause.

Ich machte mir einen starken Drink und zählte noch einmal das Geld.

Ich würde dem Kleinen natürlich kein Haar krümmen, aber ich mußte Brettschneider sagen, daß ich den Jungen zerlegen würde, Stück für Stück. Allein die bloße Andeutung sollte seiner Phantasie solch einen Auftrieb versetzen, daß er bereitwillig zahlen würde.

Ich nahm einen kräftigen Schluck.

Brettschneider wäre natürlich krank vor Sorge um den Kleinen. Genau wie die Mutter des Jungen – denn *er* hatte wahrscheinlich sogar eine.

Und der Junge selbst? Ich könnte ihn beruhigen und ihm sagen, daß ich ihm kein Leid antäte, aber würde er mir glauben? Würde er sich nicht eher zu Tode ängstigen?

Wie behandelt man einen verschreckten Jungen? Hatte ich das Recht, eine junge Seele wegen dieser elenden fünfhunderttausend Dollar zu traumatisieren?

Ich grübelte noch drei weitere Drinks lang, ehe ich mir eingestehen mußte, daß ich es schlichtweg nicht durchziehen konnte. Entführung war einfach nicht mein Ding. Außerdem würde ich sie wahrscheinlich sowieso irgendwo verbocken.

Ich seufzte tief. Ich mußte also wohl wieder zu Sorrenson gehen und zusehen, was ich ihm abknöpfen konnte.

Ich goß mir den fünften Drink ein, noch einen doppelten.

Sobald Ripleys Junge zurückgebracht worden war, würde ich die Polizei wissen lassen, wo sich Brettschneider aufhielt. Sie würden über ihn herfallen und für mindestens zwölf Jahre und acht Monate ins Gefängnis verfrachten – gerade dann, wenn sein Kleiner ihn am meisten brauchte.

Ich schneuzte mir die Nase. Der Junge hinkte ziemlich stark. War Brettschneider deshalb zum Verbrecher geworden? Mußte dem Jungen das Bein gerichtet werden? Brauchte er eine teure Operation? Von Spezialisten, die kein Skalpell anrührten, solange kein Geld zu sehen war?

War Brettschneider Mitglied in der *Blue Cross?* Der *Blue Shield?* In *irgendeiner* Krankenversicherung? Wahrscheinlich nicht.

Keine Frage, die Welt war grausam. Was man auch tat, man verlor Geld, oder man tat jemandem weh.

Dieser rothaarige Junge erinnerte mich an Tiny Tim – den aus Dickens' *Weihnachtslied* natürlich. Er zog auch ein Bein nach.

Ich wischte eine aufkeimende Träne fort. Wieso war mein Glas so rasch wieder leer? Ich schenkte mir noch einmal nach.

Konnte ich denn nicht irgendwie verhindern, daß man Brettschneider ins Gefängnis steckte, und trotzdem einen kleinen Gewinn dabei machen?

Als ich am nächsten Morgen aufwachte, saß ich immer noch am Eßtisch. Ich nahm zwei Aspirin, überlebte eine kalte Dusche und frühstückte schwarzen Kaffee, ehe ich Ripley aufsuchte.

Natürlich fragte er als erstes: »Haben Sie das Geld?«

Ich nickte müde. »Ja.«

»Hat sich der Kidnapper wieder mit Ihnen in Verbindung gesetzt?«

»Noch nicht. Aber er wird. Und ich bin mir sicher, daß es Ihrem Jungen gutgeht.«

Ripley starrte aus dem vergitterten Fenster. »Ich hatte große Dinge mit dem Geld vor, aber das hat sich jetzt alles erledigt.« Er zuckte die Achseln. »Nun, wenigstens ist Mabel draußen und kann sich um den Jungen kümmern. Sie will wieder heiraten. Steht wohl immer noch auf Rotschöpfe.«

»Rotschöpfe?«

Er wies auf sein eigenes Haar. »War rot, bevor es grau wurde.«

Plötzlich kam mir ein atemberaubender Gedanke. »Kennen Sie jemanden, der etwa einsdreiundachtzig groß ist und hundert Kilo wiegt? Kantiges Kinn mit Narbe? Rote Haare?«

Er nickte. »Klingt, als würden Sie G. B. Brettschneider meinen. Er ist der Mann, den sie heiraten will. Ich hab ihn im Knast kennengelernt, und wir kamen beide zur selben Zeit auf Bewährung raus. Ich hab ihn Mabel vorgestellt, und offenbar hat es gefunkt.«

Ich war erschüttert. »Noch eins. Ihr Sohn, wie sieht der aus?«

»Er ist zwölf, aber etwas klein für sein Alter. Könnte für zehn durchgehen. Rote Haare. Als ich ihn zuletzt sah, hat er gehinkt. Verrenkte sich den Knöchel, als er beim Baseball ins zweite Mal rutschte. Brettschneider ist wie ein zweiter Vater zu dem Jungen. Sie kommen prima miteinander aus.«

Ich schloß die Augen.

Diese ganze verdammte zweite Entführung war nur vorgetäuscht. Ripleys Junge war nie in Gefahr gewesen, würde er auch nie sein. Es war einfach nur ein Plan von Brettschneider und vermutlich auch Mabel, um Ripley das Geld abzuluchsen.

Man hatte mich reingelegt.

Dann fiel mir noch etwas ein. In diesem Augenblick hatte weder Ripley noch Sorrenson, noch Brettschneider das Geld – sondern ich. Es lag in einem Koffer in meinem Auto.

Ich lächelte.

Als ich nach Hause fuhr, um ein paar Sachen zu packen, hielt ich bei einem Reisebüro an und nahm mir einige Broschüren über die Karibischen Inseln mit.

Bombe Nr. 14

Das große, eckige Paket stand einsam wie auf einer Insel in der Nähe des Gepäckschalters. Es war das vierzehnte in sechs Jahren, und wir sollten dafür sorgen, daß niemand getötet wurde.

Pete und ich musterten die Gesichter der Menge hinter den Absperrseilen. Das gehörte zu unserem Job – danach Ausschau zu halten, ob sich jemand ein wenig eifriger die Lippen leckte als die anderen.

Pete kaute auf seiner Zigarre. »Jedesmal sehe ich die gleichen lüsternen Mienen, wenn wir darauf warten, daß so ein Idiot aus einem Fenster im zwanzigsten Stock springt. Möchte wetten, daß die halbe Stadt inzwischen über diese Sache hier Bescheid weiß.«

Die Seile hielten die Neugierigen etwa vierzig Meter vom Paket fern. Meiner Meinung nach sollten es mehr als vierzig sein, aber mit diesem Teil der Veranstaltung hatte ich nichts zu schaffen.

Ein Kommando legte gerade die letzten Bohlen auf die Betonstufen, und der Truck vom Bombenräumkommando rollte über die improvisierte Rampe in die große Abfertigungshalle. Es war ein plumpes Gefährt, ein Vehikel aus Stahldraht und Flechtwerk mit hohen Seiten, die die Gewalt der Explosion nach oben lenken sollten, dahin, wo sie am wenigsten Schaden anrichten konnte.

Der Truck hielt fünfzehn Meter vor dem Paket, dann stiegen O'Brien und Hastings aus dem Fahrerhaus.

Pete trat seine Zigarre aus. »Der große Auftritt«, sagte er und ging ihnen entgegen. Ich zögerte einen Moment, dann folgte ich ihm, achtete aber darauf, daß der Truck zwischen mir und dem Paket blieb.

O'Brien grinste. »Sie stellen die Kameras auf. Meine Schokoladenseite ist mein Kapital, das darf ich nicht vergessen.«

Pete half ihm, den vorderen Brustpanzer anzulegen. »Ich bewundere euch Heldenjungs. Verwegen, aber in Ordnung. Und auch noch clever.«

O'Brien ging auf das Paket zu.

»Moment noch«, sagte ich rasch. »Wenn niemand was dagegen hat, würden Pete und ich uns vorher gern von hier verziehen.«

Wir gingen zurück an unseren Platz hinter einer der großen Marmorsäulen.

Ein Streifenpolizist verließ die Absperrung und kam zu uns herüber. Er flüsterte uns ins Ohr. »Der Typ mit dem hellen Haar und der gelbbraunen Jacke da vorn am Süßwarenstand. Ich könnte schwören, daß ich den letzte Woche in der Menge vor der Bibliothek gesehen habe.«

Wir schauten uns die Gesichter hinter dem Seil an und entdeckten ihn. Er war ein kleiner Mann von heller Hautfarbe. Seine glänzenden Augen beobachteten unablässig, was beim Truck vor sich ging.

Pete wollte zu ihm, aber ich faßte ihn beim Arm. »Der kann noch eine Minute warten.«

O'Brien und Hastings waren allein auf ihrer Bühne. Sie gingen zum Truck und holten die lange Stange mit dem Korb aus Stahldraht.

Die Lautlosigkeit vollkommener Stille breitete sich aus,

als O'Brien sich über das Paket beugte. Er sah einen Augenblick auf, und ich meinte, ihn hinter der Maske grinsen zu sehen. Dann legte er beide Hände sanft auf das Paket und hob es auf.

Die Explosion war wie der Aufschrei eines Riesen, dessen Echo in der großen Abfertigungshalle endlos nachzuklingen schien.

Ich hörte Pete fluchen. Und als ich hinter der Säule hervortrat, waren O'Brien und Hastings zwei Puppen in Kostümen, die in grotesken Verrenkungen auf dem Marmorboden lagen.

Ich kämpfte mich durch die schreiende Menge zum kleinen Mann vor. Er wußte nicht, daß ich bei ihm war. Nicht einmal, als ich eine Hand auf seinen dürren Arm legte.

Er verharrte noch immer in seiner eigenen Welt. Seine vorquellenden Augen waren auf die beiden zerschmetterten Männer am Boden gerichtet, und er lächelte.

Captain Wilson rückte den Aschenbecher einige Male hin und her, ehe er aufblickte. »Hastings war sofort tot. O'Brien hält noch durch, aber wenn er es schafft, ist er für den Rest seines Lebens pensioniert.«

Er nahm den Bericht zur Hand. »Der Name des Verdächtigen lautet Irwin James Stuart, 1368, 98. Straße. Ich habe ihn für euch reserviert, schließlich habt ihr ihn geschnappt.«

Wilson rieb sich den Nacken. »Stuart ist sechsunddreißig, Junggeselle, lebt bei seiner Mutter. Sie hält uns für Bestien. Ihr Junge hat in seinem Leben noch nichts Unrechtes getan. Er ist ein guter Sohn und hat noch nie den Muttertag vergessen.«

Er durchwühlte die Papiere auf seinem Schreibtisch, bis er das gesuchte Blatt fand. »Wir haben uns Stuarts Haus angesehen. Vier Bleirohre, zehn Zündkapseln und ein Fäßchen Pulver von der Art, mit dem man Patronen wieder auffüllt. Aber Stuart besitzt kein Gewehr, und es gibt auch keine Patronen in dem Haus.«

Wilson stand auf und ging ruhelos umher. »Wir haben außerdem ein Album mit Zeitungsausschnitten gefunden. Artikel über sämtliche Bomben, von der ersten angefangen.«

In seinem Gesicht zeigten sich tiefe Furchen. »Vom großen Sachschaden einmal abgesehen, gab es drei Opfer, die von Splittern getroffen wurden. Nichts Ernstes, aber sie reden wohl schon mit ihren Anwälten. Fünf Personen wurden niedergetrampelt, einige, als die Menge zu den Ausgängen stürzte, und ich schätze, von denen werden wir auch noch hören.«

Ich schnippte mir eine Zigarette aus der Schachtel. »Irgend jemand muß doch gesehen haben, wie das Paket dort abgestellt wurde.«

Wilson zuckte die Achseln. »Fünfzigtausend Menschen oder mehr gehen täglich durch die Abfertigungshalle. Damit hat Stuart gerechnet.« Er stieß einen müden Seufzer aus. »Wir haben sieben Zeugen und sieben Beschreibungen. Fünf behaupten, es sei ein Mann, und zwei, es sei eine Frau gewesen.«

Pete dachte darüber nach. »Haben die schon einen Blick auf Stuart geworfen?«

Wilson lachte trocken. »Drei haben ihn identifiziert, selbst einer von denen, die behauptet hatten, daß es eine Frau gewesen sei. Jeder gute Anwalt könnte die im Zeugenstand auseinanderpflücken.«

Er schaute uns an. »Ein Geständnis wäre eine Hilfe. Eine wirklich erstklassige Hilfe.«

Pete und ich standen auf und traten hinaus auf den Flur. Wir gingen zum Zimmer 618.

Pete blieb einen Augenblick stehen, ehe er den Türknauf drehte. »Spiel du nur weiter den freundlichen, verständigen Polizisten, Fred – wenn du Lust hast. Ich wäre nicht ganz bei der Sache. Mir ist wesentlich wohler, wenn ich der Böse sein kann.«

Stuart war mit Handschellen an ein Heißwasserrohr gekettet, ein Polizist behielt ihn im Auge.

Pete trat dicht an Stuart heran und grinste. »Die behandeln Sie hier alle viel zu freundlich. Ich bin gekommen, um das zu ändern.«

Ich schloß Stuart die Handschellen auf. »Reiben Sie sich ein wenig die Handgelenke, Mr. Stuart. Dann fühlen Sie sich gleich besser.« Ich legte meine Hand auf seine Schulter. »Und setzen Sie sich bitte. Sie müssen seit Stunden gestanden haben und sind bestimmt müde.«

Stuart setzte sich, und Pete beugte sich zu ihm hinunter.

Seine Stimme klang wie ein Knurren. »Wie fühlen Sie sich jetzt? Schön bequem?«

Stuarts Lippen zitterten, und er wandte den Blick ab.

»Mr. Stuart«, sagte ich. »Wir bitten Sie nur darum, unsere Fragen so genau wie möglich zu beantworten. Wieviel Zeit verging zwischen dem Deponieren der Bombe und Ihrem Anruf bei der Polizei?«

Stuart schüttelte den Kopf. »Ich weiß nichts von diesen Bomben.«

Pete rieb sich die Handknöchel. »Erzählen Sie uns, was Sie mit all dem Pulver anfangen wollten, das wir in Ihrem

Keller gefunden haben. Und was ist mit den Rohren und den Uhren?«

Stuart errötete leicht. »Sie hatten kein Recht, das Haus meiner Mutter zu durchsuchen. Sie hatten keinerlei Recht, meine Sachen zu durchwühlen.«

Pete blies ihm Zigarrenrauch ins Gesicht und lachte.

Die Tür ging auf, und Captain Wilson kam herein. Er starrte Stuart zehn Sekunden an und wandte sich dann an uns. »O'Brien ist vor wenigen Minuten gestorben.«

Pete fesselte Stuart wieder ans Heißwasserrohr, und wir gingen hinaus auf den Flur. »Wo ist Eileen?« fragte er. »Im Krankenhaus?«

Wilson schüttelte den Kopf. »Da gab es nichts mehr für sie zu tun. Vor einer Stunde habe ich ihr gesagt, daß sie nach Hause gehen soll.«

Er lächelte müde. »Ich schätze, ihr beide seid auserkoren, ihr die Nachricht zu überbringen.«

Er begleitete uns zu den Fahrstühlen. »Die Jungs vom Labor haben ein paar Dinge rekonstruiert. Die Bombe war diesmal viel stärker. Sie nehmen an, daß wenigstens drei Rohre benutzt wurden.«

Pete grunzte. »Ich schätze, Stuart wurde es leid, daß seine Sachen in die Luft gingen, ohne daß einer dabei draufging.«

Wilson drückte den Fahrstuhlknopf. »Noch etwas. Es war kein Zeitzünder. Die Bombe war so eingestellt, daß sie hochgehen mußte, sobald das Paket angehoben wurde.«

Eileen O'Brien öffnete die Tür ihres Bungalows. Mit gefaßter Miene betrachtete sie uns, dann fragte sie leise: »Es ist alles vorbei, nicht wahr? Jerry ist tot?«

Ich nickte.

Sie drehte sich um und ging ins Haus. Pete und ich folgten ihr und schlossen die Tür.

Eine Weile standen wir da, während sie aus dem Fenster starrte. Dann räusperte sich Pete. »Vielleicht sollten wir besser gehen, Fred.«

Eileen wandte sich um. »Nein. Ich will jetzt nicht allein sein. Ich glaube, es ist besser, wenn jemand bei mir ist.« Sie lächelte matt. »Ich weiß, für euch ist es auch nicht leicht. Jerry war euer bester Freund.«

Petes Hände spielten mit der Hutkrempe. »Wenigstens haben wir den Kerl, der es getan hat. Immerhin ein Pluspunkt.«

Eileen beugte sich über die silberne Zigarettenschachtel auf dem Couchtisch. »Hat er gestanden?«

»Das wird er«, sagte ich. »Dafür sorgen wir schon.«

Eileen setzte sich auf die Couch. »Was für ein Mann ist er eigentlich?«

Ich zuckte die Schultern. »Keine Ahnung. Ich bin nicht sein Psychiater.«

»Er ist schwach«, sagte Pete. »Aber er macht sich gern wichtig. Ihm gefällt der Gedanke, daß eine ganze Stadt Angst hat.«

Nachdenklich schwieg Eileen einen Moment. »Warum machst du uns nicht allen einen Drink, Pete? Ich denke, ich könnte einen gebrauchen.«

Ich hörte, wie Pete in der Küche rumorte. »Wir haben den richtigen Mann, Eileen«, sagte ich leise. »Wir haben alles, was wir brauchen, um es ihm anzuhängen.«

Sie deutete ein Lächeln an. »Glück gehabt, wie?«

»Ja«, sagte ich. »Glück gehabt.«

Pete kam mit den Drinks für Eileen und mich zurück und öffnete sich dann eine Flasche Bier. »Es gab kein

Bier mehr im Kühlschrank. Ich bin in den Keller gegangen und hab mir eine Flasche aus der Kiste geholt. War doch in Ordnung, nicht, Eileen? Jerry hat immer gesagt, daß ich mich bedienen kann, wenn der Kühlschrank leer ist.«

Behutsam schenkte er sich ein. »Ich glaube, Jerry hat seinen Job wirklich geliebt. Die Arbeit mit der Bombe, meine ich.«

Eileen beobachtete ihn. »Ja, ich denke schon.«

»Beim Bierholen habe ich gesehen, daß es da unten eine Art Werkstatt hat. Scheint fast, als hätte er eine Menge Hausaufgaben in Sachen Bomben gemacht.« Pete lächelte. »Hast du keine Angst gehabt, daß er eines Tages das Haus in die Luft jagen könnte?«

Eileen schüttelte den Kopf. »Er hat nie Dynamit oder Schießpulver mit nach Hause gebracht. Er wollte nur die Bauweise der Bomben untersuchen.«

Pete und ich blieben noch eine halbe Stunde, dann verabschiedeten wir uns.

Pete glitt hinter das Steuer und ließ den Motor an. »Wie lang waren sie verheiratet, Fred?«

»Zwei Jahre«, sagte ich. »Das weißt du ebenso gut wie ich.«

Er nickte. »Ist dir jemals aufgefallen, daß man die Menschen meistens nur dann sieht, wenn sie ihre Sonntagskleider tragen? Du weißt nie, was sie anhaben, wenn man nicht dabei ist.«

»Sie haben sich ganz gut verstanden«, sagte ich. »Falls nicht, hätten sie sich jederzeit scheiden lassen können, nicht wahr?«

Pete bog in den Verkehr der Achten ein. »Da liegen alle möglichen Diagramme herum. Im Keller, meine ich.«

Er hielt an einer Ampel. »Eine schreckliche Sache, Fred. Aber wenigstens war O'Brien ein vorausblickender Mann. Einmal hat er mir erzählt, daß er bis über beide Ohren versichert sei. Ich meine, er hätte etwas von fünfzehntausend gesagt.«

Ich warf meine Zigarette aus dem Fenster. »Wir fahren besser zu Stuart zurück, ehe er mit seinem Anwalt reden kann.«

Stuart hatte Zeit zum Nachdenken gehabt, aber seine Gedanken schienen nicht gerade angenehm gewesen zu sein. Er zuckte zusammen, als Pete und ich das Zimmer betraten.

Pete zog seine Uniformjacke aus und hängte sie über eine Stuhllehne. »Nun, hier bin ich, Stuart. Haben Sie auch an mich gedacht?«

Ruckartig fuhr Stuarts Kopf herum. »Ich sage Ihnen doch, ich weiß überhaupt nichts von den Bomben.«

Pete beugte sich dicht zu Stuarts Gesicht herunter. »So eine große Sache wie die hier haben Sie vorher noch nicht gehabt. Bloß ein paar Krüppel. Diesmal hat Ihre große Stunde geschlagen. Alle Welt wird von Ihnen lesen.«

Ein Flackern huschte über Stuarts Augen.

»Mr. Stuart«, sagte ich. »Wir bitten Sie nur um eine einfache Aussage. Danach können Sie mit den Reportern reden, wenn Sie wollen. Ich bin mir sicher, daß Sie wochenlang auf den Titelseiten sein werden.«

Er leckte sich die Lippen. »Nein«, sagte er schließlich. »Ich habe nichts zu sagen.«

»Mr. Stuart«, sagte ich geduldig. »Wir haben Sie nicht einfach zufällig aus der Menge gefischt. Wir haben Sie auch vorher schon gesehen. Letzte Woche vor der Bibliothek, zum Beispiel.«

Pete tippte ihm drei- oder viermal sanft auf die Schulter. »Jetzt sind Sie ein Cop-Killer, Junge. Sie werden noch ganz schön Ärger kriegen, wenn Sie nicht mit uns zusammenarbeiten.«

»Mr. Stuart«, sagte ich. »Wir sind nicht hier, um über Sie zu urteilen. Vielleicht hatten Sie einen berechtigten Grund, sich aufzuregen. War es das?«

Fast hätte er gesprochen.

Pete brach das Schweigen. »Sie wissen, was Sie erwartet, Stuart? Sie wissen, was in diesem Staat mit Mördern geschieht?«

Stuart wurde blaß.

Ich trat zurück, so daß er mich nicht mehr sehen konnte, schaute zu Pete hinüber und schüttelte warnend den Kopf. »Mr. Stuart«, sagte ich sanft. »Es besteht keine Gefahr, daß Sie auf dem elektrischen Stuhl enden. Ich glaube, das ist allen klar. Sie sind ein geistig verwirrter Mensch, und der Staatsanwalt wird Sie als solchen anerkennen. Im schlimmsten Fall erwarten Sie einige Jahre Therapie in einer Anstalt.«

Wir gaben Stuart eine volle Minute Zeit zum Nachdenken, aber er schüttelte störrisch den Kopf. »Nein. Ich weigere mich, irgend etwas zu sagen.«

Pete ging auf Stuart zu und packte ihn am Hemd. Er schlug ihm hart ins Gesicht. Ihm blieb nichts anderes übrig.

»Nicht doch, Pete«, sagte ich. »Du weißt, daß wir so etwas nicht zulassen können.«

Pete rieb sich die Hände. »Warum gehst du nicht nach unten und trinkst eine Tasse Kaffee, Fred? Komm in einer Viertelstunde zurück.«

Ich schüttelte den Kopf. »Nein, Pete.« Ich beobachtete

Stuart. »Ihr Album ist ziemlich umfassend. Bombenattentate waren offenbar Ihr Lieblingsthema.«

Pete grinste. »Aber Ihr Album ist nicht vollständig, Stuart. Ihr eigenes Bild fehlt noch.«

»Ich muß Sie wirklich bewundern, Mr. Stuart«, sagte ich. »Sie sind unseren Nachforschungen all die Jahre ziemlich geschickt entgangen.«

Ich meinte, einen selbstgefälligen Ausdruck in seinen Augen zu sehen.

»Sie wären überrascht, wenn Sie wüßten, wie viele Geständnisse wir bekommen«, sagte ich. »Im Augenblick sind drei Männer unten, die lautstark danach verlangen, ihr Bild in den Zeitungen zu sehen. Sie beanspruchen das Verdienst für diese Bombe und für alle vorherigen.«

Mir schien, daß er vor Entrüstung errötete.

»Das ist das eine, Mr. Stuart«, sagte ich leise. »Und es kommt noch mehr. Sie wissen, daß ich nicht immer hier sein kann. Irgendwann wird Pete Sie allein zu fassen bekommen – und was er haben will, das holt er sich auf die harte Tour. Ich kann es nicht verhindern, es sei denn, Sie machen eine Aussage.«

Ich steckte mir eine Zigarette an und ließ Stuart nachdenken.

Ich konnte beinahe die Gedanken lesen, die sich auf seinem Gesicht spiegelten, die Vorstellung, daß ein anderer all die öffentliche Aufmerksamkeit erhielt, der Gedanke, allein mit Pete zu sein. Ich weiß nicht, welche Angst größer war.

Stuart rieb sich die Hände an der Hose und starrte auf den Boden. Endlich seufzte er. »Also gut. Ich werde Ihnen alles erzählen.«

Pete lächelte verkniffen. »Mich interessiert vor allem die letzte Bombe.«

Stuart fuhr auf. »Solange Sie hier im Raum sind, sage ich kein Wort.« Er zeigte auf mich. »Ich rede nur mit ihm.«

Pete sah mich an und zuckte die Achseln. Er ging hinaus und schickte die Stenotypistin herein.

Als Stuart alles über die dreizehnte Explosion erzählt hatte, zündete ich mir eine neue Zigarette an. »Und nun die letzte«, sagte ich. »Die vierzehnte. Warum haben Sie drei Rohre statt eines genommen? Waren Sie mit der Wirkung der anderen Bomben nicht zufrieden?«

Er warf mir einen verstohlenen Blick zu. »Ja, das stimmt.«

Ich stieß etwas Rauch durch die Nase aus. »Diesmal benutzten Sie keinen Zeitzünder. Sie haben das Paket so präpariert, daß es explodieren mußte, wenn es aufgehoben wurde. Ich nehme nicht an, daß Sie mir den Grund dafür nennen können, oder?«

Er runzelte einen Augenblick die Stirn. »Ich dachte, daß es auf die Art noch wirksamer wäre.«

Als die Stenotypistin mit der getippten Mitschrift zurückkehrte, las Stuart sie sorgsam durch und unterschrieb auch alle Kopien.

Und dann waren wir zwei wieder allein.

Ich ging zum Fenster und öffnete es. Ich beugte mich hinaus und atmete die frische Luft des frühen Abends ein.

Stuart stellte sich neben mich. »Angenommen, ich würde behaupten, daß mein Geständnis gelogen sei. Das könnte ich doch, oder nicht?«

»Ja«, sagte ich. »Ich glaube, das könnten Sie.«

»Zwei Polizisten getötet«, sagte er mit Behagen. »Mein Bild müßte auf den Titelseiten aller Zeitungen im Land erscheinen.«

Ich nickte.

Sein Gesicht nahm einen verschlagenen Ausdruck an. »Angenommen, ich würde diese letzte Explosion abstreiten. Angenommen, ich würde alle anderen zugeben, aber diese eine abstreiten. Würde mein Bild trotzdem in allen Zeitungen stehen?«

Ich zeigte nach unten auf die Straße. »Das ist doch die Höhe! Haben Sie so etwas schon mal gesehen?«

Er beugte sich über das Fensterbrett und warf einen Blick hinunter.

Ich brauchte nur eine Sekunde. Stuart schrie, bis er unten aufschlug.

Pete setzte sich an den Tresen und bestellte sich eine Tasse Kaffee. »Man lernt nie aus. Ich hätte schwören können, daß Stuart nicht zu der Sorte gehört, die aus dem Fenster springt.«

Ich zuckte die Achseln. »Vergießen wir um ihn keine Tränen. Wir haben das Geständnis, und das reicht. Er hat dem Staat Geld gespart.«

Pete sah dem Barmann zu, der den Kaffee einschenkte. »Weißt du, Fred, als ich Stuart so hart zugesetzt habe, mußte ich die ganze Zeit daran denken, daß mit der letzten Bombe irgend etwas nicht stimmt. Ich muß dem einmal nachgehen – und sei es nur, um meine Neugier zu befriedigen.«

»Du vergeudest deine Zeit, Pete.«

»Es ist meine Zeit, Fred. Ich werde sie dem Dezernat nicht in Rechnung stellen.« Er goß Milch in seinen

Kaffee. »Ich behaupte ja nicht, daß Stuart unschuldig war. Dafür spricht zuviel gegen ihn. Ich habe nur so ein Gefühl, daß er nicht allein für alle Bomben verantwortlich war.«

Er unterdrückte ein Gähnen und warf einen Blick auf die Wanduhr. »Am liebsten wäre ich jetzt in meinem kleinen alten Apartment und würde mir die Schuhe ausziehen, aber ich habe meinen Leuten versprochen, daß ich auf ein paar Stunden bei ihnen vorbeischaue.«

Er nahm einen Schluck Kaffee. »Aber um zehn liege ich heute abend gemütlich im Bett. Darauf kannst du wetten.«

Um neun war ich bei Eileen.

Ihre Stimme klang aufgeregt. »Wie ist es gelaufen?«

»Wir haben das Geständnis«, sagte ich. »Für alle vierzehn Bomben.«

Eileen lächelte zaghaft. »Du mußt ziemlich überzeugend gewesen sein.«

Ich warf meinen Hut auf die Couch. »Stuart sprang aus dem Fenster, kurz nachdem er das Geständnis unterschrieben hat. Als es passierte, war außer mir keiner bei ihm.«

Einen Augenblick schien sie zufrieden, dann runzelte sie die Stirn. »Vielleicht ist doch noch nicht alles vorbei. Wegen Pete. Ich glaube nicht, daß er sich zufriedengibt. Er ist ein Schnüffler, einer von diesen Typen, die die Antworten ganz genau wissen wollen.«

Ich nahm sie in den Arm. »Mach dir keine Sorgen, Liebes.«

Sie blickte mir in die Augen. »Nein?«

»Ich habe noch ein Paket gemacht«, sagte ich, »und

mich in Petes Apartment geschlichen, als er fort war. Sobald das Telefon klingelt, zerfetzt es ihn in tausend Stücke.«

Um elf Uhr wählte ich Petes Nummer.

Nur um sicherzugehen.

Home-Town Boy

Sie sind genau der Richtige für den Job«, sagte Carson.

Slater musterte ihn argwöhnisch. »Was Sie nicht sagen.«

»Das Ganze ist ein Kinderspiel. Nichts dabei.«

»Warum machen Sie es nicht selbst, wenn Sie sich da so sicher sind?«

Carson ließ seine schiefen Zähne sehen. »Es ist meine Heimatstadt. Sehen Sie mich doch an. Glauben Sie, eine Maske könnte mich vor denen verbergen, die mich mein Leben lang gekannt haben?«

Carson war dickbauchig und um die einssechsundneunzig groß. Eine Narbe schlängelte sich von der rechten Schläfe bis zum Nasenrücken.

Slater trank einen Schluck Bier. »Wie sind Sie auf mich gekommen?«

»Ich habe Leuten Drinks spendiert. Ich habe mir angehört, was sie zu erzählen hatten, und schließlich hat einer Ihren Namen genannt.«

»Ich bin sauber«, sagte Slater. »Und bleibe dabei.«

Carson lächelte. »Warum sitzen Sie dann hier in einer Bar und trinken Bier und Whiskey? Damit verstoßen sie gegen Ihre Bewährungsauflagen, oder nicht?«

Slater, ein kleiner, sehniger Mann, trank sein Bier aus und wischte sich die Lippen. »Also gut. Ich höre. Aber ich verspreche nichts.«

»Die Bank ist bloß eine kleine Zweigstelle«, sagte Carson. »Ein einstöckiges Gebäude, und es gibt nur zwei Räume: die große Haupthalle und im hinteren Teil das Büro des Direktors.«

»Wieviel Geld?«

»Ungefähr zwanzigtausend in bar sind immer vorrätig.«

»Woher wissen Sie das?«

»Ich habe mal nachgefragt.« Carson puffte an seiner Zigarre. »Halb zwei nachmittags wäre gerade die richtige Zeit, um zuzuschlagen. Der Sheriff macht dann sein Nickerchen. Er hat ein Feldbett im Hinterzimmer seines Büros.«

Slater grinste. »Und alle in der Stadt wissen, daß er sein Nickerchen macht?«

Carson nickte. »Die Bank liegt an der Main Street. Alles liegt an der Main Street. Rechter Hand, wenn man von Westen her in die Stadt kommt. Man kann sie nicht verfehlen. Es gibt nur eine Bank in der Stadt, und die Main Street ist nur vier Häuserblocks lang.«

»Wer ist in der Bank?«

»Nur der Bankdirektor – er heißt Prescott – und Alice Warner. Sie ist die Kassiererin.«

»Wie steht's mit Kunden?«

»Es könnten welche dasein, aber ich nehme es nicht an. Am frühen Nachmittag ist die Stadt ziemlich ausgestorben. Sie können Prescott und Alice ins Büro des Direktors bringen und sie fesseln und knebeln. Das sollte Ihnen genügend Zeit geben, um aus der Stadt zu verschwinden. Es könnte eine Weile dauern, bis sie jemand findet.«

»Sie haben sich diese Sache wohl wirklich genau überlegt, wie?«

»Bis ins letzte Detail«, sagte Carson. »Ich beschäftige mich schon eine Weile damit.«

Slater rieb sich nachdenklich das Kinn. »Der Job ist für einen allein zu viel. Ich brauche einen zweiten Mann.«

Carson stimmte zu. »Können Sie einen auftreiben?«

»Sicher. Aber das bedeutet, daß wir durch drei teilen müssen. Gleicher Anteil für jeden.« Slater trommelte mit den Fingern auf den Tresen. »Und es gibt da nur diesen verschlafenen Sheriff, der uns Sorgen machen könnte?«

»Nur ihn, und der hält sein Nickerchen.«

»Ein alter, alter Mann?«

»Nicht ganz so alt«, sagte Carson, »und Sie sollten ihn besser nicht unterschätzen. Vor elf Jahren hat er zwei Sträflinge getötet, die aus dem Staatsgefängnis ausgebrochen waren. Er hielt sie an einer Straßensperre außerhalb der Stadt auf, und als die Schießerei vorbei war, waren die beiden tot.«

»Hat ihn bestimmt zum Helden des Bezirks gemacht.«

Carson nickte. »Aber Sie brauchen sich keine Sorgen zu machen. Seit Jahren hält er sein Nickerchen zur gleichen Zeit und hat es noch keinen Tag verpaßt.«

»Wo teilen wir das Geld?«

»Ich sehe Sie am Sonntag wieder, gleich hier. Um zwei Uhr.« Carlson legte den Zigarrenstummel in den Aschenbecher. »Es kann nichts schiefgehen. Überhaupt nichts.«

»Dies ist die ruhigste Stadt östlich und westlich der Rockies«, sagte Prescott.

Miss Warner blätterte stornierte Schecks durch. »Mir gefällt es so.«

Prescott stand bei den großen Fenstern. »Da ist der Sheriff.«

»Was macht er?«

»Das Übliche. Hält Ausschau nach vorbeifahrenden Autos. Müßte jeden Augenblick eins kommen.«

Miss Warner schaute zur Wanduhr auf. »Ist es nicht Zeit für sein Nickerchen? Er ist eine halbe Stunde zu spät dran.«

»Ich möchte wetten, daß seine Uhr stehengeblieben ist. Aber er gähnt.« Prescott lachte.

Miss Warner runzelte ein wenig die Stirn. »Alle mögen sie ihn. Ein netter, guter Mann.«

»Ich schätze, das ist das mindeste, was man von ihm behaupten kann.« Prescott sah den Sheriff über die Straße gehen. »Jetzt kommt er. Gleich macht er die Tür auf und sagt: ›Heiß heute.‹ Und bevor er geht, fragt er nach einem Schluck aus dem Wasserkühler. Gehört alles zur Routine.«

Der Sheriff stieß die Glastür auf. »Tag, Alice. Jim.« Er nahm seinen breitkrempigen Hut ab und wischte sich die Stirn. »Heiß heute.«

Prescott lächelte. »Das stimmt, Sheriff.«

Der Sheriff sah einem vorbeiratternden Laster nach und unterdrückte ein erneutes Gähnen.

»Ein bißchen spät dran heute, Sheriff?« fragte Prescott. »Dachte, Sie würden längst Ihr Nickerchen halten.«

Der Sheriff schaute auf die Wanduhr und dann auf seine Armbanduhr. »Verflixt! Die steht«, sagte er, drehte seine Uhr auf und stellte die Zeiger vor. Er ging zur Tür, doch dann schien ihm etwas einzufallen. »Ich bin ein wenig durstig. Glauben Sie, ich könnte...?«

Prescott grinste. »Sicher. Bedienen Sie sich.«

Der Sheriff schlenderte zum Wasserkühler in Prescotts Büro.

Draußen parkte eine hellblaue Limousine am Straßenrand. Slater und ein rothaariger Mann stiegen aus. Sie kamen mit gezogenen Waffen herein.

In Prescotts Büro zog der Sheriff den Dienstrevolver aus dem Halfter und entsicherte ihn.

Der Sheriff war ein dickbauchiger Mann, etwa einssechsundneunzig groß. Eine Narbe schlängelte sich von der rechten Schläfe bis zum Nasenrücken.

Jetzt werden sie alle wieder Respekt vor mir haben. Er begann zu feuern.

Mörderischer Spielverderber

Ich ließ den Wagen an den Straßenrand rollen, und Frank stieg aus. Er ging in den Drugstore, um sich Zigaretten zu holen.

Zwanzig Meter vor mir trieben die Abgase eines wartenden Sedans über das Trottoir. Routinemäßig wanderte mein Blick zum Nummernschild, und die Nummer kam mir bekannt vor.

Ich schaute auf dem Zettel im Klemmhalter am Armaturenbrett nach, dann öffnete ich die rechte Wagentür.

Ich erstarrte, als ich einen Fuß auf den Bürgersteig gesetzt hatte.

Der Wagen parkte vor einer Wechselstube, und irgend etwas stimmte da drinnen nicht. Das konnte ich beinahe riechen, und bestimmt stand mehr auf dem Spiel als ein gestohlener Wagen.

Der Mann am Steuer faßte hinter sich und öffnete die Tür zum Rücksitz der Limousine.

Ich zog die Schrotflinte aus der Schlinge im Fond des Wagens. Während ich wartete, rieben meine Finger sanft über das kühle Metall des Gewehrlaufs.

Zwei Männer kamen im Trab aus dem Gebäude, beide hielten eine Automatik in der rechten Hand. Der erste trug eine Reißverschlußtasche und warf sie in den Sedan.

Ich richtete den Lauf der Kaliber .12 auf seine Brust und drückte ab. Der Schuß traf ihn, noch ehe er einen Fuß in den Wagen setzen konnte.

Ich lächelte ein wenig, als ich die nächste Patrone in die Kammer gleiten ließ.

Der zweite Mann war schwer und untersetzt. Seine Augen weiteten sich vor Schreck über das, was auf ihn zukam. Sein Mund öffnete sich, als wollte er dagegen anschreien.

Ich feuerte noch einmal. Sein Gesicht verzog sich vor Entsetzen, als er auf die Knie fiel.

Der Fahrer des Wagens fuhr mit dem Kopf herum, um mich anzuschauen. Er hielt das Taschentuch vor Mund und Nase, aber ich brauchte sein Gesicht nicht zu sehen. Die parallelen Narben, die seine linke Augenbraue durchschnitten, waren so gut wie eine Unterschrift.

Ich wußte, wer er war, und das änderte die Sache.

Als er die Tür zuzog, begegneten sich unsere Blicke eine Sekunde lang. Er ließ den Motor aufheulen und schoß davon.

Ich zielte mit der Schrotflinte auf seinen Hinterkopf, bis er die erste Kurve erreichte. Dann hob ich den Lauf und feuerte hoch über den Wagen.

Frank war inzwischen aus dem Drugstore gekommen, die 38er in der Hand. Er schoß zweimal rasch hintereinander auf die Limousine, verfehlte sie aber offensichtlich.

Mein Blick wanderte zurück zum Bürgersteig. Der Mann, den ich zuerst erschossen hatte, lag ausgestreckt auf dem Bauch, aber der andere kniete noch immer und starrte wie benommen sein eigenes Blut auf dem Bürgersteig an. Die Automatik baumelte in seiner Hand.

Rasch warf ich einen Blick zu Frank hinüber. Seine Aufmerksamkeit war noch auf den Boden gerichtet, und er versuchte, einen weiteren Schuß anzubringen.

Ich lud noch eine Patrone in die Kammer und zielte auf den knienden Mann. Ich feuerte und erledigte ihn.

Ich ließ mich zurück in den Wagen fallen und schlug die Tür zu. »Kümmere dich um sie, Frank«, brüllte ich. »Ich schnapp mir den Wagen.«

Als ich anfuhr und die Sirenen einschaltete, sah ich mich noch einmal um. Frank starrte auf die beiden Leichen, sein Gesicht war grau.

Mit quietschenden Reifen fuhr ich um die Kurve. Vor mir erhaschte ich einen Blick auf den dunklen Sedan. Er nahm den nächsten Abzweig.

Ich fuhr geradeaus.

Bald darauf stellte ich die Sirene ab und fuhr langsamer. Ich meldete mich beim Revier und gab eine allgemeine Beschreibung des Wagens durch, erwähnte das Nummernschild aber mit keinem Wort.

Als ich zur Wechselstube zurückkam, waren bereits drei Streifenwagen dort. Einige Beamte bemühten sich, die Souvenirjäger von den Leichen fernzuhalten.

Frank war drinnen und sprach mit einem hageren Mann mittleren Alters, der eine randlose Brille trug.

Ich ging zu ihm. »Ich habe ihn verloren, Frank.«

Franks Miene blieb starr. »Dafür hast du zwei ins Leichenschauhaus gebracht, Al. Das sollte dich doch eigentlich fröhlich stimmen.«

Er musterte mich noch einen Augenblick und wandte sich dann an den hageren Mann. »Dies ist Mr. Mader. Er ist der Direktor.«

Ich nickte und stellte mich vor. »Sergeant Williams.«

Mader wurde blaß, und seine Hände zitterten vor Nervosität. »Sie haben ungefähr sechzigtausend Dollar mitgenommen. Heute ist Freitag. Da haben wir meistens so viel da, um die Lohnschecks auszahlen zu können.«

Ein Krankenwagen drängte sich durch die Menschenmenge draußen auf der Straße. Die Krankenpfleger stiegen aus und stützten sich auf die zusammengeklappten Tragen, während sie darauf warteten, daß die Jungs von der Spurensicherung mit ihrer Arbeit fertig wurden.

Frank zündete sich eine Zigarette an. »Ihr Schreibtisch steht dicht am Fenster, Mr. Mader. Sie müssen doch zumindest einen flüchtigen Blick auf den Fahrer des Wagens geworfen haben.«

Maders wäßrige blaue Augen nahmen vor lauter Nachdenken einen verschwommenen Ausdruck an. »Es geschah alles so schnell. Ich kann mich wirklich nicht an viel erinnern.«

Frank wandte sich an mich.

Ich zuckte die Achseln. »Ich habe nur seinen Hinterkopf gesehen. Vermutlich ein völliger Durchschnittstyp. Um die einssiebzig, braunes Haar, fünfundsechzig Kilo.« All das stimmte nur zu genau.

Mader trank einen Schluck Wasser aus einem Pappbecher. »Gleich nachdem wir aufgemacht hatten, kamen sie herein. Der Große ging direkt auf meinen Tisch zu, der andere blieb an der Tür.«

»Was war mit dem Alarmknopf?« fragte ich.

Mader schüttelte den Kopf. »Der Große zeigte mit dem Gewehr auf mich und drohte, mich zu erschießen, wenn ich darauf treten sollte. Wäre ich so voreilig gewesen, hätte er es bestimmt getan.«

Die Glastür schwang auf, und Lieutenant Philips kam hereinstolziert. Er nickte Frank und mir zu.

»Wir sind einfach darüber gestolpert, Lieutenant«, sagte Frank.

Ich erzählte die Geschichte von Anfang an. »Vor fünfzehn Minuten hielt ich vor dem Drugstore unten an der Straße, damit Frank sich ein paar Glimmstengel besorgen konnte. Während er fort war, bemerkte ich, was hier vor sich ging.«

Ich warf Frank einen Blick zu. »Als sie herauskamen, rief ich ›Stehenbleiben und Hände hoch‹. Aber davon wollten sie nichts wissen. Ich mußte zu meiner Flinte greifen.«

Philips wandte sich an Frank. »Hat es sich so abgespielt?«

Franks Gesicht war ausdruckslos. »Ich war im Drugstore und habe nicht viel gesehen.« Er streifte mich mit einem Blick. »Ich habe auch nicht viel gehört.«

Philips fragte mit angespanntem Lächeln: »Wie viele Schüsse haben die auf Sie abgegeben, Al?«

Ich zuckte die Achseln. »So lange habe ich nicht gewartet.«

Er musterte mich. »Das macht dann sechs, die Sie getötet haben, seit Sie bei der Polizei sind.«

Mader beobachtete mich mit einem Blick, in dem ein leises Entsetzen lag.

Ich grinste ihn an. »Seien Sie froh, daß ich auf Ihrer Seite bin.«

Eine halbe Stunde später nahmen Frank und ich Mader mit aufs Revier, damit er sich die Bilder ansehen konnte. Ich lehnte mich an den Fensterrahmen und schaute Mader zu, der langsam die großen Bücher durchging.

Als er mit dem zweiten Band begann, verließ Frank das Zimmer, um nachzufragen, ob eine der Leichen identifiziert worden war.

Maders Zeigefinger wanderte von Bild zu Bild, als würde er in einem Hauptbuch lesen, und manchmal warf er mir einen unbehaglichen Blick zu.

Um elf Uhr brachte ich ihm das vierte Buch, und ich blieb in der Nähe. Als er zur Seite mit Charley O'Haras Foto kam, stand ich neben ihm.

Einen Moment lang berührte sein Finger Charleys Bild, das schmale Gesicht mit den parallelen Narben durch die linke Augenbraue, und wanderte dann weiter.

Ich ging wieder ans Fenster und steckte mir eine Zigarette an.

Fünf Minuten später kehrte Frank zurück. »Wir haben einen von ihnen identifiziert. Seine Fingerabdrücke waren in unserem Register. Edward Riley. Das ist der, auf den du zweimal geschossen hast.«

»Er hielt die Waffe noch in der Hand, Frank.«

»Er hätte sie nicht benutzt«, fauchte Frank. »Das konnte ich sehen.«

Ich schüttelte den Kopf und lächelte. »So etwas weiß man nicht, Frank. Ich bin für schnelle Entscheidungen.«

Mader brachte einen Großteil des Tages damit zu, sich die Bilder anzusehen, aber es kam nichts dabei heraus. Nachmittags um drei ließen wir ihn gehen.

Um fünf meldeten Frank und ich uns ab.

Er schwieg, bis wir vor unseren Wagen auf dem Parkplatz standen. »Was hält dich bei der Polizei, Al? Etwa der tolle Lohn und die Altersversorgung? Oder die Jagdlizenz, die deine Morde legalisiert?«

Ich lächelte. »Die Uniform gibt mir das gute Gefühl, die Schwachen und Unschuldigen zu schützen, Frank. Das ist es.«

Ich sah ihm nach, als er davonfuhr, und stieg dann in

meinen Wagen. Ich fuhr zur Neubausiedlung im Norden. Langsam wand ich mich durch die Kurven des geplanten Straßenverlaufs und hielt vor Charley O'Haras Bungalow.

Charley kam selbst zur Tür. Er stand im Eingang, das schmale Gesicht wirkte angespannt. »Was wollen Sie denn hier?«

Ich grinste. »Nur eine Routineüberprüfung, Charley. Haben Sie einen schweren Tag im Laden gehabt, Charley?«

Er sah verdrossen drein. »Heute ist mein freier Tag.«

Ich nickte. »Aber Sie sehen müde aus, alter Junge. Lassen Sie uns reingehen und darüber reden.«

Er sah mich noch immer feindselig an, ging aber ins Haus.

Ich setzte mich ins Wohnzimmer. »Gar nicht so einfach, die Raten für all das hier aufzubringen, nicht wahr, Charley? Der Schuh muß ja drücken, wenn man eine Frau und zwei Kinder zu versorgen hat.« Ich klopfte auf den Sessel, in dem ich saß. »Ist der hier auch auf Pump gekauft?«

Wut flackerte in seinen Augen.

Ich schlug die Beine übereinander. »Wo ist Ihre Frau, Charley? Und die Kinder?«

Er preßte die Lippen zusammen. »Sie besuchen ihre Mutter.«

»Ich schätze, Sie haben mich erwartet, nicht wahr, Charley?«

Er sah mich nicht an.

Ich ließ eine halbe Minute verstreichen. »Einer der Jungs war Ed Riley. Wer war der andere?«

Er steckte sich eine Zigarette an und paffte nervös. »Wovon zum Teufel reden Sie überhaupt?«

Ich lächelte. »Sind Sie denn nicht dankbar, Charley? Ich hätte Ihnen ein Loch in den Schädel pusten können.«

Ich schnalzte mit der Zunge. »Lassen Sie uns keine Spielchen spielen. Ich habe Sie heute morgen gesehen, und Sie haben mich gesehen. Wir beide wissen das.«

Er wich vor mir zurück, stellte sich vor das Panoramafenster und betrachtete die Häuser auf der anderen Straßenseite. Schließlich drehte er sich wieder um. »Also gut. Warum haben Sie mir nicht das Hirn weggeschossen?«

Ich lächelte. »Das erstaunt Sie, nicht wahr? Haben Sie eine Antwort gefunden?«

Sein Lachen klang bitter. »Ich nehme an, Sie wollen die Hälfte vom Geld?«

Ich schüttelte den Kopf. »Nein, Charley. Alles.«

Er brauste auf. »Zur Hölle mit Ihnen!«

»Ich will alles. Jeden Cent, den Sie sich heute morgen geholt haben. Entweder das, oder ich buchte Sie ein. Ihre Frau und Ihre Kinder werden Sie vermissen, Charley.«

Ich ließ ihm Zeit zum Nachdenken.

Grimmig zerdrückte er seine Zigarette im Aschenbecher. »Ich habe es unten im Keller.«

Ich öffnete den Knopf meiner Anzugjacke und lockerte meine Waffe im Halfter. »Prima, Charley. Wirklich prima. Laß uns einen Blick darauf werfen. Aber sei vorsichtig, Charley. Ganz vorsichtig.«

Ich folgte ihm die Treppe hinunter. Er ging in den erst halbfertigen Partykeller und griff hinauf in die Zwischendecke.

Ich zog die Waffe, nur um sicherzugehen, daß er keinen Unsinn versuchte, aber er holte die Reißverschlußtasche herunter und sonst nichts.

Ich nahm sie ihm ab und wies auf einen Stuhl. »Setzen Sie sich, Charley.« Ich kippte den Inhalt der Tasche auf eine Werkbank und begann zu zählen.

Charley beobachtete mich, ohne sich zu rühren. Schweiß glänzte auf seiner Stirn.

Als ich fertig war, schüttelte ich betrübt den Kopf. »Das sind nur dreißigtausend, Charley. Das ist nur die Hälfte.«

Er lächelte matt. »Mehr habe ich nicht. Das ist mein Anteil.«

Hinter mir erklang eine dünne Stimme. »Er will damit sagen, daß mir die andere Hälfte gehört.«

Ich erstarrte.

»Rühren Sie Ihre Waffe nicht an, Sergeant. Drehen Sie sich langsam um.«

Mader hielt eine Automatik in der Hand. Seine Augen hinter der randlosen Brille glitzerten. Er nickte, als er den Ausdruck auf meinem Gesicht sah. »Ja, Sergeant, ich bin auch daran beteiligt.«

Ich erhob mich halb. »Warten Sie noch einen Augenblick. Wir können uns einigen.«

Aber er lächelte.

Auf eben jene Art, wie ich lächle, bevor ich einen Menschen umbringe.

Der Kanarienvogel

Ich lag auf der oberen Pritsche, lauschte dem Gesang des Kanarienvogels im zweiten Geschoß und dachte an die Zeit, als wir noch einen Vogel in unserer Zelle hatten.

Matt hörte ihn auch, und er begann zu fluchen. Er stand von seiner Pritsche auf und spuckte in die Kloschüssel.

Ich musterte die feuchten Abdrücke, die meine Finger auf den beiden dünnen Blättern in meiner Hand hinterließen.

Nur um sich zu beschäftigen, drehte Matt die Hähne am Wasserbecken ein paarmal auf und zu. Dann sah er mich an. Das konnte ich spüren.

»Zu dumm, daß wir keinen Kanarienvogel mehr haben«, sagte er.

Langsam faltete ich die Papiere zusammen.

»Ich sagte ›Zu dumm, daß wir keinen Kanarienvogel mehr haben‹«, wiederholte Matt. »Sieh mich an, alter Mann, wenn ich mit dir rede.«

Ich sah ihn an.

Er setzte jenes Lächeln auf, das nie seine Augen erreichte. »Und warum hast du den armen kleinen Bastard umgebracht?«

»Weil ich gemein bin«, sagte ich.

Er nickte. »Richtig.« Und er wartete.

»Ich bin eine niederträchtige Ratte«, sagte ich.

Wieder nickte er. Dann wanderte sein Blick zu den Papieren, die ich in meine Tasche gesteckt hatte. Er kam zu mir herüber und zog sie heraus.

Ich verschränkte die Hände hinter dem Kopf und sah zur Decke. Ich dachte an den Kanarienvogel und daran, wie ich ihn in der Hand gehalten und dann zerquetscht hatte.

Nach einer Weile sagte Matt: »Also schön, Hornochse. Was ist das?«

»Nichts«, sagte ich. Ich spürte, wie sich mein Magen zusammenzog.

Er faßte nach oben und zerrte mich von der Pritsche. Ich stieß mit dem Knie an und schloß vor Schmerz die Augen.

»Sag mir bloß nicht, das sei nichts«, sagte Matt.

Ich öffnete meine Augen und blinzelte die Träne fort. »Das sind Blaupausen«, sagte ich.

Er ließ mein Hemd los und betrachtete erneut die Papiere.

»Pausen von Plänen, die ich im Büro des Direktors gefunden habe«, erklärte ich. »Ein Blatt zeigt einen Abschnitt des alten Entwässerungssystems. Das andere zeigt, welcher Teil davon heute noch genutzt wird.«

Ich nahm ihm die Papiere aus der Hand und fuhr mit dem Zeigefinger eine Linie nach. »Dieses Abflußrohr ist stillgelegt. Es führt nach draußen zum Fluß.«

Matt sah mich an, lächelte dann und setzte sich auf seine Pritsche.

»Es verläuft unter der Tischlerei«, sagte ich. »Man muß durch zehn Zentimeter Beton und eineinhalb Meter Erde, um da ranzukommen.« Ich fuhr mit der Zunge über die Lippen. »Der Durchmesser beträgt sechzig Zentimeter, und vom Rohrende bis zum Fluß sind es noch etwa zweihundert Meter.«

Matt hörte nicht auf zu grinsen. »Noch etwas?«

»Am Ende gibt es ein Gitter«, sagte ich. »Man braucht also eine Eisensäge.«

Er lehnte sich an die Wand. »Und davon hast du geträumt?«

»Nur geträumt«, sagte ich. »Ich mag keine Tunnel.«

Matt stützte die Hände auf seinem Knie auf. »Ich hab jetzt eine Aufgabe für dich. Besorg mir einen Platz in der Tischlerei.«

Ich kletterte zurück auf meine Pritsche und legte mich hin. Ich dachte an die Herumkriecherei in einer schmalen Röhre mit eineinhalb Meter Erde zwischen mir und der frischen Luft.

Am nächsten Morgen ging ich nach dem Frühstück im Speisesaal an meinen Arbeitsplatz im Büro des Direktors. Ich wischte Staub auf seinem Schreibtisch, staubte Akten und Fensterbretter ab und begann, die Post zu sortieren.

Um neun kam der Direktor ins Büro, und ich blieb stehen, bis er sich gesetzt hatte. Dann brachte ich ihm die Post an den Tisch, nahm Notizblock und Stift zur Hand und setzte mich.

Er ging den Stapel durch und diktierte mir unterdessen die Antworten. Als er damit fertig war, steckte er sich eine Zigarre an.

»Morgan«, sagte er. »Mir ist da etwas zu Ohren gekommen. Soll ich Ihnen einen anderen Zellennachbarn besorgen?«

»Nein, Sir«, sagte ich. »Jetzt nicht.« Ich schloß mein Notizbuch. »Sir«, sagte ich. »Bronson würde gern zur Tischlerei wechseln.«

Er kaute einige Male auf der Zigarre herum und sah mich prüfend an. »Hat er sich ausgerechnet, daß Sie genug

Einfluß haben, um ihn dorthin versetzen zu können? Niemand verläßt die Wäscherei, bevor er da nicht ein volles Jahr gearbeitet hat.«

»Ich habe ja nur gefragt, Sir«, sagte ich.

Er nahm die Zigarre aus dem Mund. »Wie lange sind Sie schon bei uns, Morgan?«

»Vierunddreißig Jahre, Sir«, sagte ich.

Sein Grinsen ließ die Goldplomben in den Zähnen sehen. »Hier ist Ihr Zuhause, Mann. Sie wüßten doch gar nicht, was Sie anfangen sollten, wenn ich Ihnen die Tore öffnen würde.«

Ich schaute auf mein Notizbuch und sagte nichts.

»Sie haben eine hübsche, warme und gemütliche kleine Zelle«, sagte er. »Man hat mir gesagt, Sie hätten sogar Gardinen vor den Fenstern?«

»Ich habe sie wieder abgenommen, Sir«, sagte ich.

In der Freistunde draußen auf dem Sportplatz ging ich zur sonnenbeschienenen Wand, vor der Jim Wallace neben dem aufgestellten Schachbrett auf dem Boden saß.

Ich setzte mich zu ihm und drehte mir eine Zigarette.

»Schöner Tag«, sagte Jim. »Von der Sorte gibt's nicht mehr viele.«

»Hast recht, Jim«, sagte ich. »Schätze, ich werde alt. Ich kann das kalte Wetter nicht mehr ertragen. Es zwackt, als hätte ich Rheuma.«

Jim begann mit einer Casablanca-Eröffnung. »Schau auf der Krankenstation vorbei und laß dich vom Doktor untersuchen.«

»Ich weiß nicht, Jim«, sagte ich. »Wenn man nicht blutet, glaubt der Doktor nicht, daß man krank ist.«

»Versuch's trotzdem«, riet Jim. »Wenn er dir nichts gegen die Schmerzen gibt, versuch ich, dir was zu besorgen.« Jim studierte das Schachbrett. »Meine Kanarienvögel sind jetzt drei Wochen alt. Möchtest du gern einen haben?«

»Ich denke darüber nach, Jim.«

»Ich weiß, wie du dich fühlst«, sagte er. »Als Alfie starb, habe ich nie geglaubt, daß ich noch einmal einen haben wollte. Aber man kommt drüber weg. Sie leisten einem gute Gesellschaft.«

Wir waren bei den letzten Zügen, als Matt zu uns kam und auf uns hinabsah. »Wie sieht's aus? Wann werde ich in die Tischlerei versetzt?«

»Ich habe heute morgen mit dem Direktor geredet«, sagte ich. »Aber es ist nicht einfach, Matt. Niemand kommt vorzeitig aus der Wäscherei raus.«

»Ich mag die Wäscherei nicht«, sagte Matt. »Meine Hände werden rissig.«

»Ich kann nur mit dem Direktor reden«, sagte ich. »Mehr kann ich nicht tun.«

Matt sah uns eine Weile zu, dann grub er einen Zeh unter das Schachbrett und warf es um.

Jim hielt den Blick zu Boden gerichtet. Ich sah einige Sekunden zu Matt hoch und blickte dann nach unten.

Matt stand da, lachte leise vor sich hin, und als ihm das keinen Spaß mehr machte, ging er fort.

Ich drehte das Brett wieder um, und wir hoben die Figuren auf.

»Das war jetzt das sechste Mal«, sagte Jim. »Ich merk mir das.«

»Ich weiß, Jim«, sagte ich. »Ich auch.«

»Wir tun keinem was zuleide«, sagte Jim. »Aber mir gefällt es auch nicht, wenn andere Leute mir etwas zuleide tun.« Er sah vom Brett auf. »Du bist am Zug.«

Matt mußte seine zwei Monate in der Wäscherei abarbeiten, danach versetzte ihn der Direktor in die Tischlerei.

Am Ende des ersten Arbeitstages saß Matt auf seiner Pritsche und zeigte auf seine Schuhe. Ich kniete mich hin und band ihm die Schnürsenkel auf.

»Das ist ein Kinderspiel«, sagte er. »Wir brechen in der Werkzeugkammer zur Röhre durch. Da haben wir etwas mehr Ruhe.«

Ich stellte seine Schuhe unter die Pritsche.

»Ich mußte die Jungs von der Werkzeugkammer einweihen«, sagte Matt. »Aber die wollen nicht mit auf den Ausflug. Die mögen auch keine Tunnel. Also gehen nur wir beide.« Er streckte die Beine. »Wir brauchen mindestens eine Woche. Wir müssen langsam und behutsam vorgehen.«

Bis es soweit war, hatte es fast zwei Wochen gedauert. Matt kehrte grinsend in unsere Zelle zurück. »Pack deine Reisetasche«, sagte er. »Wir verschwinden morgen nachmittag um zwei.«

»Matt«, sagte ich. »Ich kann nicht einfach aus dem Büro des Direktors hinausspazieren, wenn mir danach ist.«

»Den Teufel kannst du. Du bist schon so lange hier, du leitest doch praktisch den Laden. Den ganzen Tag trottest du für ihn überall in der Gegend herum.«

»Matt«, sagte ich. »Warum willst du, daß ich mitkomme? Ich bin doch bloß eine Last für dich.«

Wieder ließ er sein Grinsen sehen. »Du bist meine Rückversicherung. Ich kann nicht so gut Pläne lesen, und wenn irgendwas schiefgeht, will ich, daß du dabei bist.«

Gegen halb zwei am darauffolgenden Nachmittag teilte ich dem Direktor mit, daß ich mich nicht wohl fühlte, und er ließ mich zur Krankenstation gehen.

Jim saß im leeren Wartezimmer und hämmerte ein paar medizinische Berichte in die Schreibmaschine. Er hielt inne, als ich die Tür hinter mir schloß.

»In einer knappen Viertelstunde geht es los, Jim«, sagte ich.

Er sah sich nach allen Seiten um, um sicherzugehen, daß wir allein waren, öffnete dann eine Schublade und nahm eine kleine, flache Flasche heraus.

»Ein halber Liter«, sagte er. »Ungefähr fünfzig Prozent Alkohol, abgeschmeckt mit Orangensaft.«

»Danke, Jim«, sagte ich, schob das Fläschchen ins Hemd unter den Gürtel, und dann gaben wir uns die Hand.

»Viel Glück«, sagte Jim.

Ich ging zur Tischlerei und nickte dem Wachposten zu, der sich an eine Werkbank lehnte.

»Der Direktor möchte, daß ich den Werkzeugbestand überprüfe«, sagte ich. »Ich treibe mich hier bestimmt den ganzen Nachmittag herum.«

Er schien sich zu fragen, ob er gähnen sollte. »Nur zu«, sagte er. »Bedien dich.«

Ich ging ans andere Ende des langgestreckten Raumes und betrat den Werkzeugkäfig durch die Seitentür. Matt und ein Sträfling namens Eddie taten so, als wären sie fleißig. Matt warf einen Blick durch das Drahtgitter, um festzustellen, ob der Wachposten sie beobachtete, und bückte sich dann unter den Tresen. Er schob einen großen Pappkarton zur Seite, machte die Taschenlampe an, und wir schauten auf das Loch.

Ich spürte, wie mir alle Farbe aus dem Gesicht wich,

als ich die schale Luft roch, die uns entgegenschlug. Ich blickte Matt an und sah, wie ihm der Schweiß ausbrach.

»Sobald ihr unten seid, schieb ich den Karton wieder drüber«, sagte Eddie. »Ich glaube nicht, daß man euch vor der Kontrolle um fünf vermißt.«

»Wer geht zuerst, Matt?« fragte ich, kannte die Antwort aber schon.

»Du«, sagte er.

Ich faßte in mein Hemd, holte die Flasche hervor und schraubte den Deckel ab.

»Was ist das?« fragte Matt.

»Ich brauch 'ne Kleinigkeit, Matt«, sagte ich. »Meine Nerven sind nicht so besonders.«

Matt blickte noch einmal auf das Loch, dann schnappte er sich die Flasche.

Er nahm einen großen Schluck. Während er versuchte, das Zeug unten zu behalten, griff ich nach der Flasche.

Er schlug meine Hand fort. »Ich bin noch nicht fertig«, sagte er, nahm noch einige Schluck, wartete eine halbe Minute und trank dann den Rest.

»Denk einfach nicht weiter drüber nach«, sagte er und blickte mir in die Augen. Er reichte mir die Eisensäge und eine Taschenlampe. »Runter mit dir und kriech. Du weißt ja, wie das geht.«

Ich ließ mich durch das Loch in die Röhre hinab, hielt Taschenlampe und Säge in den ausgestreckten Händen und schob mich auf dem Bauch langsam vorwärts.

Nach zehn Schritt hielt ich an und wartete darauf, daß Matt nachkam. Eine lange Minute verging, ehe ich ihn hinter mir hörte.

Die Röhre stank nach abgestandener Luft und dem

Dreck, der den Boden bedeckte. Ich wäre zurückgekrochen, wäre Matt nicht hinter mir gewesen, und so blieb mir nur die andere Richtung.

Ich kroch noch etwa fünfundzwanzig Meter, dann mußte ich eine Pause einlegen. Aber Matt schlug mir gegen die Hacken, und ich mußte weiterkriechen.

Die kleinen Steine auf dem Boden der Röhre gruben sich in Knie und Ellbogen. Ich kroch noch einmal fünfzig Meter, dann mußte ich anhalten.

Wieder drosch Matt auf meine Hacken ein und kratzte mich sogar mit den Fingernägeln an den Beinen. »Um Gottes willen«, rief er mit schriller Stimme. »Weiter!«

»Ich muß mich ausruhen«, rief ich nach hinten über meine Schulter. »Du mußt mir eine Pause gönnen, oder ich krepier hier, und du kommst nie raus.«

Nach fünf Minuten machte ich weiter, und als ich das nächste Mal anhielt, belästigte Matt mich nicht mehr.

Ich lag da und wartete darauf, daß mein Herz zu rasen aufhörte. Als ich weiterkroch, versuchte ich, nicht noch einmal anzuhalten, aber ich mußte noch zwei Pausen einlegen, ehe ich das Gitter erreichte.

Um an die Eisenstäbe herankommen zu können, mußte ich das Sägeblatt aus der Bügelsäge herausnehmen. Ich brauchte eine Dreiviertelstunde, um das Gitter durchzusägen.

Ich kroch an die frische Luft und schaute zurück, die Uferböschung hinauf. Die Gefängnismauern waren nur fünfzehn Meter entfernt.

Ich dachte an den Kanarienvogel, den ich Betty genannt hatte, und daran, wie Matt ihn aus dem Käfig genommen und in meine Hand gesetzt hatte.

Ich weiß noch, wie er seine großen Hände um meine

Hände schloß und mich zwang zuzudrücken, bis Betty tot war.

Ich stellte den Kragen meiner Jacke auf. Es war kalt hier draußen. Zu kalt für einen Mann von sechzig Jahren.

Ich folgte der Mauer zum Haupttor. Wahrscheinlich mußte ich eine Weile in Einzelhaft, aber wenn man mir meine Zelle zurückgab, würde ich wieder Gardinen aufhängen. Kein Matt konnte mehr über sie lachen oder mich zwingen, sie abzunehmen.

Man würde sich nicht die Mühe machen und durch die Röhre kriechen. Da war ich mir ziemlich sicher. Man würde sie nur versiegeln und annehmen, daß Matt entkommen war.

Jedenfalls wollte ich ihnen das erzählen.

Ungefähr auf halber Strecke mußte das Schlafmittel, das Jim mir besorgt hatte, Matt überwältigt haben. In der Flasche war genug, um ihn dreimal umzubringen.

Vielleicht war er jetzt tot, vielleicht atmete er auch noch.

Ich fragte mich nur, wie lange die Ratten warten würden.

Die Spielregeln

Es geschah vor zwei Jahren, und heute kann ich mich einen reichen Mann nennen. Mein täglicher Verdauungsspaziergang führt mich durch den Stadtpark, und dort habe ich auch den Hilfeschrei gehört. Mein Augenmerk richtete sich sogleich auf den Fluß, und ich entdeckte eine Person im Wasser, die sich offenbar in großen Schwierigkeiten befand.

Hoffnungsvoll schaute ich mich nach einem jüngeren Menschen um, der eine Rettung versuchen könnte, doch war niemand in Sichtweite. So blieb mir nichts anderes übrig, als meine Jacke auszuziehen, meine Schuhe abzustreifen und ins Wasser zu tauchen.

Mit einem halben Dutzend Zügen erreichte ich den in Gefahr geratenen Mann. Er war klein, leicht und recht kooperativ, so daß ich keine besondere Mühe hatte, ihn zurück ans Ufer zu ziehen.

Als wir festen Grund erreichten, stand er auf, schüttelte sich fast wie ein Hund und grinste dann unverschämt.

»Sind Sie nicht ein wenig zu alt für solche Sachen?« fragte er.

Ich gab ihm recht. »Alles in Ordnung?«

Er nickte und schien nur mit Mühe ein Kichern unterdrücken zu können. »Nun, mir scheint, Sie haben mein Leben gerettet. Ich bin Ihnen natürlich überaus dankbar. Deshalb und aufgrund der mir verliehenen Kräfte bin ich in der Lage, Ihnen –«

Er machte eine effektvolle Pause.
»– drei Wünsche zu gewähren!«
Ich schaute ihn prüfend an. Er war gewiß ein sonderbarer kleiner Mann. Sein Alter war schwer zu schätzen, doch machte er den Eindruck, als sei er schon eine ganze Weile auf der Welt.
Und dann lächelte ich. Ja, jetzt verstand ich alles. Irgendein Mensch vom Fernsehen hatte diese kleine Person engagiert, damit sie sich in die Fluten stürzte, um von einem nichtsahnenden Passanten gerettet werden zu können, der dann gebeten wurde, seine drei Wünsche zu nennen, all dies zur Unterhaltung des Fernsehpublikums.
Heimlich warf ich einen Blick nach rechts und nach links. Wo waren die Kameras verborgen? Es mußte irgendwo im Gebüsch ein Teleobjektiv geben, das in eben diesem Augenblick auf mich gerichtet war. Und bestimmt war ein Mikrofon in der Nähe.
Wie viele Zuschauer sahen diese Sendung? Oder wurde sie etwa auf Band aufgenommen? Letzteres wahrscheinlich. Welchen ersten Wunsch erwarteten diese Menschen? Vermutlich eine unverschämte Forderung nach Geld.
Nein, ich würde mich durch keinen so naheliegenden Wunsch in Verlegenheit bringen. Ich mußte mir etwas anderes als Geld wünschen. Vielleicht Gesundheit und Glück für die ganze Welt? Ja, das war es. Womöglich ein bißchen viel, aber es würde mich in ein recht günstiges Licht rücken.
Aber ich beschloß, zuerst ein wenig Humor in die Angelegenheit zu bringen, um den Zuschauern zu zeigen, daß ich nicht zu diesen Trotteln zählte, die ernstlich auf das Angebot der drei Wünsche hereinfielen.
Ich setzte mich ins Gras und zog mir die Schuhe über

meine nassen Socken. »Nun, für den Anfang«, sagte ich und lächelte dem kleinen Mann wohlwollend zu, »wünschte ich, daß ich trocken wäre.«

Erst als ich den zweiten Schnürsenkel zugebunden hatte, begriff ich die Wahrheit. Ich war trocken. Vollständig trocken.

Ich blinzelte. Schlief ich? Träumte ich? Oder war es unwahrscheinlicherweise doch möglich, daß…

Ich starrte den kleinen Mann an. »Seit wann täuschen Sie bereits Ihr Ertrinken und das Gewähren Ihrer drei Wünsche vor?«

»Seit mehr als fünfhundert Jahren.«

Ich probierte es mit einer weiteren Frage. »Angenommen, nur einmal angenommen, ich wünschte mir eine Million Dollar. Würde ich das Geld wirklich bekommen?«

»Aber natürlich.«

»Wäre dieses Geld dann aber nicht in Noten der Konföderation? Oder gefälscht? Gestohlen? Ich könnte, mit anderen Worten, in allerhand Schwierigkeiten geraten, nicht wahr? Und stimmt es nicht, daß *alle*, denen je drei Wünsche von einem kleinen Mann wie Ihnen gewährt wurden, hinterher unweigerlich schlimmer dran waren als vorher?«

Ein Kichern entfuhr ihm. »Wenn Sie Ihre Wünsche äußern, *müssen* Sie sich genau ausdrücken. Sehr genau. Ansonsten könnte es leicht zu einem Mißverständnis kommen. Also, wie lautet Ihr zweiter Wunsch?«

»Ich denke darüber nach«, sagte ich ein wenig zu heftig. »Ich denke.«

Er zuckte die Achseln. »Lassen Sie sich Zeit. Ich bleibe bei Ihnen, bis Sie alle drei Wünsche genannt haben. Gehört zu den Spielregeln, wissen Sie.«

Ich machte mich auf den Weg. Halb rechnete ich damit, halb hoffte ich, jemand würde mir zurufen, daß ich aus dem Blickwinkel der Kamera geriet.

Niemand meldete sich.

Der kleine Mann hüpfte und sprang neben mir her. Ich fragte mich, welchen Anblick wir den Passanten bieten mußten, doch der kleine Mann grinste nur. »Außer Ihnen kann mich niemand sehen. In den Augen der anderen sind Sie allein.«

Entschlossen ging ich weiter zu meinem Apartment. Der kleine Mann war von dessen Ausmaßen und dem Mobiliar keineswegs beeindruckt.

»Denken Sie nur daran, was Sie mit einigen Millionen Dollar anfangen könnten«, sagte er. Er sah mir zu, wie ich mein Jackett aufhängte. »Oder wie wäre es mit der Jugend? Warum wünschen Sie sich keine Jugend? Wollen Sie denn nicht wieder jung sein?«

Wieder jung sein? Das war recht verlockend. Doch *wieviel* Jugend würde ich bekommen? Würde er mich in ein Baby auf seinem Arm verwandeln? Ein Waise? Würde ich kränklich sein? Oder so unattraktiv, daß mich niemand adoptierte? Oder daß die falschen Leute mich adoptierten? Würde es mir an geeigneter elterlicher Aufsicht fehlen? Würde aus mir ein jugendlicher Straftäter, wenn ich älter wurde? Führte das zu ernsteren Verbrechen? Zu Gefängnisstrafe für den Rest meines neuen Lebens?

Ich geriet ein wenig ins Schwitzen. Es gab so viele unangenehme Variablen. *Sollte* ich mir Jugend wünschen, mußte ich in dem, was ich meinte, äußerst präzise sein. Ein kleiner Versprecher oder ein Versäumnis, und ich konnte mich in einer verhängnisvollen Lage wiederfinden.

»Sagen Sie mir«, fragte ich mißtrauisch, »hat Sie schon

jemals *irgend jemand* in der Sache mit diesen Wünschen überlistet?«

Er lächelte schwach, musterte meinen Fernsehapparat und stellte ihn an.

»Der funktioniert nicht«, sagte ich.

Er hielt eine Hand über den Fernseher. »Könnte ein loses Kabel sein. Wenn ich ihm einen kräftigen Klaps gebe ...«

»Ich wünschte, es wäre so einfach, aber die Bildröhre ist –«

Er schlug geschickt gegen den Fernseher. Ein klares und perfektes Bild erschien auf dem Schirm.

Er kicherte. »Und wie lautet nun Ihr dritter Wunsch?«

Ich schloß die Augen. Gerade hatte ich meinen zweiten Wunsch verschwendet. Eigentlich durch einen Trick. Ich hatte nur noch einen Wunsch übrig.

Ich schlug die Augen auf. »Einen Moment mal. Ehe wir fortfahren, wollen wir eine eindeutige Regel festlegen. Ich will nicht, daß mir mein dritter Wunsch in einem unbedachten Augenblick wie ein Versprecher entwischt oder daß ich ihn im Schlaf vor mir hinmurmele. Wenn ich meinen dritten Wunsch nenne, wird es auf absolut feierliche und vorschriftsmäßige Weise passieren. Ich werde sagen: ›Ich, Andrew H. Meeker, gesund an Leib und Seele, wünsche hiermit, daß ...‹, und dann setze ich die fehlenden Worte ein.«

Bereitwillig stimmte er zu. »Bitte sehr. Und wie *lautet* Ihr dritter Wunsch?«

»Ich muß noch ein wenig darüber nachdenken.«

Jugend? Mein Leben noch einmal leben?

Mit den gleichen Genen? Den gleichen Chromosomen? Wollte ich mein Leben *wirklich* noch einmal leben, wenn es im wesentlichen jenem glich, das ich bisher gelebt hatte?

Ich hatte nie geheiratet. Die wenigen Verwandten waren nicht an mir interessiert. Ich würde an jedem Arbeitstag ins Büro gehen, und ein Tag würde dem anderen gleichen wie in den letzten dreißig Jahren. Ich würde in mein stilles Apartment zurückkehren, an meinen Schachproblemen knobeln, TV sehen oder lesen.

Der kleine Mann schaute vom Fernseher auf. »Nun?«

Ich seufzte. »Es wird etwas Schreckliches passieren, wenn ich meinen dritten Wunsch genannt habe, nicht wahr?«

Er blickte ungeduldig drein. »Etwas Schreckliches? Als ich Ihre Kleider getrocknet habe, ist nichts Schreckliches passiert. Als ich Ihren Fernseher repariert habe, ist nichts Schreckliches passiert.«

»Ja, aber das waren belanglose Wünsche, und das wissen Sie. Jetzt warten Sie auf meinen dritten Wunsch, und dann setzt es was.«

Er unterdrückte ein Lächeln und wandte sich wieder dem Fernseher zu, um sich eine Wiederholung von *I Love Lucy* anzuschauen.

Tja, jetzt ist es zwei Jahre her, seit der kleine Mann in mein Leben trat. Er hat sich inzwischen als eifriger Fernsehnarr, fähiger Schachspieler und fröhlicher Begleiter auf meinen Spaziergängen erwiesen.

Ich habe meinen dritten Wunsch noch immer nicht geäußert. Und ich werde es natürlich auch nie tun.

Schließlich habe ich nun, was mir mein Leben lang gefehlt hat.

Einen guten Freund.

Wo bin ich?

Mike und ich beobachteten ihn etwa fünfzehn Minuten lang.

»Er macht überhaupt nichts«, sagte Mike. »Steht einfach nur da rum.«

Ich warf meine Zigarette fort. »Gehen wir hin und reden wir mit ihm.«

Er war ein großer, hagerer Mann, der ein wenig abseits stand, um den Strom der Kaufhauskunden nicht zu behindern.

Ich zeigte ihm meine Marke. »Gibt es auf der anderen Straßenseite etwas, an dem Sie besonders interessiert sind?«

Sein Blick richtete sich wieder auf die vorbeiströmenden Menschen. »Nein.«

»Der Juwelier zum Beispiel?« fragte ich.

»Nein.«

»Der Geschäftsführer denkt da anders«, sagte Mike. »Er macht sich sogar solche Sorgen, daß er uns angerufen hat.«

»Rausgeworfenes Geld.«

»Wie lang stehen Sie schon hier?« fragte ich.

Einen Augenblick lang glaubte ich nicht, daß er uns den Gefallen tun und unsere Frage beantworten würde, aber dann sagte er: »Seit neun Uhr.«

»Ich meinte, seit wie vielen Tagen?«

Jetzt sah er mich an. »Das geht Sie nichts an.«

Mike nahm die Zigarre aus dem Mund. »Laut Aussage des Geschäftsführers stehen Sie seit drei Tagen an der gleichen Stelle. Er glaubt, Sie würden irgendeine Überraschung für seinen Laden aushecken.«

»Sagen Sie ihm, er braucht sich keine Sorgen zu machen.«

Ich tastete ihn ab und fand eine 45er Automatik in der Tasche seines Überziehers.

»Wie heißen Sie?« fragte ich.

Er sagte kein Wort.

»Dann zeigen Sie uns mal Ihre Brieftasche«, sagte Mike mit fester Stimme. »Nehmen Sie zuerst Ihr Geld heraus.«

Er zögerte, tat aber dann wie geheißen.

Mike durchsuchte die Börse. »Nun, Sie haben die Brieftasche eines Mannes namens James Ryker aus Madison bei sich. Was zieht Sie Tag für Tag zurück an diese Stelle?«

»Das ist meine Angelegenheit.«

Ich steckte die 45er in meine Manteltasche. »Sie kommen besser mit.«

Er starrte uns wütend an. »Unter welcher Anschuldigung?«

»Verdecktes Tragen einer Waffe. Reicht Ihnen das?«

Im Präsidium blieb Mike in der Zentrale, während ich Ryker in ein leeres Verhörzimmer brachte. Ich wies auf einen Stapel Zeitschriften. »Setzen Sie sich und bedienen Sie sich. Es kann eine Weile dauern.«

Ich las selbst einige Artikel, bis Mike sich wieder zu uns gesellte.

Mike ist ein gutgenährter Mann mit kindlich-ernstem Blick. Er wickelte eine neue Zigarre aus. »Laut Auskunft der Polizei von Madison arbeitet James Ryker dort als Ingenieur bei Drahne Electronics und wohnt in der

Fennel Street 416. Vor einer Woche hat er seine Frau Magda als vermißt gemeldet. Bei den Nachforschungen fand man heraus, daß sie zuletzt gesehen wurde, als sie mit zwei Koffern Rykers Haus verließ. Sie stieg in eine am Straßenrand parkende Limousine, und der Mann am Steuer war nach Zeugenaussagen nicht ihr Ehemann.«

Ryker lief dunkelrot an.

Mike musterte ihn. »Die Polizei in Madison sagt, daß Sie behauptet hätten, den Mann nicht zu kennen.«

Ryker verlor die Geduld: »Ich kenne ihn nicht. Ich wußte nicht einmal, daß er existiert.«

Mike enträtselte eine Zeile in seinem Notizbuch. »Die Zeugin, zufällig eine Nachbarin, sagte, die Limousine sei in Wisconsin zugelassen. Sie erinnert sich an die letzten drei Ziffern des Nummernschildes, da es sich um dieselbe Zahl handelte – 444.« Er blickte auf. »Würden Sie bitte den Inhalt Ihrer Taschen auf diesen Tisch leeren.«

Ryker starrte ihn wütend an, gehorchte aber.

Mike fischte einen Umschlag aus dem Durcheinander und zog einen einfachen Briefbogen hervor.

Ich schaute über seine Schulter und las:

Jim, es tut mir leid, daß es so enden mußte. Mach dir nicht die Mühe, nach mir zu suchen, ich komme unter keinen Umständen zu dir zurück.

Magda

Mike untersuchte den Umschlag. »Poststempel aus Milwaukee, vier Tage alt.« Er schaute Ryker an. »Habe ich recht, wenn ich annehme, daß Sie hier sind, um sie aufzuspüren? Oder ihn? Oder *beide?*«

Ryker griff nach einer Zeitschrift und gab vor, sich fürs Gedruckte zu interessieren.

Mike und ich ließen ihn da sitzen und gingen auf den Flur, um uns zu beraten.

»Ihr Liebesleben muß für ihn ein ziemliches Rätsel gewesen sein«, sagte Mike, »wenn er wirklich keine Ahnung hat, wer der Mann ist. Blieb ihm also nichts anderes übrig, als sich an eine Straßenecke in Milwaukee zu stellen und darauf zu hoffen, daß seine Frau eines Tages vorbeikommt. Scheint mir ziemlich unwahrscheinlich.«

»Vielleicht, vielleicht auch nicht. Was glaubst du, wie oft eine Frau durchschnittlich in die Stadt zum Einkaufen fährt?«

»Einmal im Monat«, vermutete Mike.

»Wenn Ryker also an der belebtesten Straßenecke der Innenstadt steht und wartet, stehen die Chancen nicht schlecht, daß er seine Frau früher oder später entdeckt. In einem Monat. In zwei Monaten. Irgendwann.«

»*Wenn* sie in Milwaukee ist. Angenommen, sie ist nur durchgefahren, und der Brief hat deshalb einen Poststempel aus Milwaukee?«

»Kann sein. Aber Ryker hat nur diese eine Spur, und die verfolgt er. Vielleicht hat er recht.«

»Was machen wir also? Ihm die Automatik abzunehmen ist wohl kaum die Lösung des Problems. Wenn sein Entschluß feststeht, braucht er nur ins nächste Waffengeschäft zu gehen und sich eine neue zu kaufen.«

Ich gab ihm recht. »Wir müssen sie vor ihm finden. Madison hat nicht zufällig eine Liste aller auf 444 endenden Kennzeichen aufgestellt?«

»Vermutlich nicht. Für die handelt es sich nur um einen Fall von entlaufener Ehefrau. Und in fünfundneunzig Prozent aller Fälle kommen sie innerhalb einer Woche zurück, also lohnt es sich nicht, Schweiß zu vergeuden, solange nichts Ernsthaftes passiert. Aber bei alldem, was wir wissen, wäre es wohl besser, wenn wir uns mit der Zulassungsstelle in Verbindung setzen.«

Mike ging wieder nach unten zur Zentrale, und ich kehrte zu Ryker zurück.

Ich setzte mich. »Da standen Sie also an dieser Ecke und hofften darauf, Ihre Frau rein zufällig wiederzusehen? Wollten Sie sie auf der Stelle niederschießen?«

Unbeirrt blätterte er die Seite um.

»Wie lange wollten Sie an der Ecke stehenbleiben?« fragte ich. »Monate? Jahre? Und wenn sie gar nicht in Milwaukee ist? Sie hätten sich in aller Öffentlichkeit zum Narren gemacht, nicht wahr? Und was werden Sie den Reportern erzählen?«

Das ließ ihn aufblicken. »Reportern? Welchen Reportern?«

»Die werden diese Geschichte schon spitzkriegen«, sagte ich. »Ein Blick ins Dienstbuch, und sie fragen mich, was es damit auf sich hat. Die werden Einzelheiten wissen wollen.«

Ryker fuhr sich mit der Zunge über die Lippen.

Ich zog gemächlich an meiner Zigarette. »Ihre Freunde, Ihre Verwandten, die werden Sie alle für einen komischen Spinner halten, meinen Sie nicht?«

Ich ließ ihn schmoren und konnte beinahe sehen, wie er sich zu seiner Entscheidung durchrang.

Schließlich schluckte er hart. Es gelang ihm ziemlich gut, mich mit leerem Blick anzustieren. »Wo bin ich? Wer bin ich?«

Mike öffnete die Tür und kam herein. »Wie steht's?«

»Er hat gerade einen Anfall von Gedächtnisschwund erlitten«, sagte ich.

Mike seufzte. »Noch einer? Das ist der vierzehnte dieses Jahr.«

»Die halten sich alle für originell«, sagte ich. »Kaum fühlen sie sich in die Ecke gedrängt, glauben sie, ein hübscher Fall von Amnesie könnte alle Probleme lösen.« Ich schnalzte mit der Zunge. »Das ist eine Ausrede für Feiglinge, Ryker. Für Feiglinge. Sie müssen sich schon zusammenreißen und der Wirklichkeit ins Auge sehen.«

Ryker lief rot an und blickte zur Seite.

Mike sah mich mit gerunzelter Stirn an. »Ich glaube, manchmal bist du ein wenig zu streng, Bill.« Er wandte sich wieder an Ryker. »Sie leiden doch nicht wirklich an Gedächtnisschwund, oder?«

»Nein«, fauchte Ryker.

Mike nickte anerkennend. »Also, das hätten wir schon mal. Können Sie uns nun auch mit eigenen Worten erklären, warum Sie dort an der Ecke standen?«

Ryker antwortete mit verkniffenen Lippen: »Ich sage kein einziges verdammtes Wort mehr.«

Und damit war die Sache für Ryker erledigt. Wir gaben uns Mühe, brachten aber nichts mehr aus ihm heraus.

Schließlich seufzte Mike und sah aus dem Fenster in den grauen Himmel. »Sieht aus, als würden wir Schnee kriegen. Hoffentlich bleibt er liegen.«

Er dachte an die Fährtensuche und die Jagdsaison, die morgen begann.

»Ach was«, sagte Mike. »Nachts fahr ich nicht gern. Ich brech gleich morgen früh auf.«

Unser Telefon klingelte. Die Zentrale teilte uns mit, daß die Liste von der Zulassungsstelle eingetroffen sei.

Ich ließ Mike und Ryker allein und ging nach unten.

In der Zentrale nahm ich die Liste zur Hand, und während ich die Seiten durchblätterte, kam mir eine Idee, und ich grinste.

Ich setzte mich an die Schreibmaschine und schrieb noch einen Namen auf die Liste.

Kaum war ich wieder oben, setzte ich mich und zündete mir eine Zigarette an. Ich blätterte die Seiten um, studierte die Namen, und dann blickte ich auf. »Jemals in Madison gewesen, Mike?«

»Klar«, sagte er. »Hin und wieder. Hab eine Schwester da unten. Dachte, ich hätte dir das erzählt.«

»Kennst du die Fennel Street?«

»Yeah.«

Ich zog einigemal an meiner Zigarette, ehe ich weitersprach. »Du fährst doch eine Limousine, oder nicht?«

Er sah mich ein wenig verwirrt an. »Das weißt du doch. Warum?«

Ich zuckte die Achseln. »Mit welchem Kennzeichen?«

Er dachte einen Moment nach. »Keine Ahnung.«

Ich schüttelte den Kopf. »Und das will ein Polizist sein. Was ist, wenn dir der Wagen gestohlen wird?«

Er kratzte sich am Kopf. »Wer kennt denn schon die Nummer seines Kennzeichens? Selbst Polizisten nicht. Ich müßte sie irgendwo nachschlagen.«

Wieder überflog ich stumm die Liste.

»Was soll die Fragerei?«

Ich drückte meine Zigarette im Aschenbecher aus. »Dein Name steht nämlich auch auf der Liste. Ich schätze, deine Nummer endet auf 444.«

Er kam zu mir herüber und starrte auf die Stelle, auf die mein Finger zeigte.

»Bloß ein Zufall«, sagte ich. »Ich streich dich aus.«

»Klar«, sagte Mike.

Ich nahm einen Stift, zögerte dann aber. »Mike, nur um sicherzugehen, wo warst du am Nachmittag des sechzehnten November?«

Sein Blick wanderte zum Wandkalender. »Das war mein freier Tag.«

Ryker hatte zugehört, doch jetzt verengten sich seine Augen zu schmalen Schlitzen. »Die Fennel Street ist nur vier Häuserblock lang. Die kennen nicht viele Menschen, die nicht aus Madison sind.«

Mike errötete ein wenig. »Streich meinen Namen aus, Bill. Ist doch bloß ein Zufall. Es stehen noch sechshundert Leute auf dieser Liste.«

Ich nickte und kreuzte seinen Namen sorgfältig durch.

Ryker sprang auf. »Nur weil er ein Polizist ist, glauben Sie, daß er es nicht gewesen sein könnte?«

Ich sah ihn gelassen an. »Hören Sie, Mister, ich kenne Mike schon seit Jahren. Er ist grundanständig. Und jetzt setzen Sie sich wieder.«

Eine Weile herrschte Schweigen.

»Also endet mein Nummernschild auf 444«, sagte Mike. »Das kann jedem passieren. Und Millionen Menschen fahren eine Limousine.«

Ich nickte.

Mike schien es ein wenig warm zu werden. »Dann fahr ich eben ab und zu nach Madison und weiß, wo die Fennel Street liegt. Das ist schließlich ein freies Land.«

Ryker starrte ihn einen Augenblick an und stand dann auf. »Jetzt zeigen Sie mich endlich an oder was Sie sonst vorhaben. Ich bin es leid, hier herumzusitzen.«

Ich schaute auf meine Uhr. Fast fünf.

»In Ordnung«, sagte ich.

Wir brachten Ryker nach unten und stellten ihn wegen verdeckten Tragens einer Waffe unter Anklage. Er gab das Hotel ›Crestview‹ als Adresse an und wurde gegen eine Kaution von fünfhundert Dollar freigelassen.

Wir brachten ihn auf die Straße.

»Das Klügste, was Sie tun können, Ryker«, sagte ich, »wäre, nach Madison zurückzukehren und die ganze Sache zu vergessen.«

Fast wollte ihm ein Lachen gelingen. »Und verliere meine Kaution? Gibt ein Polizist mir einen solchen Rat?« Er knöpfte seinen Überzieher zu und betrachtete Mike mit steinerner Miene. »Ich könnte wetten, daß ich Ihr Gesicht schon einmal gesehen habe.«

Wieder errötete Mike. »Nicht, daß ich wüßte.«

Wir sahen Ryker nach. Als er die Tenth Street überquerte, trat Kriminalbeamter Klein aus einem Hauseingang, folgte Ryker unauffällig und hielt einen halben Häuserblock Abstand.

Um fünf meldeten Mike und ich uns ab und gingen zum städtischen Parkplatz.

Als wir vor seinem Wagen standen, kratzte er sich den Schädel. »Hey, mein Nummernschild endet gar nicht auf 444!«

Ich heuchelte unschuldiges Interesse. »Wirklich nicht? Bist du sicher, daß dies dein Wagen ist?«

»Klar doch«, sagte er etwas verwirrt. »Ich meine, da ist die Beule im linken Kotflügel und die Schramme da an der Seite –« Er hielt inne, als er mein Grinsen entdeckte.

Zum dritten Mal in der letzten halben Stunde lief er rot an. Zehn Sekunden stotterte er, ehe er wieder reden konnte. »Eines Tages geht einer von deinen blöden Witzen nach hinten los.«

Am nächsten Morgen hing ein kalter Nebel über der Stadt, als ich im Präsidium eintraf.

Sergeant Peters, Mikes Ersatzmann für das Wochenende, saß an unserem Tisch und studierte den Bericht. »Dieser Kerl, Ryker, hat sich im ACME-Sportladen eine Pistole gekauft, gleich nachdem er von hier fort ist. Und Munition.«

Ich fischte eine Zigarette aus der Packung auf unserem Tisch. »Und was hat Klein dagegen unternommen?«

»Was hätte er denn tun können? Eine Waffe zu kaufen verstößt nicht gegen das Gesetz. Und Ryker trug sie in einer versiegelten Schachtel aus dem Laden, also war auch der Tatbestand des heimlichen Waffenbesitzes nicht gegeben.« Er warf wieder einen Blick auf den Bericht. »Ryker aß in ›Mader's Restaurant‹ zu Abend und erledigte dann einen Anruf. Klein behauptet, er wäre lächelnd wieder aus der Telefonzelle gekommen, war sich da aber nicht sicher.«

Ich versuchte, mir Ryker mit einem Lächeln vorzustellen und verstand, warum Klein sich unsicher war.

Peters legte den Bericht hin. »Egal, jedenfalls kam Ryker aus dem ›Mader's‹, und in dem Augenblick hat Klein ihn verloren.«

Ich schwieg, um mir eine Zigarette anzustecken. »Ihn verloren?«

»Passiert manchmal. Es war einer dieser langen verkaufsoffenen Abende in der Innenstadt, ziemlich viele Leute unterwegs. Mit einem Mal merkte Klein, daß Ryker verschwunden war.«

»Vielleicht ist er ins Hotel zurück?«

»Das hat Klein auch gedacht. Also ging er zum ›Crestview‹ und hat gewartet. Aber Ryker kam nicht zurück. Ist immer noch nicht wieder da.«

»Also läuft Ryker jetzt mit einer geladenen Waffe durch die Gegend?«

Peters nickte. »Und sucht nach seiner Frau.«

Oder nach jemand anderem, dachte ich.

Ich griff nach meinem Telefon, fand es dann aber besser, meinen Anruf privat zu halten.

»Bin in einer Minute zurück«, sagte ich.

Draußen auf dem Flur betrat ich die Telefonzelle und zog die Tür hinter mir zu. Ich wählte Mikes Nummer und bekam seine Vermieterin an den Apparat.

»Ist Mike noch da?« fragte ich.

»Nein, wieso? Er ist gestern abend losgefahren.«

Es beruhigte mich ein wenig, daß Mike nicht mehr in der Stadt war, aber ich sagte: »Mir hat er erzählt, daß er nicht vor heute morgen aufbrechen wollte.«

Sie schien die Achseln zu zucken. »Er hat mir nicht gesagt, was er vorhat, und seine Gedanken kann ich nicht lesen. Vielleicht hat er beschlossen, schon gestern abend zu fahren, weil das gute Wetter anhielt und der Wetterfrosch für heute Regen angekündigt hat.«

Ich wollte schon aufhängen, als sie sagte: »Er ging gleich nach dem Anruf. Er wollte sich mit jemandem treffen. Ich glaube, er hieß Wyker.«

Wyker? »Könnte es auch Ryker gewesen sein?«

»Könnte sein. Ich weiß noch, daß er den Namen erwähnte. Aber ich höre nicht gern allzu genau hin, wenn andere Leute telefonieren.«

In der Telefonzelle schien es etwas warm zu sein. »Wann ist Mike fort?«

»Um sieben.«

»Allein?«

»Wenigstens ist er allein losgefahren.«

»Hat er gesagt, wo er genau hin will?«

»Nicht als er fortging. Aber ich weiß, daß er bei River Falls jagen wollte.«

»Hat er ein Hotel oder Motel erwähnt?«

»Zu mir hat er nichts gesagt. Ich schätze, die gibt es da zu Dutzenden.«

Ich dankte ihr und legte auf.

River Falls? Das lag im Norden, mindestens zweihundertfünfzig Meilen. Mike würde den Wagen vollgetankt und durchgesehen haben, ehe er zu einer solchen Tour aufbrach. Fuhr er nicht immer zur Tankstelle an der 23. Straße, Ecke Atkinson? Bills STANDARD-Tankstelle?

Ich nahm mir die Gelben Seiten im Telefonbuch vor und fand acht Bills-STANDARD-Tankstellen, konnte sie aber durch Überprüfen der Adressen eingrenzen.

Als der von mir gesuchte Bill den Hörer abnahm, stellte ich mich als Mikes Freund vor. »Hat er gestern abend bei Ihnen gehalten?«

Bill dachte über meine Frage nach. »Yeah. Wollte jagen oder so. Hab vollgetankt und einen Viertelliter Öl nachgekippt. Er war mit diesem anderen Typen zusammen.«

»Einem anderen Typen? Wie sah der aus?«

»Hab ihn mir nicht genau angesehen. Irgendwie dürr und schlaksig. Sind beide nicht ausgestiegen.«

Ich legte auf und ging wieder zu Sergeant Peters. Ich rieb mir die Stirn. »Mir geht's miserabel heute. Hab wohl die Grippe oder so was erwischt.«

Er musterte mich viel zu aufmerksam. »Du siehst gar nicht krank aus.«

»Aber ich fühl mich so. Ich muß ins Bett und brauch ein Aspirin.« Ich ließ ihn sitzen, ging ins Büro des Captains, gab mir Mühe, noch kränker auszusehen, und bat ihn, mir den Tag freizugeben.

Es regnete, als ich über den Parkplatz zu meinem Wagen rannte. Ehe ich ihn aufschließen und einsteigen konnte, war ich völlig durchnäßt.

River Falls. Ich versuchte, mich daran zu erinnern, was Mike mir von seinen früheren Ausflügen erzählt hatte.

Woher wollte ich wissen, daß Mike tatsächlich in River Falls angekommen war?

Ich brach in Schweiß aus.

Wäre es für Ryker nicht einfacher, ihn gleich umzubringen und die Leiche vor der Stadt loszuwerden?

Ich konnte es einfach nicht glauben.

Nein. Nicht, wenn Ryker seine Frau finden wollte und annahm, daß Mike wußte, wo sie war. Er würde Mike aushorchen müssen, und Mike würde leben, solange Ryker glaubte, von Mike etwas über seine Frau erfahren zu können.

Wohin würde Mike ihn bringen?

Was wäre besser als der Norden? Da war es still. Da war es einsam.

Ich ließ den Motor an und rollte vom Parkplatz.

Fünfzehn Minuten später fuhr ich auf der Interstate Richtung Norden.

Plötzliche Windböen fegten den Wagen beinahe von der Straße, und ich mußte das Steuer fest in der Hand halten.

Meine Zigaretten waren braun vor Feuchtigkeit, und der Kragen meiner Regenjacke scheuerte im Nacken.

Die Meilen zogen sich hin, und das Wetter wurde nicht besser.

Zwei Stunden später sog ich an meiner letzten, nach Stroh schmeckenden Zigarette, als ich den Abzweig Jefferson City und ein Schild *Tankstelle, Restaurant, Hotel* vor mir sah.

Jefferson City?

Hatte Mike diesen Ort nicht erwähnt? Hat er nicht gesagt, daß er hier gewöhnlich haltmachte, um ein Sandwich zu essen und Kaffee zu trinken? Die Rast auf halber Strecke?

Ich nahm das Gas weg, um in die Abfahrt einzubiegen, und fuhr nach rechts. Unter der Interstate-Überführung entdeckte ich eine Tankstelle mit Diner.

Ich parkte den Wagen und wartete, daß der Regen nachließ, aber es sah nicht danach aus. Schließlich sprintete ich zum Diner.

Drinnen blieb ich auf der Gummimatte stehen und ließ das Wasser aus meinen Kleidern abtropfen.

Es waren keine Kunden im Laden, und der Mann hinterm Tresen las Zeitung.

Er schaute zu mir herüber. »Sieht aus, als würden wir unter einem Wasserfall hausen.«

Ich nickte und sagte ihm, wonach ich suchte.

Er schüttelte den Kopf. »Der Name sagt mir nichts. Aber ich kenne nicht mal zehn Prozent unserer Stammgäste mit Namen. Dies ist ein Job der Gesichter, der Hallos und Lebewohls.«

»Er wollte nach Norden, nach River Falls«, sagte ich. »Trug wahrscheinlich eine orangefarbene Jacke. Und seine Mütze war, glaube ich, auch orange.«

Das schien seiner Erinnerung auf die Sprünge zu helfen.

»Orange? Yeah. Hier war gestern einer in Orange. Ich weiß noch, daß er mir auffiel, weil sie in dieser Gegend fast alle noch in Rot rumlaufen.« Er dachte nach. »Und Ihre Beschreibung paßt auf ihn. Hat ein paar Pfunde zuviel und raucht Zigarre.«

»War er allein?«

Er rieb sich das Kinn. »Langsam fällt's mir wieder ein. Nein. Er war mit so einem langen Kerl zusammen. Sie bestellten sich zwei Hamburger zum Mitnehmen.«

Ich patschte zurück zum Wagen.

Also hatte Mike es bis hierher geschafft.

Ich stellte die Scheibenwischer wieder an und fuhr über die Auffahrt zurück auf die Interstate.

Der Wind zerrte am Wagen, und ich begriff bald, daß ich nur fünfzig fahren konnte, wenn ich auf der Straße bleiben wollte. In den Straßensenken mußte ich sogar noch stärker abbremsen, da der Wagen dann durch zolltiefe Pfützen schlingerte.

Die Meilen zogen sich hin. Der Regen hörte fünf, zehn Minuten lang auf, um dann wieder in tückischen, heftigen Schauern niederzuprasseln, die die Fahrt erneut verlangsamten.

Als ich schließlich die Abfahrt von River Falls erreichte, war es nach zwei Uhr nachmittags.

Ich legte fünf weitere Meilen auf einer engen, einspurigen Landstraße zurück, ehe ich das Schild sah: *River Falls, 257 Einw.*

Es nieselte noch, als ich auf Kriechtempo drosselte und zum ersten Motel an der rechten Straßenseite herüberstarrte. Nein. Mikes Wagen stand nicht auf dem Parkplatz.

Ich gab wieder Gas und fuhr zum nächsten Motel. Auch nichts.

Beim vierten Motel sah ich sie.

Mikes Limousine.

Ich bog in die Einfahrt und parkte vor dem Bar-Restaurant am Halbkreisende der Motelapartments.

Ich stieg aus, meine Beine waren steif vor Kälte und Nässe. Mikes Limousine stand vor Apartment Nummer 9.

Ich zog meine 38er aus dem Halfter, drehte langsam und behutsam den Türknauf und trat ein. Das Zimmer war leer.

Ich ging ins Badezimmer. Da war auch niemand. Ich verließ das Apartment wieder.

River Falls lag in einem flachen Tal, umgeben von bewaldeten Hügeln.

Ich entdeckte einen deutlich erkennbaren Pfad, der vom Motel fortführte. Hier und dort verschwand er zwischen den Bäumen, aber ich konnte ihn den nächsten Berg hinauf verfolgen.

Ich hielt den Atem an. Dieser orangefarbene Fleck kurz vor dem Gipfel. Er bewegte sich.

Dort oben waren zwei Gestalten. Ich konnte sie gerade noch ausmachen. Sie waren kurz vor dem Gipfel und stiegen weiter hinauf.

Ich lief den schlammigen Pfad entlang. Nach einer Weile ging es bergauf, und ich verlangsamte meinen Schritt. Gelegentliche Wasserpfützen machten das Gehen noch anstrengender.

Meine Halbschuhe fanden keinen Halt auf dem steilen Pfad. Ich rutschte aus, fiel, glitt den Abhang hinunter, griff haltsuchend nach Büschen und blieb schließlich in einer schlammigen Mulde liegen.

Ich lag dort etwa eine halbe Minute, bis ich wieder bei

Atem war. Dann wischte ich mir mit dem Ärmel den Schlamm aus dem Gesicht und kämpfte mich zurück zum Pfad.

Ich sah wieder den Berg hinauf. Einen Augenblick konnte ich in dem Nieselregen nichts erkennen, doch dann erhaschte ich einen Blick auf die beiden, ehe sie wieder zwischen den Bäumen verschwanden.

Mit einem nassen Taschentuch betupfte ich die Schnittwunde in meinem Gesicht und ging weiter. Fünf Minuten später keuchte ich vor Anstrengung. Und dann hörte ich es.

Ein Schuß.

Mein Blick wanderte zum Gipfel. Ich konnte eine Gestalt erkennen. Nur eine. Ich sah keinen orangefarbenen Fleck mehr.

Es war vorbei. Ich holte tief Luft. Ich konnte hinaufsteigen und ihn verfolgen. Ich konnte aber auch gleich hier auf ihn warten.

Doch wenn er den Kamm überquerte und auf einem anderen Weg floh? Müde schöpfte ich noch einmal Atem. Dies war jetzt Sache der Bundespolizei.

Ich machte kehrt und ging langsam zum Motel zurück.

In der Bar drehte sich ein halbes Dutzend Gäste zu mir um und starrte mich an. Die Augen des Barkeepers weiteten sich, und ich meinte, Angst in ihnen zu erkennen. Durch die Tür zum angrenzenden Zimmer konnte ich das Klicken der Billardkugeln hören.

Ich ging hinüber zur öffentlichen Telefonzelle und zog die Tür hinter mir zu. Mit dem nassen Taschentuch wischte ich mir den Schmutz von den Fingern und fand eine Münze in meinen durchnäßten Hosentaschen.

Ich zögerte. Das Präsidium der Bundespolizei? Den

Ortssheriff? Nein, am besten rief ich zuerst das Präsidium in Milwaukee an und ließ das Dezernat wissen, was passiert war.

Ich meldete das Ferngespräch an und bekam Captain Harrison an den Apparat. Er war überrascht, meine Stimme zu hören. »Ich dachte, Sie lägen krank im Bett? Von wo rufen Sie an?«

Die Tür zur Bar ging auf. Zwei Bundespolizisten kamen herein und schritten zum Tresen. Der Barkeeper beugte sich vor, sprach mit ihnen und wies dann in meine Richtung.

Die Polizisten zogen die Revolver aus ihren Halftern und näherten sich vorsichtig der Telefonzelle.

Ich sprach in die Muschel: »Captain, Ryker ist gerade –«

Einer der Polizisten deutete an, daß ich aus der Zelle kommen solle.

Captain Harrisons Stimme drang durch den Hörer. »Ryker? Haben Sie von ihm gehört? Das hat sich erledigt.«

»Erledigt?«

»Genau«, sagte Harrison. »Ryker ist gestern abend mit dem Siebenuhrzug zurück nach Madison gefahren.«

»Was?«

»Sicher«, sagte er. »Die Polizei in Madison hat uns Bescheid gesagt. Scheint so, als hätte Ryker gestern noch seine Mutter in Madison angerufen und herausgefunden, daß seine Frau ihre Meinung geändert hat und wieder zurückkehren will. Er hat den ersten Zug nach Madison genommen, den er erwischen konnte.«

Der Hörer in meiner Hand war feucht. »Was ist mit dem anderen Mann?«

»Der andere Mann war ihr Bruder. Sie blieb in seinem Haus in Milwaukee, ließ sich alles durch den Kopf gehen und beschloß, zurückzugehen und der Ehe noch eine Chance zu geben.«

Einer der Polizisten zog die Tür der Telefonzelle auf. »In Ordnung, Mister. Kommen Sie mit erhobenen Händen heraus!«

Ich konnte noch immer Captain Harrisons Stimme hören. »Was zum Teufel geht da bei Ihnen vor?«

Ich legte den Hörer auf und trat mit erhobenen Händen aus der Telefonzelle.

Der Barkeeper stand hinter den Polizisten. »Ich habe gesehen, wie er draußen seinen Wagen geparkt hat und seinen Revolver zog. Er verschwand in Nummer 9, kam dann wieder raus und ging den Hügel rauf. Irgendwas stimmt mit dem nicht. Scheint mir ein Spinner zu sein.«

Wieder ging die Tür auf und ein Jäger mit roter Jacke schaute herein. »Die O'Leary-Brüder haben vor knapp zehn Minuten oben auf dem Hügel einen Hirsch geschossen.«

An dieser Neuigkeit war man in der Bar allerdings nicht sonderlich interessiert. Alle Augen waren weiterhin auf mich gerichtet.

Das Klicken der Billardkugel im Nebenzimmer hörte auf, und Mike erschien in der Tür, einen Queue in der Hand. Er war gesund und munter. Und trocken und im Warmen. Er war es immer gewesen.

Und gleich neben ihm stand einer seiner Nachbarn, Joe Wyker. Zum Teufel, ich hatte sogar einmal mit ihm Karten gespielt, Wyker, Ryker, Wyker, Ryker.

Verdammt.

Mikes Kinnlade fiel nach unten. »Bill, was zum Teufel

machst du denn hier oben? Du siehst aus, als hättest du seit mindestens einer Woche in einem Schlammgraben geschlafen.«

Und Mike trug sogar Pantoffeln.

Ich schloß die Augen.

Es war einfach zu viel. Alles stürzte auf mich ein. Es gab viel zu erklären. Aber alle warteten sie.

Ich würde etwas sagen müssen. Irgendwann. Aber bis dahin –.

Ich öffnete meine Augen und sah mich mit leerem Blick um.

»Wo bin ich?« fragte ich mit kläglicher Stimme. »Wie heiße ich? Wer bin ich?«

Jene letzte Reise

Jetzt sei ein guter Junge und schmoll nicht«, drängte Eloise. »Ruf unser Reisebüro an und arrangier alles Nötige für Kuala Lumpur.«

Zur Hölle mit Kuala Lumpur, dachte ich. Genug ist genug. Doch ich ging ans Telefon und rief unseren Agenten im Reisebüro an.

Er kannte mittlerweile meine Stimme. Er war neugierig. »Kuala Lumpur? Warum Kuala Lumpur?«

»Nächste Woche gibt es da irgendein ethnisches Festival, und meine Frau möchte sich das anschauen. Außerdem kennt sie diese Stadt noch nicht, und das allein ist schon Herausforderung genug.«

Nachdem ich aufgelegt hatte, schlich ich mich nach oben auf mein Trimm-dich-Fahrrad. Ich bin ein überzeugter Anhänger maßvoll betriebener Gymnastik, doch sollte sie nicht unbedingt im Freien stattfinden.

Während ich radelte, überdachte ich noch einmal meinen Plan, Eloise zu beseitigen.

Himmel, wie ich das Reisen hasse.

Ständig bangt man um Flugreservierungen und Ankunfts- und Abfahrtszeiten von Zügen, Bussen oder Fähren. Man verbringt elende Stunden damit, auf trostlosen fremden Bahnhöfen zu warten, und bekommt Kopfschmerzen, wenn man es wagt, bei der stets ungenügenden Beleuchtung zu lesen.

Immerzu ist man ein Sklave der Sorge. Wo kann man sein Geld in die Landeswährung umtauschen? Wie steht der offizielle Kurs? Um wieviel besser könnte man auf dem Schwarzmarkt tauschen? Lohnt sich das Risiko? Wo ißt man heute? Welch mysteriöse und meist widerliche Speisen werden einem aufgetragen?

Und dann die ständige Quälerei, sich in unlogischen Sprachen und unmöglichen Dialekten verständlich machen zu müssen. Außerdem muß man mit dem Wasser aufpassen und sich um die eigene Wäsche kümmern. Wann wird sie gemacht – wenn überhaupt? Wird sie zurückgebracht oder auf unerklärliche Weise verschwinden? Und stets weiß man – und das ist vielleicht noch am schlimmsten –, daß man als Tourist für alle Welt Freiwild ist.

Doch Eloise blühte unter eben diesen Widrigkeiten auf und hatte es schon ihr Leben lang getan. Für sie sind es Abenteuer. Ihr geräumiges und recht bequemes amerikanisches Haus ist für sie nur ein Ort, an dem man gelegentlich absteigt, um nach den Bediensteten zu sehen, die Post einzusammeln und neue Reisen zu planen. In den vier Jahren, seit wir verheiratet sind, haben wir durchschnittlich kaum zwei Monate im Jahr zu Hause verbracht.

Ich bin Eloises vierter Ehemann.

Der erste war Abner, vier Jahre jünger als sie. Er starb mit neunundzwanzig Jahren, als sein Sportwagen aus einer Haarnadelkurve getragen wurde und in ein Weingeschäft krachte.

Eloise war acht Jahre älter als ihr zweiter Mann, Charles: sie vierzig, er zweiunddreißig. Charles, ein

Nichtschwimmer und starker Trinker, fand seinen Tod in Singapur. Offenbar fiel er während einer Party im Yachtklub vom dunklen Ende einer Pier.

Dann Manfred: Eloise zweiundfünfzig, Manfred vierzig. Er starb in den Karpaten. Er war ein eifriger Pilzsammler, also auch ein Connaisseur von Pilzsuppen, und er aß sie einmal zu oft.

In unserer anfänglichen Verliebtheit fragte ich Eloise einmal recht feinfühlig nach ihrer Ansicht über Altersunterschiede zwischen Ehegatten. Sie antwortete, daß Jahre ihr nichts bedeuteten, man sei so jung, wie man sich fühle – und dem pflichtete ich hastig bei.

Natürlich kannte ich Eloises Neigung, um den Erdball zu jetten, noch ehe ich sie heiratete. Doch in jener Stimmung zwischen Optimismus und Reform, mit der man eine neue Ehe beginnt, hatte ich zuversichtlich geglaubt, Eloise ändern zu können.

Ich hatte mich getäuscht.

Reisen erschöpfen mich intellektuell, emotional und körperlich aber derart, daß ich schließlich widerstrebend zu dem Schluß kam, drastische Konsequenzen ziehen zu müssen. So durfte es einfach nicht weitergehen, sollte mich nicht ein vorzeitiger Tod auf fremder Erde zusammenbrechen lassen.

Eine Scheidung stand außer Frage. Meinerseits ein solches Vorhaben in Gang zu setzen, würde wahrscheinlich dazu führen, daß ich ohne einen Penny dastand – ein Gedanke, vor dem mir graute.

Nein, es blieb nur eine Lösung. Eloise mußte ihre letzte Reise antreten, und zwar je eher, um so besser.

Zuerst hatte ich daran gedacht, einen professionellen Killer zu dingen, während wir im Ausland waren. Doch blieb da stets das Sprachproblem. Ich konnte mir einfach nicht vorstellen, auf Pidgin-Englisch einen Killer zu engagieren oder die delikateren Probleme eines Mordes zu besprechen.

Ich erwog, professionelle Hilfe in den Staaten zu suchen. Doch wo ließ sie sich finden? Man geht doch nicht einfach umher und fragt, wer einen Killer kennt, der gerade verfügbar ist. Und selbst wenn ich einen finden sollte, lauerte da immer noch die Gefahr einer späteren Erpressung.

Nein, wenn man etwas erledigt haben will – und sei es ein Mord –, muß man es selbst tun.

Wie sollte ich Eloise beseitigen? Eigentlich hätte ich etwas Gewaltloses vorgezogen – Gift, zum Beispiel. Doch eine Vergiftung läßt sofort an einen Täter aus dem näheren Umkreis denken, und ich zog es vor, den Verdacht so weit wie möglich von meiner eigenen Person abzulenken.

Nein, ich mußte Eloises Tod so arrangieren, daß die Schuld auf jenen so viel geschmähten Einzelgänger, den Einbrecher, wies.

Sollte ich sie mit einem Kissen ersticken?

Ich bin bei bester Gesundheit und leidlich kräftig, aber ich habe einen etwas delikaten Ellbogen. Angenommen, er springt plötzlich wieder aus dem Gelenk, wenn ich sie gerade ersticken will? Das könnte sich als äußerst peinlich erweisen, und ich bezweifle, daß ich Eloise nur mit einer Hand ersticken kann.

Sie erschießen? Nein. Die Polizei ist in Sachen Pulverspuren und ähnlichen Dingen schrecklich gewitzt. Selbst wenn man vorsichtshalber Handschuhe trägt, mag sich das als unzureichend erweisen. Außerdem würde der Schuß aller Wahrscheinlichkeit nach von den Bediensteten gehört werden und somit eine Tatzeit vorgeben, und ich möchte der Polizei nun einmal so wenig Hilfestellung wie möglich leisten.

Nein, Eloise mußte eines lautlosen Todes sterben, und das legte eine Art Knüppel nahe – eine stumpfe Waffe, wenn man so will –, ein Werkzeug, das an einen Einbrecher denken läßt und für ihn typisch ist.

Er wird sich in Eloises Zimmer schleichen, ihre Ankleidekommode durchwühlen und Eloise aufwecken. Sie wird Alarm schlagen wollen. Statt klugerweise zu fliehen, gerät der Eindringling in Panik, schnappt sich die nächstbeste Waffe und tötet sie. Während all dies geschieht, werde ich natürlich fest in meinem eigenen Zimmer schlafen.

Ja, mein *eigenes* Schlafzimmer. Ehrlich gesagt, ich glaube nicht, daß Eloise jemals wirklich einen vierten Gatten haben wollte. Sie brauchte einfach einen Reisebegleiter – jemanden, der sich um die kleinen Details kümmerte und dafür sorgte, daß kein Zug, kein Flugzeug, kein Bus verpaßt wurde.

Ich werde Eloise heute nacht töten. Sinnlos, es noch länger aufzuschieben. Jeden Augenblick kann ein Anruf die Reise nach Kuala Lumpur bestätigen, und die Gelegenheit wäre vertan.

Ich setzte meinen Plan in die Tat um, fuhr zum nächsten Einkaufszentrum und besorgte mir dort Gummihandschuhe, eine Taschenlampe und einige Batterien. In einem Schuhgeschäft erstand ich ein Paar Schuhe, die drei Nummern zu groß für mich waren, und erklärte dem völlig desinteressierten Verkäufer, daß die Schuhe ein Geschenk für einen Freund seien.

Am Abend zog ich mich wie stets um halb elf in mein Schlafzimmer zurück, blieb diesmal aber wach. Um halb zwei stärkte ich mich mit einem Brandy. Von zwei Drinks, das wußte ich, würde mir schlecht.

Ich zog mir die übergroßen Schuhe an und zurrte die Schnürsenkel so straff wie nur möglich. Ich streifte die Gummihandschuhe über, steckte die Taschenlampe ein und schlich lautlos über den Flur zu Eloises Zimmer.

An der Tür lauschte ich. Ja, sie schlief. Eloise schnarchte nicht gerade, aber sie hatte einen überaus geräuschvollen Atem.

Ich drehte den Türknauf und betrat das Zimmer. Das Mondlicht reichte aus, um meinen Weg durch das Zimmer finden zu können, ohne die Taschenlampe anmachen zu müssen.

Ich nahm den Schürhaken vom Ständer am Kamin und kehrte an Eloises Bett zurück. Die Tat mußte entschlossen und ohne Zögern ausgeführt werden. Ich hob den Schürhaken und schlug, so fest ich konnte. Einmal. Zweimal. Dann wandte ich mich vom Bett ab und ließ den Schürhaken zu Boden fallen.

Ich machte nun die Taschenlampe an und ging an Eloises Kommode. Ich fand ihre mit Plüsch ausgeschlagene Schmuckschatulle und ließ sie in meine Tasche gleiten. Anschließend warf ich alles ein bißchen durcheinander, damit es so aussah, als hätte jemand die Schubladen durchwühlt.

Ich ging zu den Balkontüren und öffnete eine davon weit, bis sie in dieser Stellung verharrte. Ich schritt hinaus auf den Balkon, überquerte ihn der Länge nach und ging die Treppe zur rückwärtigen Terrasse hinunter. Ich begab mich zum Gärtnerhäuschen und hatte zuvor dafür gesorgt, daß ich dort einen fünfzig Pfund schweren Düngersack finden würde.

Ich schulterte den Sack und ging hinüber zu den Blumenbeeten. Kurz vorher begann ich zu laufen – jedenfalls beschleunigte ich meine Schritte zu einem passablen Galopp. Ich stapfte über den weichen Boden der Tulpenbeete, hielt aber an, sobald ich wieder Rasen unter mir hatte, und setzte den Sack ab.

Obwohl ich eine ziemlich gute Kondition habe, atmete ich nun heftig, und es dauerte einige Minuten, ehe ich mich soweit erholt hatte, daß ich fortfahren konnte.

Ich machte sparsamen Gebrauch von der Taschenlampe, bis ich das Marmorkitz gleich hinter den Blumenbeeten gefunden hatte, öffnete Eloises Schmuckkästchen, verstreute seinen Inhalt auf dem Rasen gleich neben dem Kitz und schleuderte das Kästchen hinterher.

Dann hieb ich mit der Taschenlampe heftig auf eine nahe Steinbank ein, bis Glas und Birne zersprangen und das Licht ausging. Ich ließ die Lampe dort liegen und trug den Düngersack zurück ins Gärtnerhäuschen.

Als ich ins Haus zurückkehrte, stopfte ich Schuhe und Gummihandschuhe in die Verbrennungsanlage im Keller, ging wieder hinauf in mein Schlafzimmer, zog mich aus und konnte schließlich einschlafen.

Am Morgen wurde ich von einem heftigen Klopfen an meiner Tür geweckt. Es war eines der Dienstmädchen. Sie hatte Eloises Leiche entdeckt.

Ich rief sogleich die Polizei an.

Sobald die Polizisten eintrafen – nach und nach, bis sie in hinlänglicher Zahl anwesend waren –, begann man, mich auszufragen, und gab sich Mühe, das Verbrechen zu rekonstruieren.

Nach einer Weile gesellte sich ein gewisser Lieutenant

Randall zu mir in die Bibliothek, um über den vermutlichen Tathergang zu berichten.

»Wir nehmen an, daß es ein Einbrecher war. Er schlich sich ins Zimmer und durchsuchte die Kommode Ihrer Frau. Als sie erwachte, geriet er offenbar in Panik, griff nach dem Nächstliegenden – zufälligerweise der Schürhaken – und brachte sie um.«

Ich zeigte mich angemessen bestürzt.

»Er schnappte sich das Schmuckkästchen Ihrer Frau und lief damit über den Balkon in den Garten. Wir fanden seine Fußabdrücke da unten in einem Blumenbeet. Es war ein Mann etwa Ihrer Größe.«

»Ach«, sagte ich. »Hat man ihn gesehen?«

»Nein. Wir schließen das aus den Fußabdrücken, sobald wir die Schrittlänge gemessen haben.«

Ich nickte. »Etwa meine Größe und mein Gewicht.«

»Ihre Größe, ja; ihr Gewicht, nein. Wir können das aus der Tiefe des Fußabdrucks schließen. Es muß ein ziemlich schwerer Mann gewesen sein. Vielleicht sogar ein dicker Mann.«

Ich blieb beeindruckt.

»Wir fanden Schmuck und ein Schmuckkästchen bei einem Marmorkitz dort hinten. Offenbar ist er gerannt, und das sollte man nachts auf unbekanntem Gelände nicht tun, selbst wenn man eine Taschenlampe dabeihat. Er stolperte über das Kitz, und der Schmuck verstreute sich auf dem Boden. Er wollte keine Zeit damit verlieren, im Dunkeln danach herumzutasten, also sprang er auf und lief weiter.«

»Im Dunkeln herumtasten? Sagten Sie nicht, er hätte eine Taschenlampe gehabt?«

»Es war nicht gerade sein Glückstag. Als er hinfiel, flog

ihm die Taschenlampe aus der Hand und zerbrach an einer Steinbank.«

Randall schien sehr mit sich zufrieden. »Wir haben den Schmuck eingesammelt, soweit wir ihn finden konnten. Würden Sie bitte nachsehen und überprüfen, ob was fehlt?«

»Das kann ich Ihnen wirklich nicht sagen. Außerdem ist es völlig belanglos. Es war Eloises Reiseschmuck. Alles nur Glas, oder woraus man auch immer heutzutage Imitationen herstellt. Die Originale bewahrte sie in einem Schließfach ihrer Bank auf.«

Aus seiner Haltung schloß ich, daß Randall mich niemals für einen Hauptverdächtigen gehalten hatte, von Anfang an nicht. Vielleicht traute er mir keinen brutalen Mord oder ein gewalttätiges Verbrechen zu.

Trotzdem wollte er noch einige Dinge wissen. »Sie und Ihre Frau hatten getrennte Schlafzimmer?«

Mag sein, daß ich ein wenig errötete. »Ja.«

»Wie lange waren Sie verheiratet?«

»Fast vier Jahre.«

»Wie alt war Ihre Frau?«

»Einundsechzig.«

Dann kam die unvermeidliche Frage. »Und wie alt sind Sie, Sir?«

Ich strahlte stolz. »Vierundsiebzig. Aber ich passe gut auf mich auf. Mein Vater starb mit hunderteins, meine Mutter mit achtundneunzig.«

Ja, ich komme aus einer langlebigen Familie, und ich habe noch recht viele Jahre vor mir, doch keinen Tag davon werde ich in Dschibuti, Karatschi oder Kuala Lumpur verbringen.

Als die Polizei mich verließ, zog ich meine Pantoffeln an und setzte mich in einen bequemen Sessel am Kamin in der Bibliothek. Ich schlug ein gutes Buch auf.

Also, *das* ist eine Art zu reisen!

Der dritte Anruf

Um genau 13.20 Uhr rief ich die Stevenson High School an und wurde zu Direktor Morrison durchgestellt.

Ich sprach durch das Taschentuch über der Sprechmuschel. »Dies ist kein Witz. In fünfzehn Minuten explodiert in Ihrer Schule eine Bombe.«

Einige Sekunden blieb es am anderen Ende der Leitung still, dann hörte ich Morrisons wütende Stimme: »Wer ist da?«

»Das ist jetzt nicht so wichtig. Diesmal meine ich es ernst. In fünfzehn Minuten geht eine Bombe hoch.«

Und dann legte ich auf.

Ich verließ die Tankstelle, überquerte die Straße und ging zurück aufs Revier. Ich fuhr mit dem Fahrstuhl in den dritten Stock.

Mein Partner, Pete Torgeson, telefonierte gerade, als ich den Bereitschaftsraum betrat.

Er sah auf. »Stevenson High School hat schon wieder einen dieser Anrufe erhalten, Jim. Morrison läßt die Schule erneut evakuieren.«

»Hast du den Sprengstoffexperten Bescheid gesagt?«

»Ich bin gerade dabei.« Er wählte zu Ende und gab Zimmer 121 die Details.

Eintausendachthundert Schüler gingen auf die Stevenson, und als wir eintrafen, standen sie alle vor dem Gebäude.

Ihre Lehrer befolgten die Anweisungen, die wir ihnen nach den letzten beiden Anrufen gegeben hatten, und hielten einen Abstand von mindestens zweihundert Metern zur Schule ein.

Direktor Morrison war ein großer Mann mit grauem Haar und randloser Brille. Er trennte sich von einer Gruppe Lehrer auf dem Bürgersteig und ging uns entgegen. »Der Anruf kam genau um zwanzig nach eins«, sagte er.

Das Bombenräumkommando und zwei Streifenwagen hielten hinter unserem Wagen.

Mein Sohn Dave lehnte mit einem halben Dutzend Kumpel am Drahtzaun. Er winkte. »Was ist los, Dad? Noch ein Bombenalarm?«

Ich nickte. »Wollen hoffen, daß es auch diesmal nur ein Fehlalarm ist.«

Dave grinste. »Mir macht das nichts aus. Wir sollten gerade eine Arbeit in Geschichte schreiben.«

Morrison schüttelte den Kopf. »Ich fürchte, für die meisten Schüler ist dies bloß eine willkommene Abwechslung.«

Aus dem Revier traf weitere Verstärkung ein, und wir begannen mit der Durchsuchung des Gebäudes. Um halb drei waren wir mit der Arbeit fertig, und ich ging zu Morrison zurück. »Wieder Fehlanzeige. Wir haben nichts gefunden.«

Morrison schickte die Schüler in ihre Klassenzimmer zurück und führte Torgeson und mich dann in sein Büro.

»Haben Sie die Stimme erkannt?« fragte Torgeson.

Morrison setzte sich an seinen Tisch. »Nein. Sie klang gedämpft und undeutlich, genau wie beim letzten Mal.

Aber es war eine männliche Stimme. Das weiß ich genau.« Er seufzte. »Ich lasse sofort die Anwesenheitslisten überprüfen. Sind Sie sicher, daß es ein Schüler war?«

»In einem solchen Fall kann man fast immer davon ausgehen«, sagte Pete. »Ein Junge beginnt, einen Lehrer oder die ganze Schule zu hassen, weil er schlechte Zensuren bekommt. Also versucht er auf diesem Weg, so etwas wie Rache zu nehmen. Vielleicht hält er das Ganze auch nur für einen großartigen Jux.«

Man brachte Morrison die Anwesenheitslisten. Er überflog sie und reichte sie dann an uns weiter. »Einundneunzig fehlen. Die durchschnittliche Anzahl.«

Pete und ich überprüften die Namen der abwesenden Schüler. Ich wußte, daß Bob Fletcher dazugehörte, aber das war unwichtig. Ich hoffte, daß Lester Baines am Nachmittag zur Schule zurückgekehrt war.

»Fletcher ist dabei«, sagte Pete. »Aber der kommt natürlich nicht in Frage.« Sein Blick wanderte erneut über die Liste. »Und Lester Baines fehlt.« Er sah sich die übrigen Namen an, blickte dann auf und lächelte. »Nur Lester Baines. Er ist unser Mann.«

Morrison ließ Lesters Akte hereinbringen. Beim Lesen schüttelte er den Kopf. »Er ist siebzehn. Keine disziplinarischen Probleme, aber er fehlt oft. Seine Zensuren sind ziemlich schlecht. Im letzten Halbjahr ist er in zwei Fächern durchgefallen.«

Pete sah Morrison über die Schulter. »Kennen Sie ihn?«

Morrison lächelte matt. »Nein. Ein Direktor kennt weniger Schüler als jeder Lehrer.«

Torgeson steckte sich eine Zigarre an. »Sieht aus, als wären wir mit der Sache hier fertig, Jim. Kannst ruhig fröhlicher dreinschauen.«

Ich stand auf. »Mir gefällt es einfach nicht, wenn ein Junge in Schwierigkeiten gerät.«

Wir fuhren zum Haus der Baines, einem mittelgroßen, zweistöckigen Gebäude, das sich kaum von den anderen Häusern der Straße unterschied.

Mr. Baines war groß und hatte blaue Augen. Das Lächeln verschwand aus seinem Gesicht, als er die Tür öffnete. »Sie schon wieder?«

»Wir hätten gern mit Ihrem Sohn gesprochen«, sagte Pete. »Lester war heute nicht in der Schule. Ist er krank?«

Baines' Augenlider zuckten, dann fragte er: »Warum?«

Pete lächelte matt. »Wir kommen wegen der gleichen Sache wie beim letzten Mal.«

Widerstrebend ließ Baines uns eintreten. »Lester ist im Drugstore. Er kommt in ein paar Minuten zurück.«

Torgeson setzte sich auf die Couch. »Ich dachte, er ist krank?«

Baines musterte uns eingehend. »Er ist erkältet. Ich hielt es für besser, ihn heute zu Hause zu behalten. Aber es geht ihm nicht so schlecht, daß er nicht auf eine Cola in den Drugstore gehen kann.«

Petes Gesicht zeigte keine Regung. »Wo war Ihr Junge heute morgen um halb elf?«

»Er war genau hier«, fauchte Baines. »Und er hat niemanden angerufen.«

»Woher wissen Sie das?«

»Heute ist mein freier Tag. Ich war die ganze Zeit mit Lester zusammen.«

»Wo ist Ihre Frau?«

»Im Augenblick ist sie einkaufen. Aber um halb elf war sie hier. Lester hat niemanden angerufen.«

Pete lächelte. »Das will ich hoffen. Und wo war Lester um zwanzig nach eins?«

»Genau hier«, sagte Baines wieder. »Meine Frau und ich können das beschwören.« Er runzelte die Stirn. »Gab es heute zwei Anrufe?«

Pete nickte.

Wir saßen im Wohnzimmer und warteten. Baines wand sich unruhig in seinem Sessel und stand dann auf. »Ich bin gleich zurück. Ich muß nur oben nach den Fliegengittern sehen.«

Pete blickte ihm nach, als er das Zimmer verließ, und drehte sich dann zu mir um. »Du überläßt mir das Reden, Jim?«

»Für so etwas braucht es keine zwei Leute, Pete.«

Er steckte sich eine Zigarre an. »Nun, es kehrt sich alles zum Guten. Über diese Sache brauchen wir keinen Schlaf mehr zu verlieren.« Neben ihm stand ein Tisch mit einem Telefon. Er nahm ab und hörte zu. Nach einer Weile legte er die Hand über die Sprechmuschel. »Baines ist am oberen Apparat. Er telefoniert in der Gegend herum. Er weiß nicht, wo sein Sohn ist.«

Pete hörte weiter zu und lächelte kurz darauf. »Jetzt spricht er mit seiner Frau. Sie ist im Supermarkt. Er erzählt ihr von uns. Sie soll sagen, daß Lester den ganzen Tag zu Hause war und niemanden angerufen hat.«

Ich sah aus dem Panoramafenster, als ein blonder Teenager auftauchte und sich dem Haus näherte.

Torgeson hatte ihn ebenfalls entdeckt und legte den Hörer auf. »Da ist Lester ja. Reden wir rasch einige Worte mit ihm, ehe sein Vater herunterkommt.«

Lester Baines hatte einen frischen Sonnenbrand, und er trug ein eingerolltes Handtuch unterm Arm. Sein fröhliches Gesicht verzog sich, als er das Haus betrat und uns sah.

»Wo bist du gewesen, Lester?« fragte Pete. »Wir wissen, daß du nicht in der Schule warst.«

Lester schluckte. »Ich habe mich heute morgen ziemlich miserabel gefühlt, deshalb bin ich zu Hause geblieben.«

Pete wies auf das Handtuch unter seinem Arm. »Ist das etwa eine nasse Badehose?«

Lesters Gesicht lief ein wenig an. »Na ja – gegen neun heute morgen schien alles wieder okay zu sein. Vielleicht war ich doch nicht erkältet. Ich meine, vielleicht war es nur eine Allergie oder so, die dann abgeklungen ist.« Er holte tief Luft. »Also beschloß ich, schwimmen zu gehen und ein bißchen braun zu werden.«

»Den ganzen Tag lang? Hast du keinen Hunger gehabt?«

»Ich habe mir ein paar belegte Brote mitgenommen.«

»Mit wem warst du zusammen?«

»Mit niemandem. Ich war allein.« Nervös verlagerte er sein Gewicht von einem Fuß auf den anderen. »Hat es noch einen von diesen Anrufen gegeben?«

Pete lächelte. »Warum bist du am Nachmittag nicht wieder zur Schule gegangen, wenn du dich so gut gefühlt hast?«

Lesters Hände kneteten das Handtuch. »Ich wollte ja. Aber ehe ich mich's versah, war es nach ein Uhr, und da wäre ich dann sowieso nicht mehr rechtzeitig gekommen.« Lahm schloß er: »Also dachte ich mir, ich schwimme noch ein bißchen.«

»Wenn du nur vormittags schwimmen wolltest, warum hast du dann belegte Brote mitgenommen?«

Lesters Gesicht wurde noch um eine Spur dunkler, und

endlich entschloß er sich, die ganze Wahrheit zu sagen. »Ich hatte heute keine Erkältung. Ich bin einfach nicht zur Schule gegangen. Mom und Dad wissen nichts davon. Wir sollten heute morgen eine Arbeit in Staatsbürgerkunde und nachmittags eine in Geschichte schreiben, und ich weiß, daß ich sie beide verpatzt hätte. Da habe ich mir gedacht, daß ich morgen in der Nachholarbeit eine bessere Chance hätte, wenn ich heute abend büffeln würde.«

Wir hörten Schritte auf dem Teppich und warteten.

Baines blieb stehen, als er seinen Sohn bei uns sah. »Sag ihnen gar nichts, Lester. Überlaß mir das Reden.«

»Ich fürchte, dafür ist es jetzt zu spät«, sagte Pete. »Ihr Junge hat zugegeben, daß er heute nicht hier im Haus war.«

Lesters Stimme verriet Panik. »Ich habe keinen dieser Anrufe gemacht. Ehrlich nicht.«

Baines stellte sich neben seinen Sohn. »Warum hacken Sie so auf Lester herum?«

»Wir hacken nicht auf Lester herum«, sagte Pete. »Aber wir sind uns ziemlich sicher, daß einer der Schüler die Anrufe gemacht hat. Alle Anrufe erfolgten jedoch während der Unterrichtszeit. Und das bedeutet, daß es nur ein Schüler gewesen sein kann, der gefehlt hat.«

Baines schien nicht beeindruckt. »Sicher war Lester nicht der einzige, der heute gefehlt hat.«

Pete gab ihm recht, fuhr aber fort. »Der erste der drei Anrufe kam vor achtzehn Tagen. Wir überprüften damals die Anwesenheitsliste von Stevenson und stellten fest, daß an dem Tag sechsundneunzig Schüler fehlten. Zweiundsechzig davon waren Jungen, und wir haben mit allen geredet – auch mit Ihrem Sohn. Ihr Junge war damals wegen einer Erkältung zu Hause geblieben – allein. Sie waren zur

Arbeit und Ihre Frau auf der Geburtstagsparty einer Freundin. Wie dem auch sei, Ihr Sohn hat bestritten, den Anruf gemacht zu haben, und wir hatten keinen Grund, an seinen Worten zu zweifeln.«

Lester wandte sich hilfesuchend an seinen Vater. »Ich *habe* diesen Anruf nicht gemacht, Dad. Ich würde so etwas nie tun.«

Baines schaute ihm kurz in die Augen und wandte sich dann wieder mit ausdrucksloser Miene an uns.

Pete fuhr fort. »Der zweite Anruf erfolgte heute morgen um halb elf. Wir haben wieder die Anwesenheitsliste überprüft und fanden heraus, daß nur drei Jungen sowohl am heutigen Morgen wie am Tag des ersten Telefonanrufs gefehlt haben.«

Auf Baines Gesicht zeigte sich ein Anflug von Hoffnung. »Haben Sie die anderen beiden Jungen überprüft?«

»Wir wollten gerade damit beginnen, als heute nachmittag ein weiterer Bombenalarm ausgelöst wurde, der uns die Mühe ersparte. Einer der drei Verdächtigen war am Nachmittag zur Schule zurückgekehrt und konnte deshalb nicht angerufen haben.«

»Was ist mit dem anderen Jungen?« wollte Baines wissen.

»Er liegt im Krankenhaus.«

Baines klammerte sich daran. »Krankenhäuser haben Telefone.«

Torgeson lächelte schwach. »Der Junge hat sich mit Scharlach angesteckt, als er mit seinen Eltern am letzten Wochenende außer Landes war. Er liegt in einem Krankenhaus fünfhundert Meilen von hier – und die Anrufe waren Ortsgespräche.«

Baines wandte sich an seinen Sohn.

Lester wurde blaß. »Du weißt, daß ich dich niemals anlüge, Dad.«

»Natürlich tust du das nicht, Junge.« Aber Baines Miene verriet leichte Zweifel.

Die Haustür wurde geöffnet, und eine Frau mit kastanienbraunem Haar kam herein. Sie war blaß im Gesicht, wirkte aber sehr energisch, und sie brauchte einen Augenblick, um zu Atem zu kommen.

»Ich war nur einen Moment einkaufen. Ansonsten war ich den ganzen Tag hier. Ich kann bestimmt über jede Sekunde von Lesters Tagesablauf Rechenschaft ablegen.«

»Mom«, sagte Lester kläglich. »Es hat keinen Sinn. Ich habe die Schule geschwänzt, und sie wissen Bescheid.«

Pete griff nach seinem Hut. »Ich möchte, daß Sie beide heute abend mit Ihrem Sohn reden. Ich bin mir sicher, daß Sie das viel besser können als wir.« Er legte eine unserer Karten auf den Tisch. »Wir würden Sie alle drei gern morgen früh um zehn Uhr auf dem Revier sehen.«

Als wir losfuhren, sagte Pete: »Es wird keine leichte Sache, wenn sie sich entschließen, für ihren Sohn zu lügen.«

»Und wenn es keiner von der Schule war?«

»Das wäre zu schön. Aber du und ich, wir wissen, die Chancen stehen neunundneunzig zu eins, daß der Täter zu den Schülern gehört.« Pete seufzte. »Ich mag so etwas nicht. Ein Bombenalarm ist schlimm genug, aber was jetzt mit der Familie geschieht, ist noch viel schlimmer.«

Ich verließ das Revier um fünf und war kurz nach halb sechs zu Hause.

Meine Frau Nora stand in der Küche. »In der Zeitung

stand, daß es heute morgen wieder einen Bombenalarm in der Stevenson gegeben hat.«

Ich gab ihr einen Kuß. »Und heute nachmittag noch einen. Der kam für die heutige Ausgabe zu spät.«

Sie hob den Deckel vom Bratentopf. »Hast du herausgefunden, wer der Anrufer ist?«

Ich zögerte einen Augenblick. »Ja. Ich glaube, das haben wir.«

»Wer denn?«

»Ein Schüler. Ein gewisser Lester Baines.«

Ihre Miene verriet Mitleid. »Warum macht er das nur?«

»Ich weiß nicht. Er hat die Anrufe noch nicht zugegeben.«

Sie musterte mich. »Du siehst müde aus, Jim. War es heute schlimmer als sonst?«

»Ja. Viel schlimmer.«

Sie blickte sorgenvoll drein, lächelte dann aber. »Abendessen ist gleich fertig. Warum rufst du nicht Dave herein? Er ist draußen in der Garage und versucht, seinen Wagen wieder flottzumachen.«

Dave hatte den Vergaser ausgebaut. Er blickte vom Werktisch auf. »Hi, Dad. Du siehst aus, als hätte dir die Hitze ganz schön zugesetzt.«

»Es war ein harter Tag.«

»Hast du den Bösewicht gefunden?«

»Das will ich hoffen.«

Dave hatte die grauen Augen seiner Mutter. Er runzelte die Stirn. »Wer ist es?«

»Ein Junge namens Lester Baines. Kennst du ihn?«

Dave starrte auf die Teile vor sich. »Sicher.«

»Was ist er für ein Junge?«

Dave zuckte die Achseln. »Ich kenne ihn nur so vom

Sehen. Scheint in Ordnung.« Er zog noch immer die Stirn kraus. »Hat er zugegeben, daß er die Anrufe gemacht hat?«

»Nein.«

Dave griff nach dem Schraubenzieher. »Wie bist du auf ihn gekommen?«

Ich erzählte ihm, welche Methode wir angewandt hatten.

Eine Schraube schien Dave Probleme zu bereiten. »Steckt er in großen Schwierigkeiten?«

»Dazu könnte es kommen.«

»Was glaubst du, was mit ihm geschieht?«

»Ich weiß nicht. Er hat vorher noch keinen Ärger gemacht. Vielleicht bekommt er Bewährung.«

Dave dachte darüber nach. »Vielleicht hat er es nur aus Jux gemacht. Es ist ja keiner verletzt worden, meine ich. Er hat doch nur eine Weile die Schule ausfallen lassen.«

»Es hätte viele Verletzte geben können«, sagte ich. »Und wenn es eine Panik gegeben hätte, wäre es kein Jux mehr gewesen.«

Dave sah ein wenig trotzig drein. »Wir proben doch ständig Feueralarm. Das läuft wie am Schnürchen.«

Ja, und darauf hatte ich mich verlassen, als ich anrief. Ich hatte nicht gewollt, daß irgend jemand verletzt wurde.

Dave legte den Schraubenzieher hin. »Glaubst *du*, daß Lester es getan hat?«

»Er könnte der Täter gewesen sein.«

Ja, Lester Baines hätte die ersten beiden Anrufe machen können. Und ich hatte den dritten gemacht.

Dave schwieg eine Weile. »Als die Schule den ersten Anruf erhielt, Dad, hast du da mit allen Jungen gesprochen, die gefehlt haben?«

»Ich selbst nicht. Aber die Jungs vom Dezernat haben sich mit allen unterhalten.«

Dave verzog sein Gesicht zu einem feinen, gequälten Lächeln. »Ich habe an dem Tag gefehlt, Dad. Mit mir hat keiner geredet.«

»Ich hielt das nicht für nötig, Sohn.«

Hatte ich auch nicht. Die Jungen anderer Väter mochten so etwas tun, aber nicht mein Junge. Doch jetzt wartete ich.

Widerstrebend sprach Dave. »Ich habe heute morgen auch gefehlt.«

»Ja«, sagte ich.

Er sah mir in die Augen. »Und wie viele Jungen waren dann noch übrig?«

»Drei«, sagte ich. »Aber einer von ihnen hat den Anruf unmöglich machen können. Er liegt in einem Krankenhaus in einem anderen Staat.« Ich beobachtete Dave. »Und damit blieben uns nur noch zwei Verdächtige. Lester Baines – und du.«

Dave brachte mit Mühe ein Grinsen zustande. »Hab ich ein Glück, he? Ich war heute nachmittag in der Schule, als der dritte Anruf kam, und damit blieb nur der arme Lester übrig.«

»Das stimmt. Der arme Lester.«

Dave leckte sich über die Lippen. »Hält Lesters Dad zu ihm?«

»Natürlich. Dafür sind Dads doch da.«

Dave schien ein wenig ins Schwitzen zu geraten. Schweigend arbeitete er ein oder zwei Minuten am Vergaser. Dann seufzte er und schaute mich an. »Dad, ich glaube, du fährst mich besser aufs Revier. Lester hat diese Anrufe nicht gemacht. Ich war das.« Er holte tief Luft.

»Ich habe es aus Spaß gemacht. Ich wollte ein bißchen Schwung in den Laden bringen. Ich habe mir nichts Schlimmes dabei gedacht.«

Ich hatte diese Worte nicht hören wollen, und trotzdem war ich jetzt stolz darauf, einen Sohn zu haben, der andere nicht für seine Fehler büßen lassen wollte.

»Aber Dad, ich habe nur die beiden ersten Anrufe gemacht. Nicht den heute nachmittag.«

»Ich weiß. Den Anruf habe ich selbst gemacht.«

Seine Augen weiteten sich vor Erstaunen. Und dann verstand er. »Du wolltest mich decken?«

Ich lächelte müde. »Ich hätte das nicht tun sollen, aber ein Vater denkt nicht immer besonders logisch, wenn es um seinen Sohn geht. Und ich hatte gehofft, es würde sich doch noch herausstellen, daß Lester der Schuldige ist.«

Dave wischte sich die Hände an einem Lumpen ab, und einige Augenblicke herrschte Schweigen.

»Vielleicht ist es besser, wenn ich behaupte, daß ich alle drei Anrufe gemacht habe, Dad«, sagte Dave. »Es hat doch keinen Sinn, daß wir alle in Schwierigkeiten geraten.«

Ich schüttelte den Kopf. »Danke, Sohn. Ich sage Ihnen schon, was ich getan habe.«

Und als Dave mich jetzt ansah, hatte ich das Gefühl, als sei er irgendwie auch stolz auf mich.

»Laß uns zuerst zu Abend essen«, sagte ich. »Und dann rufen wir Lesters Vater an. Die halbe Stunde wird wohl keinen großen Unterschied mehr machen.«

Dave lächelte gequält. »Für Lester und seinen Dad schon.«

Ich rief an, sobald wir im Haus waren.

Täuschungsmanöver

Amos McNalley nahm den Hörer ab. »Hallo?«
Eine Männerstimme fragte: »Mr. Amos McNalley?«

»Ja.«

»Ich heiße Hamilton. James Hamilton. Ich bin Vizepräsident der First National Bank im Southview Shopping Center.«

McNalley war Mitte Siebzig, hochgewachsen und schlank. Er nickte: »Das ist meine Bank.«

»Soweit ich weiß, Mr. McNalley, sind Sie in dieser Gegend ein angesehener Mann. Ein Mann, dem man vertrauen kann.«

»Ich denke schon. Warum?«

»Ich... *wir* benötigen Ihre Hilfe, Mr. McNalley. Ihre Mitarbeit.«

»Was haben Sie für ein Problem?«

»Wir haben einen Angestellten – einen Kassierer – in unserer Bank, der... wie soll ich sagen... dem wir... nicht recht *trauen.*«

»Was ist mit ihm?«

»Wir glauben, daß er seine Abrechnungen frisiert. Wenn zum Beispiel ein Kunde tausend Dollar von seinem Konto abhebt, vermerkt dieser Kassierer eine Abhebung von elfhundert Dollar und steckt die übrigen einhundert Dollar in die eigene Tasche.«

»Hört sich ziemlich einfältig an. Warum sitzt er nicht hinter Gittern?«

»Er geht *äußerst* raffiniert vor, Mr. McNalley. Irgendwie gelingt es ihm, diese Fehlbeträge zu vertuschen, ehe wir abends seine Bücher prüfen können. Das ist alles reichlich *technisch,* Mr. McNalley, und würde zu lange dauern, um es Ihnen zu erklären. Wir – die leitenden Angestellten dieser Zweigstelle und ich – sind jedoch zu der Auffassung gelangt, daß es am besten ... am *sichersten* wäre, wenn man den Betrüger auf frischer Tat ertappen könnte.«

»Wahrscheinlich«, sagte McNalley. »Doch was hab ich damit zu tun?«

»Sie haben ... warten Sie ... Ihre Unterlagen liegen hier irgendwo auf meinem Tisch ... um die zehntausend Dollar auf Ihrem Sparkonto?«

»Fünftausendzweihundertsechsundfünfzig Dollar und ein paar Cents«, sagte McNalley. »Der Rest ist fest angelegt. Da komme ich nur jedes halbe Jahr ran. Dachte schon daran, mein ganzes Geld fest anzulegen.«

»Ein sehr vernünftiger Gedanke, Mr. McNalley. Doch im Augenblick ... Aha, ja, jetzt habe ich Ihre Unterlagen hier. Fünftausendzweihundertsechsundfünfzig. Und ein paar Cents. Da kommt doch schließlich auch einiges zusammen, nicht wahr?«

»Um welchen Kassierer handelt es sich? Bei Ihnen arbeiten drei oder vier, wenn ich mich recht erinnere.«

»Seinen Namen sollte ich wohl besser nicht nennen. Sie wissen ja, wie sich die Gerichte heutzutage schon bei den dümmsten Kleinigkeiten anstellen. Doch wenn Sie zum Schalter gehen, an dem Sie ein junger Mann Ende Zwanzig bedient, schwarzes Haar, Schnäuzer ...«

»Natürlich«, sagte McNalley. »Wissen Sie, dem hab ich noch nie über den Weg getraut. Ich weiß ja, man soll nicht bloß nach dem Äußeren gehen, aber den mag ich einfach nicht.«

»Vielleicht können Sie sich besser auf Ihren Instinkt verlassen, als Sie glauben. Es ist jetzt kurz nach neun Uhr. Wir – die leitenden Angestellten der Bank und ich – möchten, daß Sie um Punkt zehn an den Schalter dieses Kassierers gehen und fünftausend Dollar von Ihrem Konto abheben.«

»Fünftausend Dollar?«

»Wir wollen ja nicht, daß Sie sich diese Mühe *umsonst* machen, Mr. McNalley. Wir werden dafür sorgen, daß Sie für Ihre Mithilfe bei der Festnahme dieses Verbrechers zweihundert Dollar bekommen.«

»Zweihundert Dollar?« McNalley rieb sich das Kinn. Eine Weile herrschte Schweigen. »Und wenn ich diese fünftausend Dollar abhebe, was dann?«

»Sie stecken die Scheine in einen Umschlag, verlassen die Bank und gehen zu dem kleinen Park im Shopping Center.«

»Zum Darrow Square?«

»Ja, genau. Und da setzen Sie sich auf eine Bank und warten auf mich. Ich werde in fünf oder zehn Minuten dort sein.«

»Soll ich mich auf eine bestimmte Bank setzen?«

»Nein, irgendeine. Ich werde Sie schon erkennen. Wenn ich mich zu Ihnen setze, geben Sie mir den Umschlag.«

»Gebe ich Ihnen den Umschlag?«

»Ja, wissen Sie, das ist der *Beweis,* und den brauchen wir.«

»Aber …«

»Sie haben überhaupt nichts zu befürchten, Mr. McNalley. Unsere Bank *bürgt* für den gesamten Betrag.

Es handelt sich nur um ein technisches Detail, damit dem Gesetz Genüge getan wird. Wir brauchen das Geld, damit die Polizei die Verhaftung vornehmen kann. Ich werde Ihnen gleich danach das Geld zurückgeben. Die ganze Sache sollte nicht länger als eine halbe Stunde dauern. Und vergessen Sie nicht, daß wir Ihnen *zwei*hundert Dollar für Ihre Mitarbeit zahlen. Kein schlechter Zinssatz, wenn Sie bedenken, daß Sie uns die fünftausend Dollar nur eine halbe Stunde leihen, finden Sie nicht?«

»Wollen Sie, daß ich auf dem Darrow Square bleibe, bis Sie mit dem Geld zurück sind?«

»Ganz genau, Mr. McNalley. Sie bleiben dort, bis ich zurückkomme.«

Der Mann in der Telefonzelle, der sich als Hamilton vorgestellt hatte, wartete exakt drei Minuten und wählte dann noch einmal McNalleys Nummer.

»Hallo?« antwortete McNalley.

Hamilton konnte seine Stimme geschickt verstellen. »Ist Bill da?«

»Bill? Hier gibt es keinen Bill.«

»Ist das nicht 674-4778?«

»Nein. Hier ist 675-4779.«

»Entschuldigung, da muß ich mich verwählt haben.«

Er wartete noch einmal drei Minuten und wählte dann wieder McNalleys Nummer. Als er McNalleys Telefon klingeln hörte, legte er auf.

Gut. Beide Male nicht besetzt.

Wenn die Trottel nicht in den ersten fünf oder sechs Minuten die Polizei anriefen, hatte er sie mit ziemlicher Sicherheit an der Angel.

Hamilton ging zurück an die Bar und bestellte sich einen Whiskey mit Soda.

Er saß auf diesem Barhocker, von dem aus er die Vorderseite von McNalleys dreistöckigem Mietshaus beobachten konnte. Eine solche zusätzliche Rückversicherung leistete er sich jedesmal. Schon mehr als einmal war der Streifenwagen vorgefahren, wenn sein Gimpel im nachhinein doch noch mißtrauisch geworden war und die Polizei angerufen hatte.

Hamilton nippte an seinem Drink.

Warum fielen sie nur so oft darauf rein?

Unkenntnis, Dummheit, das Alter? Manchmal alles zusammen?

Gestern hatte Hamilton den Vormittag in der Schalterhalle der Zweigstelle der First National im Southview Shopping Center zugebracht. Er behielt die Kasse im Auge. Es war Monatsanfang, der zweite Tag, und wie gewöhnlich ging es ziemlich hektisch zu, da die Renten- und Sozialversicherungsschecks eingelöst wurden.

Seine Wahl fiel auf Amos McNalley.

McNalley paßte ins Schema. Siebzig oder älter. Gut gekleidet. Gepflegt.

Hamilton war ihm gefolgt, als McNalley die Bank verließ.

Mit raschem Schritt eilte McNalley an vier Häuserblocks vorbei, ehe er im dreistöckigen Mietshaus verschwand.

Hamilton hielt einen Häuserblock Abstand und rang keuchend nach Luft, als er im engen Flur stand und die Namen auf den spiegelblanken Briefkästen las.

Anscheinend war die Post gerade gekommen. In allen Fächern lag Post, nur in einem nicht. Offenbar hatte Amos McNalley seinen Briefkasten geleert, ehe er zu seiner Wohnung hinaufgegangen war.

Hamilton blickte auf seine Uhr, als Amos McNalley das Haus verließ und sich auf den Weg zum Shopping Center machte.

Rasch kippte Hamilton seinen Drink hinunter und folgte McNalley. Ihm ging schon wieder die Luft aus, als McNalley die Zweigstelle der First National betrat.

Kaum zehn Minuten später verließ McNalley das Gebäude. Blinzelnd betrachtete er einen Augenblick lang den grünen Platz und die Parkbänke, wählte eine aus und setzte sich.

Hamilton wartete noch einmal fünf Minuten, dann ging er zu ihm. »Mr. McNalley?«

McNalley blickte auf. »Hamilton? Der Vizepräsident der Bank?«

Hamilton nickte. »Haben Sie das Geld?«

McNalley holte einen Umschlag aus der Innentasche seines Mantels. »Sie sagten etwas von zweihundert Dollar?«

»Natürlich.« Hamilton zückte seine Brieftasche und entnahm ihr zwei Hundertdollarscheine. »Bitte sehr, Sir. Die Bank möchte Ihnen für Ihre Unterstützung danken.«

Hamilton sah in den Umschlag. Die Summe schien zu stimmen. »Ich gehe jetzt zurück zur Bank, dann werden wir uns gleich um den Schurken kümmern. In einer halben Stunde sollte ich zurücksein.«

Er hatte kaum ein Dutzend Schritte zurückgelegt, als ihm jemand auf die Schulter tippte. Er drehte sich um und stand zwei Männern gegenüber, die er instinktiv als Kriminalbeamte in Zivil erkannte.

Der größere der beiden sagte: »Sie sind verhaftet. Sie haben das Recht zu schweigen. Alles, was Sie sagen…«

Hamilton schloß die Augen und hörte sich den Spruch bis zum bitteren Ende an.

McNalley gesellte sich zu ihnen und sagte zu Hamilton: »Ich habe fünfzehn Minuten gewartet, bevor ich anrief.« Er grinste. »Vierzig Jahre lang war ich bei der Polizei, dann hat man mich in Pension geschickt. Die letzten zehn Jahre war ich Chef vom Betrugsdezernat. In der Zeit hab ich so einiges über Bauernfängerei gelernt.«

Hamilton seufzte. Etwa alle fünf Jahre gab es solch einen Tag. Und er fragte sich, ob sich das alles wirklich lohnte.

Tod, Steuern und…

Ich warf einen Blick auf die Formulare. »Sie behaupten, Ihr Einkommen hätte letztes Jahr fünfunddreißigtausend Dollar betragen?«

Billings nickte. »Eine hübsche runde Summe, nicht wahr? Keine einzelnen Dollars und Pennies, die das Rechnen so kompliziert machen.«

Und dann stellte ich die Frage, die mich in sein Apartment gebracht hatte. »Mr. Billings, als Ihre Beschäftigung geben Sie ›Mörder‹ an…«

Er gluckste stillvergnügt. »Das ist richtig. Mein Beruf ist Mord.«

Ich musterte ihn kurz und schüttelte dann den Kopf. »Wir wissen Humor ebenso wie andere Menschen zu schätzen, Mr. Billings, halten die Einkommensteuererklärung aber kaum für den richtigen Anlaß.«

Billings war ein großer Mann. Und wenn er lachte, bebte sein ganzer Körper. »Sie sind neu im Amt, nicht wahr?«

»Nein«, sagte ich. »Ich arbeite dort schon seit mehreren Jahren.«

Er war ein wenig überrascht. »Normalerweise schickt man mir immer die Neulinge. Wahrscheinlich eine Art Amtseinführung.«

Ich legte die Formulare zur Seite und schlug ein Bein über das andere. »Also gut, Mr. Billings, wie lange sind Sie schon Mörder?«

Er lächelte. »Seit sechs Jahren.«

»Und Sie zahlen Ihre Einkommensteuer?«

Er nickte liebenswürdig. »So viele Menschen in ungewöhnlichen Berufen haben den Fehler gemacht, dies nicht zu tun, und die Regierung nutzte die Gelegenheit, um sich ihrer zu entledigen. Nicht gerade fair, aber so ist es nun einmal.«

»Also gut, Mr. Billings«, sagte ich. »Sie zahlen Ihre Steuern, aber als Beruf geben Sie ›Mörder‹ an. Ist das nicht ein wenig gefährlich für Sie?«

»In welcher Hinsicht?« fragte er heiter. »Die Informationen, die ich Ihrem Amt einreiche, sind vertraulich, nicht wahr?«

»Nun... ja«, sagte ich. »Laut Gesetz dürfen die Informationen nicht gegen Sie verwendet werden, ausgenommen natürlich im Falle des Steuerbetrugs.«

Er lachte dröhnend. »Aber eigentlich sind sie nicht vertraulich, nicht wahr? Nicht in Fällen wie meinem. Irgendwie gelangt die Information an die richtigen Leute. An die Polizei, zum Beispiel?«

»Vielleicht«, sagte ich.

Er beugte sich vor und schlug mir aufs Knie. »Aber was kann die Polizei schon machen? Sie wissen nicht, wer mich engagiert oder wen ich umbringe und wo oder wann ich es tue.«

»Und deshalb hält man Sie für einen Spinner?«

»Für einen Exzentriker, Mr. Taylor.« Er lächelte. »Darf ich Ihnen einen Drink anbieten? Ich weiß, Ihr Amt sieht es nicht gern, wenn Sie während der Arbeitszeit trinken, aber unter diesen Umständen vielleicht?«

»Ja«, sagte ich. »Unter diesen Umständen möchte ich einen Drink.« Ich sah ihm nach, als er an die Bar ging. »Hat Sie die Polizei nie verfolgt?«

Er suchte eine Flasche aus. »Doch, Mr. Taylor. Aber ich begehe keine Morde in dieser Stadt, meinem Basislager sozusagen. Und wenn ich fort fahre, achte ich immer mit großer Umsicht und Sorgfalt darauf, daß mir niemand folgt. Ich schlage einen Kreis, und erst wenn ich völlig überzeugt bin, daß niemand hinter mir her ist, begebe ich mich an mein Ziel und suche mir meine Klienten.«

Ich nahm den Drink an. »Sie suchen Ihre Klienten?«

Er schenkte sich Mineralwasser ein. »Ich kann natürlich nicht für mich werben. Deshalb muß ich meine Klienten suchen. Ich gehe dorthin, wo das Geld ist und wo die Menschen es bereitwillig ausgeben. Und nach ein oder zwei Wochen finde ich gewöhnlich eine Arbeit. Manchmal auch mehr als eine.«

Er setzte sich. »Glauben Sie mir, was ich Ihnen erzähle, Mr. Taylor?«

»Schon möglich«, sagte ich. »Wie viele Morde genau haben Sie in den letzten sechs Jahren begangen?«

Er dachte nach. »Dreiundzwanzig.«

»Und Ihre Methode?«

»Paßt sich den Umständen an. Ein Unfall mit Fahrerflucht zum Beispiel. Ein Sturz von einem hohen Gebäude oder einer Klippe. Vielleicht auch ein einfaches Verschwinden, so daß der Leichnam nie gefunden wird.« Mit einer Handbewegung deutete er auf sein Apartment. »Wie Sie sehen, erlaubt mir mein Beruf ein recht bequemes Leben. Und ich kann mir keinen anderen vorstellen, der mit weniger Arbeitszeit und Risiko verbunden ist.«

Ich nippte an meinem Drink. »Ich weiß einen.«

»Ja?« sagte er freundlich. »Was könnte das sein?«

»Erpressung«, sagte ich.

Das Lächeln verschwand aus seinem Gesicht und

kehrte dann zurück. »Haben Sie die Absicht, mich zu erpressen, Mr. Taylor?«

Ich nickte. »Ja.«

Er lachte. »Aber wie denn? Ich zahle meine Steuern, und das gesamte Polizeidezernat war nicht in der Lage, irgend etwas zu entdecken, das mich beunruhigen könnte.«

Ich lächelte. »Sie wissen natürlich, daß die Steuererklärung exakt und ehrlich ausgefüllt werden muß, und daß jede Unwahrheit, ob beabsichtigt oder nicht, eine Geldstrafe oder Gefängnis nach sich ziehen kann?«

»Selbstverständlich.«

»Mr. Billings«, sagte ich. »Sie haben Ihre Steuererklärung nicht korrekt ausgefüllt.«

Er runzelte die Stirn. »Natürlich habe ich das.«

Ich schüttelte den Kopf. »Sie bezeichnen sich als selbständig.«

»Und?«

»Aber das stimmt nicht, nicht wahr? Sie sind ein Angestellter. Man engagiert Sie, damit Sie Aufträge erledigen. Die Dauer Ihrer Beschäftigung mag variieren, dennoch sind Sie angestellt. Geben Sie das zu?«

Nach einem Augenblick des Nachdenkens zuckte er die Achseln. »Also gut. Dehalb wird man mich kaum ins Gefängnis stecken können. Ich werde dies in künftigen Steuererklärungen richtigstellen.«

Ich zeigte auf das Formular vor mir. »Sie haben auch Sozialabgaben bezahlt?«

Sein Lächeln kehrte zurück. »Ganz gewissenhaft. Die einzigen Personen, die von den obligatorischen Sozialabgaben befreit werden, sind Ärzte, gewisse Bundesbeamte und Personen, die weniger als vierhundert Dollar im Jahr verdienen. Ich falle wohl kaum in eine dieser Kategorien.«

»Vielleicht sind Sie daran interessiert, Geld zu sparen, Mr. Billings?« fragte ich. »Da Sie als Selbständiger geführt werden, haben Sie auf die ersten viertausendzweihundert Dollar Ihres Einkommens $3^1/_8$ % Steuern gezahlt. Von einem Angestellten aber verlangt man nur $2^1/_4$ %. Ihre Arbeitgeber müssen zusätzliche $2^1/_4$ % bezahlen.«

Er lächelte noch immer. »Aber es liegt nicht in Ihrem Interesse, mein Geld zu sparen, nicht wahr, Mr. Taylor?«

Ich nippte an meinem Drink. »Lassen Sie uns die Sache aus Sicht der Sozialversicherung sehen. Als Selbständiger zahlen Sie nur $3^1/_8$ % von viertausendzweihundert Dollar. Da Sie aber nicht selbständig sind, sollte das Amt eigentlich $4^1/_2$ % erhalten: die Hälfte von Ihnen, die andere Hälfte von Ihren Arbeitgebern.«

Seinem Gesicht war eine leichte Verwirrung anzumerken. »Wenn sich die Regierung deshalb Sorgen macht, bin ich gern bereit, einen Scheck über die Differenz auszustellen.«

Ich schüttelte den Kopf. »Die Regierung würde es sicher zu schätzen wissen, daß Sie nicht nur Ihren Anteil beitragen, sondern auch noch willens sind, mehr als das zu tun. Doch darum geht es nicht.«

»Und worum geht es dann?« wollte er wissen.

»Ihre Arbeitgeber behalten ungestraft die Sozialabgaben ein, Zahlungen, zu denen sie laut Gesetz verpflichtet sind.«

Billings schloß die Augen. »Was geht mich das an?«

»Die Regierung geht es etwas an. Sie wüßte gern ihre Namen.« Ich schwieg einen Moment. »Zumindest dann, wenn ich mir die Mühe machen sollte, die Aufmerksamkeit des Finanzamtes auf diese Angelegenheit zu lenken.«

Er schnaubte verächtlich. »Ich habe bestimmt nicht vor, die Namen zu verraten.«

Ich schüttelte den Kopf. »Dann leisten sie zu einem Gesetzesbruch Beihilfe und Unterstützung. Für so etwas gibt es festgesetzte Strafen, Mr. Billings. Und ich denke, Sie würden gewiß die Höchststrafe bekommen.« Ich lächelte. »In dreiundzwanzig Einzelfällen. Ich schätze, da werden Sie viel Zeit im Gefängnis verbringen. Vielleicht sogar den Rest Ihres Lebens.«

Ich holte einen Stift und ein Blatt Papier aus meiner Tasche. »Lassen Sie mich sehen, Mr. Billings. Im letzten Jahr haben Sie fünfunddreißigtausend Dollar verdient. Abzüglich der Steuern und der Sozialabgaben...« Ich blickte einen Moment auf. »Ich denke, Sie können es sich leisten, mir fünfhundert Dollar im Monat zu zahlen. Das ist doch fair, nicht wahr?«

Aber es war mir egal, ob er es fair fand oder nicht.

Das hat er gezahlt.

Der Havanna-Expreß

Miss Atkinson, die Chefstewardess, erschien in der Tür zum Cockpit. »Raten Sie mal, was los ist, Kapitän!«

Ich drehte mich um. Ein ziemlich dunkelhäutiger Mann stand hinter ihr mit einem Revolver in der Hand.

»Laut Passagierliste heißt er Hernandez«, sagte Miss Atkinson.

Hernandez lächelte. »Ich möchte Sie um Ihren Rat fragen, Sir.«

In Reichweite meiner Fingerspitzen lag eine 45er Automatik neben meinem Sitz versteckt. Als Reaktion auf die öffentliche Empörung nach früheren Entführungen hatte die Fluglinie ihren Chefpiloten die Waffe und einhundertsiebenundzwanzig Regeln anvertraut, die ihren Gebrauch einschränkten.

Ich übergab meinem Kopiloten das Steuer und ging ins hintere Abteil, wo Fitzhugh, mein Bordingenieur, sich zu uns gesellte.

»Wenn Sie keine Schwierigkeiten machen«, sagte Hernandez, »mache ich auch keine Schwierigkeiten. Ich möchte nur nach Havanna zurück.«

»Es wird keine Schwierigkeiten geben«, sagte ich. »Das kann ich Ihnen versichern.«

Er lächelte wieder. »Ich will Ihren Kopiloten nun anweisen, nach Kuba abzudrehen. Niemand verläßt dieses Abteil, sonst schieße ich.« Er verschwand im Cockpit.

Fitzhugh ist ein recht eifriger junger Mann. Er senkte die Stimme. »Woher will er wissen, ob wir wirklich nach Havanna fliegen oder nicht, Sir? Er hat keinen Kompaß in seinem Magen. Wir könnten doch das Flugzeug langsam wieder nach Osten drehen und Richtung Miami fliegen. Es ist stockdunkel, und nur ein erfahrener Flugzeugpilot kann die Lichter auf dem Flughafen Miami von denen in Havanna unterscheiden.«

Ich schüttelte den Kopf. »Nein. Sobald wir zur Landung ansetzen, weiß er, daß wir in Miami sind, und wahrscheinlich schießt er dann auf jeden, der ihm unter die Augen kommt.«

Fitzhugh widersprach. »Wir schicken einen Funkspruch. Bei der Landung sollen Männer in Zivil auf uns warten. Vielleicht keine schlechte Idee, sie Spanisch schwatzen zu lassen, das macht einen authentischen Eindruck, wissen Sie. Es gibt bestimmt Dutzende Spanisch sprechender Kriminalbeamte in Miami.«

»Ich verstehe«, sagte ich. »Und wenn wir gelandet sind, hört Hernandez die Männer Spanisch reden und überläßt seinen Revolver erfreut der vermeintlichen Polizei Havannas?«

»Genau.«

»Und wie wollen Sie Miami all diese Anweisungen per Funk übermitteln, wenn Hernandez danebensteht?«

Miss Atkinson warf sich in die Bresche. »Ich locke Hernandez nach hinten.«

»Und wie wollen Sie da vorgehen?«

Sie sah mich mitleidig an. »Kapitän, er ist ein Mann, und ich bin eine Frau.«

Ich lächelte und sagte bestimmt: »Miss Atkinson, bis jetzt scheint sich Hernandez damit zufriedenzugeben, einfach nur dieses Flugzeug zu entführen. Bringen Sie ihn bitte nicht auf andere Gedanken. Schließlich hat er eine Waffe und hält somit für jeden, der etwas Phantasie besitzt, die *carte blanche* in der Hand.«

»Ich wollte ihn nicht ganz bis in den Gepäckraum locken«, sagte Miss Atkinson. »Nur bis zur Bordküche. Zur Not kann ich mich immer noch auf mein Judo verlassen.«

»Nein«, sagte ich. »Ich werde weder die Sicherheit, das Wohlergehen noch die Moral eines Crew-Mitglieds riskieren. Besonders nicht einer Stewardess.«

Fitzhugh meldete sich mit einem weiteren Vorschlag. »Warum fallen wir nicht einfach über ihn her, wenn er aus dem Cockpit kommt?«

Ich lächelte grimmig. »Haben Sie je daran gedacht, daß er seinen Revolver abfeuern könnte, während wir dabei sind, über ihn ›herzufallen‹? Was geschieht – falls er uns verfehlt –, wenn eine Kugel die Außenwand durchschlägt und wir Druck verlieren? Ist Ihnen klar, daß man die Fluggesellschaft mit endlosen Prozessen von nahen und entfernten Verwandten verstorbener Passagiere behelligen würde?«

Fitzhugh ging darauf ein. »Wenn *ich* sterbe, würde meine Frau die Gesellschaft bestimmt verklagen. Meine Eltern auch. Besonders meine Mutter. Ich bin ihr Liebling, wissen Sie.«

Ich nickte. »Deshalb gehen wir auf Nummer Sicher, lassen die Dinge so, wie sie sind, und arbeiten mit Hernandez zusammen. Bringen Sie mir das Flugzeug nicht in Gefahr. Das ist ein Befehl.«

Hernandez kehrte aus dem Cockpit zurück und legte recht liberale Grundregeln fest, die uns freie Bewegung im

Flugzeug erlaubten, solange einer von uns als Geisel in Sichtweite blieb.

Ich ging zur Bordküche, klärte die Stewardess über die Lage auf und ermahnte sie, die Passagiere nichts merken zu lassen. Ich würde sie später selbst informieren, wenn wir zur Landung in Kuba ansetzten.

Ich trank gemächlich eine Tasse Kaffee, und als ich in die Pilotenkanzel zurückkehrte, stand ein triumphierender Fitzhugh mit einem Revolver in der Hand vor mir.

Hernandez lag auf dem Boden, offenbar bewußtlos.

»Was ist passiert?« fragte ich unwillkürlich.

»Er verlor in einem dieser Luftlöcher das Gleichgewicht, und ich habe mich auf ihn gestürzt«, sagte Fitzhugh. »Wenn ich will, kann ich ziemlich schnell sein. Er hatte keine Chance.«

Ich funkelte ihn an. »Ich dachte, ich hätte den klaren Befehl erteilt, vorschnelles Handeln zu unterlassen. Und wenn er die Waffe abgefeuert und den Rumpf durchlöchert hätte?«

Fitzhugh lächelte. »Keine Gefahr, Sir. Ich hatte den Kopiloten veranlaßt, die Maschine auf zweitausend Fuß herunterzubringen. Hernandez wußte nichts davon.«

Ich holte tief Luft. »Fitzhugh, Sie haben über meinen Kopf hinweg gehandelt. Sie *wissen,* daß ich der Chefpilot und Kapitän dieser Maschine bin.«

»Tut mir leid, Sir«, sagte er. »Aber was geschehen ist, ist geschehen, und außerdem hatte ich doch Erfolg, nicht wahr?« Er wog Hernandez' Revolver in der Hand, aber etwas schien nicht zu stimmen. Er klappte die Waffe auf. »Der Revolver ist nicht geladen.«

Miss Atkinson betrachtete den liegenden Hernandez

mit neuem Mitgefühl. »Er wollte niemanden verletzen. Ist das nicht nett?«

»Sir«, sagte Fitzhugh. »Ich hole besser Ihre Automatik.«

»Warum?« sagte ich. »Die ist auch nicht geladen.«

Fitzhugh war entsetzt. »Nicht geladen?«

Ich errötete. »Ich habe den Magazinstreifen irgendwo verloren.«

»Ich hole sie trotzdem«, sagte Fitzhugh. »*Ich* weiß, daß die Waffe nicht geladen ist, und *Sie* wissen, daß die Waffe nicht geladen ist, aber weiß *Hernandez*, daß die Waffe nicht geladen ist?«

Fitzhugh verschwand im Cockpit und kehrte mit meiner Automatik wieder. Er warf Hernandez' leeren Revolver auf die eingebaute Koje, auf der wir unser Nickerchen hielten.

Hernandez stöhnte, öffnete die Augen und setzte sich schließlich auf. Prüfend bewegte er sein Kinn.

Miss Atkinson brachte ihm einen Pappbecher Wasser.

»Gracias«, sagte er und trank. Sein Blick wanderte zum Revolver auf der Koje.

»Versuchen Sie es erst gar nicht«, knurrte Fitzhugh gebieterisch, »oder ich puste Ihnen ein Loch in den Schädel!«

Langsam kam Hernandez auf die Beine.

Fitzhugh sah ihn streng an. »Haben Sie eine Ahnung, welche Strafe auf Flugzeugentführung steht? Ich weiß zufällig, daß das Minimum zwanzig Jahre Gefängnis ist.«

Hernandez knöpfte seine Anzugsjacke auf und zeigte ein Stück der Hemdbrust. »Erschießen Sie mich!« forderte er. »Erschießen Sie mich! Ich würde eher sterben, als ins Gefängnis zu gehen.«

»Aber, aber«, sagte Fitzhugh unsicher. »Nehmen Sie es nicht so schwer. Zwanzig Jahre sind kein *absolutes* Minimum. Für gute Führung wird einem immer Zeit angerechnet. Vielleicht gibt es auch eine Amnestie des Präsidenten, wenn sich unsere Beziehungen zu Kuba verbessern.«

»Es wird Zeit, daß ich mich der großartigen revolutionären Bewegung in meiner Heimat anschließe oder bei dem Versuch sterbe.« Er lächelte nachsichtig. »Sie können mich erschießen, während ich meinen Revolver wieder an mich nehme. Man wird es bestimmt für Notwehr halten, vielleicht beruhigt das Ihr Gewissen.«

Hernandez ging hinüber zum Revolver und hob ihn auf.

»Der hilft Ihnen auch nicht!« sagte Fitzhugh. »Wir wissen zufällig, daß die Waffe nicht geladen ist.«

Hernandez lächelte und ließ den Revolver aufschnappen. Er griff in seine Tasche. Fitzhugh hatte kaum »Hey!« gesagt, da ließ Hernandez schon die Patronen geschickt in die leeren Kammern gleiten. Der Revolver schnappte zu. »Jetzt ist meine Waffe geladen.« Hernandez ließ seine weißen Zähne sehen. »Wollen wir es also Mann gegen Mann austragen?«

Rasch ließ Fitzhugh seine Automatik fallen. »Nicht schießen! Meine Waffe ist nicht geladen.«

Wieder einmal hatte Hernandez offenbar das Heft in der Hand.

Fitzhugh sah mich kläglich an. »Na, jedenfalls gehört Mut dazu. Ich meine, wie er bei vorgehaltenem Revolver gehandelt hat, der – seines Wissens – geladen sein mußte.«

Ich gab zu, daß Hernandez Mut besaß. Ich hegte außerdem den Verdacht, daß er nicht ganz so besinnungslos gewesen war, wie wir angenommen hatten, als wir von der fehlenden Munition sprachen.

Hernandez wandte sich an mich. »Kapitän, erwähnen Sie bitte vor den kubanischen Behörden, daß ich lieber gestorben wäre, als mich von einer Rückkehr in mein Land abhalten zu lassen.«

»Ich gebe Ihnen eine eidesstattliche Versicherung«, sagte ich.

»Wie wäre es mit etwas Kaffee?« fragte Miss Atkinson.

Wir alle, Hernandez eingeschlossen, schienen einverstanden, und er erlaubte ihr, wieder in die Bordküche zu gehen.

Fünfzehn Minuten später kehrte sie mit einem Tablett zurück.

Ich probierte meinen Kaffee. »Der ist stark genug, um Tote aufzuwecken.«

»Ich mag ihn stark«, sagte Hernandez galant. Er nahm einen herzhaften Schluck von der dunklen Flüssigkeit. Beinahe augenblicklich wurde er blaß. Er ließ sich auf einen Stuhl sinken, der Revolver entglitt seinen Fingern.

Der stets wachsame Fitzhugh stürzte sich sofort auf die Waffe. »Aha!« sagte er. »Wieder einmal wendet sich das Blatt.«

Ich funkelte Miss Atkinson an. »Was zum Teufel haben Sie ihm in den Kaffee getan?«

»Ich habe etwas aus dem Verbandskasten in der Bordküche zusammengebraut«, sagte sie. »Aspirin, Jod, Vitamintabletten und was sonst noch in Reichweite war. Den Kaffee habe ich extra stark gemacht, um den Geschmack zu überdecken.«

Ich starrte auf den schwitzenden Hernandez. »Gütiger Himmel, Sie haben den Mann umgebracht!«

Gleich wirkte sie zerknirscht. »O mein Gott.«

»Schnell«, sagte ich. »Zurück in die Bordküche. Holen Sie etwas Milch und einen Abfalleimer. Und beeilen Sie sich.«

Sie hastete in die Bordküche und kehrte sogleich mit dem Verlangten zurück.

Ich flößte Hernandez die Milch ein, und sie zeigte die gewünschte Wirkung.

Ein oder zwei Minuten später wirkte er reichlich mitgenommen, aber ich nahm an, daß er nun am Leben bleiben würde.

Fitzhugh zerrte ein Laken von der Koje und begann, es in Streifen zu reißen. »Das sicherste wird sein, ihn zu fessel, ehe er sich etwas Neues einfallen läßt.«

Ich setzte mich auf einen Stuhl und seufzte. »Miss Atkinson, gehen Sie nach hinten und beruhigen Sie die Passagiere.«

Sie blinzelte. »Aber die sind doch ruhig. Sie wissen gar nicht, was hier vorgeht.«

Ich wies mit ausgestrecktem Finger nach hinten. »Gehen Sie einfach, Frau, gehen Sie.«

Fitzhugh verschnürte Hernandez und zwängte ihn in eine Ecke.

Die Luke, durch die vor einer Minute Miss Atkinson verschwunden war, öffnete sich wieder, und ein junger Mann trat ein.

Sein Haar war schulterlang, sein Bart zerzaust. Er trug eine leicht verschmutzte Nehru-Jacke. Ein großes Medaillon baumelte ihm um den Hals, Blue jeans und Sandalen vervollständigten sein Äußeres.

Er zog ein langes Messer aus dem breiten Gürtel unter der Jacke und räusperte sich nervös. »Ich will nach Kuba.«

Ich schaute Hernandez an. Er brachte ein müdes Schulterzucken zustande. »Ich habe ihn nie zuvor in meinem Leben gesehen.«

Fitzhugh zeigte sich wieder einmal der Lage gewachsen. Er holte zu einem mächtigen Schlag gegen den neuen Eindringling aus – und verfehlte ihn, dennoch zeigte der Hieb die gewünschte Wirkung.

Der Medaillonträger fiel prompt in Ohnmacht.

Fitzhugh rieb sich die Hände. »Ich reiß noch ein paar Laken in Streifen.«

Ich tat es ungern. Wirklich. Aber als Fitzhugh mir den Rücken zukehrte, hieb ich ihm den Kolben der leeren Automatik über den Schädel. Er stöhnte nicht einmal, als er zusammensackte.

Mit meinem Taschenmesser befreite ich Hernandez. »Jetzt trinken Sie um Himmels willen keinen Kaffee mehr, geben Sie auf Höhenmesser und Kompaß acht, lassen Sie sich nicht in die Bordküche locken, und behalten Sie vor allem Ihre verdammte Waffe fest in der Hand.«

Hernandez war noch immer krank. »Ich versuch's«, versprach er erschöpft. »Ich versuch's.«

»Jetzt fesseln Sie Fitzhugh«, befahl ich. »Und *knebeln* Sie ihn!«

Hernandez tat, wie ihm geheißen. Ich hatte gerade wieder meine Rolle als Geisel eingenommen, als Miss Atkinson zurückkehrte.

Sie überschaute die neue Situation und seufzte. »Ich finde es sehr egoistisch von Hernandez, ein ganzes Flugzeug zu entführen und mehr als siebzig Passagieren all diese Unannehmlichkeiten zuzumuten. Warum hat er kein Privatflugzeug gechartert, um sich nach Kuba bringen zu lassen? Schließlich ist es von Miami oder Key West wirklich nicht besonders weit nach Kuba.«

»Ich glaube kaum, daß Hernandez einen Piloten für einen solchen Flug findet, wieviel Geld er ihm auch immer anbietet«, sagte ich. »Die Kubaner würden das Flugzeug bestimmt konfiszieren, den Piloten wahrscheinlich für einen Spion halten und ihn ins Gefängnis stecken.«

Miss Atkinson wirkte beunruhigt. »Was denken Sie, wie lange die Kubaner uns festhalten?«

»Heutzutage normalerweise kaum zwei Stunden.«

Sie schien erleichtert. »Das ist nicht sehr lang.«

»Nein«, sagte ich, »gar nicht lang.«

Kurz nach drei landeten wir in Havanna. Kubanische Polizisten und Soldaten durchkämmten das Flugzeug, und man erlaubte mir, Fitzhugh loszubinden.

Er rieb sich den Kopf. »Was ist passiert?«

»Hernandez hat Ihnen einen Schlag auf den Kopf verpaßt und dann die Waffe wieder an sich gerissen.«

Fitzhugh runzelte die Stirn. »Und was taten Sie?«

»Ich kehrte Ihnen den Rücken zu, als ich Sie zu Boden fallen hörte. Ich wirbelte herum, aber da war es schon zu spät. Er hielt den Revolver in der Hand.«

»Wie um alles in der Welt konnte er sich selbst befreien? Ich kann ziemlich gute Knoten schlagen, und ich hätte schwören können, daß kein Mensch sie aufknoten oder gar die Fesseln abstreifen kann.«

»Er hielt eine Rasierklinge im Ärmel verborgen.«

Noch immer zog Fitzhugh die Stirn in Falten. »Ziemlich merkwürdig. Ich meine, selbst wenn man Flugzeuge entführt, trägt man gewöhnlich doch keine zusätzlichen Rasierklingen im Ärmel. Wie hätte er ahnen können, daß man ihn fesselt?«

»Ach, halten Sie den Mund«, sagte ich.

Sobald wir wieder in Miami waren, wurden wir von Journalisten und Vertretern der Fluggesellschaft interviewt, doch schließlich saß ich mit Mr. Jonas allein in einem kleinen Büro.

»Was wird man mit dem Medaillonträger anfangen?« fragte ich.

»Er wird einige Monate im Gefängnis von Havanna verbringen, während ihn sich die Psychiater vorknöpfen. Nimmt er diese Hürde, schickt man ihn für sechs Monate auf die Zuckerrohrfelder, bis man sicher ist, daß sein revolutionärer Elan auch harter Arbeit standhält. Wahrscheinlich hat er nach zwei Wochen seine Illusionen verloren und will zurück. Wenn wir das nächste Mal von ihm hören, steckt er vermutlich in Kanada und fleht um eine Art Amnestie, damit er nach Berkeley zurückkehren kann.«

»Und Hernandez?«

»Einer unserer besten Agenten. Er ist gründlich darauf vorbereitet worden, die Seelenklempner und Zuckerrohrfelder zu überstehen. Danach dürfte er freie Bahn haben.« Mr. Jonas, ein ziemlich hohes Tier in der Central Intelligence Agency, lächelte. »Hernandez ist ein Experte, wenn es darum geht, sich in Organisationen einzuschleusen. In drei oder vier Jahren erwarten wir Großes von ihm.«

Ich seufzte. »Ehrlich gesagt, hätte ich lieber nichts vom eigentlichen Zweck der Flugzeugentführung geahnt.«

»Wir haben darüber diskutiert«, sagte Jonas, »und dann beschlossen, daß wenigstens der Kapitän wissen sollte, was tatsächlich gespielt wird – nur um unglücklichen Zwischenfällen vorzubeugen.« Jonas paffte an seiner Zigarre. »Sie hatten natürlich einige Probleme, aber letztlich wurde der Auftrag *erfolgreich* ausgeführt.«

Mir kam ein Gedanke. »Haben Sie früher schon amerikanische Agenten auf diesem Weg nach Kuba geschmuggelt?«

Er sagte nichts und lächelte nur.

Nachweis

Alle Geschichten erscheinen hier erstmals in Buchform.
Copyright © 1995 by the Estate of Jack Ritchie

Anyone for Murder © 1991 by Jack Ritchie
The Enormous $ 10 © 1988 by Jack Ritchie
Fragrant Puzzle © 1988 by Jack Ritchie
The Partners © 1956 by Flying Eagle Publications
Businessman © 1965 by Jack Ritchie
Solitary © 1955 by Jack Ritchie
The Operator © 1991 by Jack Ritchie
The Little Green Book © 1966 by Jack Ritchie
Everybody Except Wilbur © 1992 by Jack Ritchie
Holdout © 1990 by Jack Ritchie
Let Me Help You © 1983 by Jack Ritchie
The Angler © 1975 by H. S. D. Publications
Bomb Nr. 14 © 1985 by Jack Ritchie
Home-Town Boy © 1971 by H. S. D. Publications
Kill Joy © 1985 by Jack Ritchie
The Canary © 1984 by Jack Ritchie
The Rules of the Game © 1981 by TZ Publications
Where Am I? © 1969 by Renown Publications
That Last Journey © 1983 by Jack Ritchie
The Third Call © 1961, 1989 renewed by Jack Ritchie
Setup © 1972 by Jack Ritchie
Death, Taxes, and… © 1988 by Jack Ritchie
The Havana Express © 1970 by H. S. D. Publications

Jack Ritchie im Diogenes Verlag

»Eine Lektüre für Leser, die auch an sehr schwarzem Humor und überraschenden Effekten Genuß finden – beispielsweise Freunde der ARD-Krimistunde.«
Das Neue Buch, München

»An seinen Erzählungen fasziniert die Raffinesse des Vorgehens. Das Blut fließt relativ sparsam, die Fäuste fliegen nicht, es gibt keine Auto-Verfolgungsjagden. Ritchies Täter arbeiten mit dem Kopf, sie denken leise, ihnen ist kein Winkelzug unbekannt; aber auch jene, die sie zu Fall bringen, sind mit allen Wassern gewaschen. So entsteht eine Spannung, die der beim Schach ähnlich ist. Schwarzer Humor, Ironie und Intellekt sind die Substanzen, aus denen der Autor seine süffigen Geschichten braut.«
Walter Gallasch/Nürnberger Nachrichten

Der Mitternachtswürger
Geschichten. Aus dem Amerikanischen von Alfred Probst

Für alle ungezogenen Leute
Geschichten. Deutsch von Dorothee Asendorf

Gedächtnis ade
Geschichten. Deutsch von Elfriede Riegler und Dorothee Asendorf

Bei Anruf Alibi
Geschichten. Deutsch von Jobst-Christian Rojahn

Vor Redaktionsschluß Mord
Geschichten. Deutsch von Monika Elwenspoek

Einzelhaft
Geschichten. Deutsch von Bernhard Robben

Der Sparschwein-Killer
Geschichten. Deutsch von Jobst-Christian Rojahn

Jonathan Latimer im Diogenes Verlag

»Auf die Frage, was er denn von Beruf sei, antwortet der Hallodri: ›Für die Welt bin ich ein einfacher Geschäftsmann. Tatsächlich aber bin ich ein großer Detektiv.‹ Stimmt, auch wenn er natürlich das schwarze Schaf aus der illustren Familie der Spürnasen ist. Aber sind sie nicht alle ein bißchen meschugge, diese Sherlock Holmes, Hercule Poirots, Miss Marples, Nero Wolfes, Perry Masons, bis hin zu Sam Spade und Philip Marlowe? Diese Eierköpfe und einsamen Wölfe, die die kranke bürgerliche Gesellschaft von ihren Geschwüren zu befreien versuchen?
Latimers Romane, die mit rasantem Tempo ablaufen und voll leichtfüßiger Pingpong-Dialoge sind, mehr mit Ben Hecht und Frank Capra zu tun haben, waren nie so recht akzeptiert im Krimi-Kanon. Hoffentlich werden bald alle ins Deutsche übersetzt. Sie haben es verdient, denn sie sind von zeitlosem Witz.«
Wolfram Knorr/Die Weltwoche, Zürich

Leiche auf Abwegen
Roman. Aus dem Amerikanischen von Ulrike Wasel und Klaus Timmermann

Wettlauf mit der Zeit
Roman. Deutsch von Nikolaus Stingl

Mord bei Vollmond
Roman. Deutsch von Kurt Bracharz

Rote Gardenien
Roman. Deutsch von Walter Kolbenhoff

Salomons Weinberg
Roman. Deutsch von Kurt Bracharz

Den Toten ist's egal
Deutsch von Helmut Gerstberger

Verbotener Dschungel
Roman. Deutsch von Ulrike Wasel und Klaus Timmermann

Der enthauptete Großonkel
Roman. Deutsch von Andre Simonoviescz